主　编　谭　武　王小莉
副主编　张　燕

榜样的力量

——2011—2020年同济大学优秀大学生报告团演讲实录选编

同济大学出版社
TONGJI UNIVERSITY PRESS

图书在版编目(CIP)数据

榜样的力量：2011—2020年同济大学优秀大学生报告团演讲实录选编/谭武，王小莉主编. —上海：同济大学出版社，2021.10
ISBN 978-7-5608-9975-6

Ⅰ.①榜… Ⅱ.①谭… ②王… Ⅲ.①演讲-中国-当代-选集 Ⅳ.①I267

中国版本图书馆CIP数据核字(2021)第218868号

榜样的力量
——2011—2020年同济大学优秀大学生报告团演讲实录选编

谭　武　王小莉　**主编**　　张　燕　**副主编**
责任编辑　翁　晗　　**责任校对**　徐春莲　　**封面设计**　陈益平

出版发行	同济大学出版社　www.tongjipress.com.cn	
	（地址：上海市四平路1239号　邮编：200092　电话：021－65985622）	
经　　销	全国各地新华书店	
印　　刷	上海安枫印务有限公司	
开　　本	787mm×1092mm　1/16	
印　　张	19.75	
字　　数	395 000	
版　　次	2021年10月第1版　2021年10月第1次印刷	
书　　号	ISBN 978-7-5608-9975-6	
定　　价	158.00元	

本书若有印装质量问题，请向本社发行部调换　　版权所有　侵权必究

编委会

主　编 谭　武　　王小莉
副主编 张　燕
委　员 方　璐　　李小蜜　　刘　谦
　　　　　杨璐柳婷　丁大增　　聂阳阳

序 言

"青年兴则国家兴,青年强则国家强。"中国共产党自成立以来,始终重视青年、信任青年、关心青年,把培养、团结、依靠青年作为党的工作重点,引导青年成长成才。百年党史昭示我们,党是青年成长成才的引路人。

党的十八大以来,习近平总书记围绕青年工作发表的一系列重要论述,立意高远,内涵丰富,思想深刻,为当代青年成长成才指明了方向。习近平同志和大学生朋友们在一起时,聊得最多的主题就是青年大学生如何成长成才,通过与大学生多种形式的互动,温暖流露着对青年成长与发展的关注、关心、关爱,对青年所思所想的了解和思考,同时对青年成长成才提出了坚定理想信念、勇于砥砺奋斗、练就过硬本领、强化责任担当等殷切希望,构成了新时代中国青年成长成才的基本路径遵循。

朋辈教育是大学生思想政治教育的重要内容,其营造的积极向上的校园文化氛围,会对青年大学生产生潜移默化的教育效果。同济大学历来重视发挥朋辈榜样在大学生价值理念、行为意识、文化认同等方面的重要作用,通过挖掘、培育、塑造、宣传一批既符合大学生成长成才实际需求,又富有时代精神价值的朋辈榜样,激发大学生对朋辈榜样的认知和认同,进而引导青年大学生将朋辈榜样传递的精神品质和价值追求内化于心、外化于行。2011年至今,同济大学党委学研工部每年精心遴选一批在理想信念、道德品质、责任担当、专业素养、创新思维、综合素质等德智体美劳各方面表现突出的优秀大学生代表组成"优秀大学生报告团",通过学长学姐见面会、先进事迹报告会、主题报告会等形式,发挥朋辈榜样的引领示范作用,用最具亲和力的声音教育引导青年大学生坚定理想信念、厚植爱国主义情怀,在求知问学中长见识,在深入实践中明事理,在追求卓越中悟真知;激励广大青年学子把个人成长与国家发展结合起来,在服务祖国、服务人民、服务社会中成长成才、创造美好人生。

十年树木,百年树人。大学阶段如何"扣好第一粒扣子"？大学生实现德智体美劳全面发展的现实路径是什么？如何将个人理想融入国家发展和时代需求？……这些不仅是国家与社会关切的问题,更是当代大学生核心价值观形成和发展的关键之问。本书编写组以同济大学朋辈榜样为依托,整理汇编了2011年至2020年10年间60位优秀大学生的先进事迹演讲实录,通过"身边人讲身边事",生动、鲜活地反映出不同时期优秀大学生的时代特征和精神内涵。

由衷地希望,本书的出版一方面能给予大学生成长成才更多的启迪和参考;另一方面,能进一步激发高校育人队伍对大学生成长成才规律的把握和思考,在整合育人资源、创新管理机制、建设特色育人品牌活动等方面做出横向到边、纵向到底的持续探索。

如上为序,立德树人,与君共勉。

编写组

2021年9月

目 录

01

不负祖国：坚定理想信念

3 /	曾　辰	成长之路
7 /	文　凡	脚踏实地，做一个有理想的实干者
11 /	夏轶群	我的汽车梦
18 /	欧炫汐	共圆青春梦
22 /	赵文丞	携笔从戎，与抗战胜利70周年阅兵结缘
26 /	韩奕能	我的口腔梦
31 /	左合鹏	携笔从戎军旅梦，发现人生大不同
36 /	张梓桐	逐梦同济，驰骋赛场
41 /	郑珏鹏	圆梦军营，追求卓越
47 /	贾童谣	逐梦青春，传承经典
52 /	王　涛	在维和战场践行同济人"济人济事济天下"的家国担当
57 /	马明杰	在希望的田野上播撒青春力量
61 /	贺易诚	站上世界舞台，传递中国声音
65 /	季文杰	忠诚奏国乐，颂歌献祖国
68 /	潘　娇	红颜护国疆，巾帼戍荣光

02

不负人民：强化责任担当

75 / 白一帆	青春在服务世博中闪光
79 / 仲志磊	恰同学少年
84 / 彭　涛	共建优秀班集体，打造温馨之家
88 / 申志福	志愿服务，我的生活很精彩
92 / 武念铎	团结班级，共追卓越，逐梦未来
98 / 彭　婧	永远年轻，永远热泪盈眶
103 / 王　前	与同济共同成长
107 / 陈丹霞	在志愿服务中遇见更好的自己
112 / 刘佳煊	"跟我上"！吾辈青年有担当
117 / 郭姿鹢	美丽乡愁——我与公益共成长
123 / 张曜麒	青春在西部闪光
129 / 滕秀秀	小村庄，大舞台
133 / 鲍　晴	逐梦青春，志愿添彩
138 / 陈丹霞	征途化归途，他乡亦故乡
143 / 李芸舟	祖国需要处，皆是我故乡

03

不负时代：练就过硬本领

- 151 / 匡 蓓　　在校园文化的滋养中成长
- 155 / 祁晓婉　　高调做事，低调做人
- 159 / 张 琪　　全面发展，我的大学我做主
- 164 / 梅 静　　积极参加校园创新实践，体验研究型学习生活
- 169 / 祁小龙　　小细节，大文章
- 175 / 齐梦瑶　　享受同济
- 179 / 钟秉灼　　让思考成为一种习惯，在创新中寻找乐趣
- 184 / 蒋 涛　　脚踏实地，天道酬勤
- 189 / 罗 晶　　且承文脉香，诗酒趁年华
- 194 / 何 睿　　谁还记得最初的自己
- 201 / 代海斌　　无论任何事，我都坚信付出与回报成正比
- 206 / 冯超博　　有志者，事竟成
- 210 / 徐浩文　　知行合一，情系乡村
- 216 / 刘昱昊　　助力大兴"金凤"展翅，用奋斗书写青春华章
- 220 / 侯昭薇　　以舞逐梦，艺路前行

04

不负韶华：勇于砥砺奋斗

227 / 何 杰　　　　　自强不息，永不言弃

232 / 陈思慧　　　　　学习，大学生活的主旋律

237 / 地丽格娜·　　　同舟共济，张开自强不息的翅膀
　　　地里夏提

242 / 马曼·哈山　　　像冬枝一样，为了春天的新芽而努力

247 / 赵 明　　　　　卓越之路，你我同行

253 / 黄 蕾　　　　　不负青春韶华，做新时代青年

258 / 曹 帅　　　　　把勤奋发挥到极致

262 / 聂 琪　　　　　勇气、沉稳与坚持——我的创业之路

268 / 艾克然木·　　　生如胡杨
　　　艾克拜尔

273 / 李 垚　　　　　追求卓越，铸就卓越

278 / 瞿昕宇　　　　　为自己所相信的、所爱的、所好奇的去奋斗

285 / 王姣灵　　　　　尽情挥洒汗水，你永远想象不到自己能走多远

290 / 德丽亚·　　　　以蝼蚁之行，展鸿鹄之志
　　　克孜尔

294 / 李梓轩　　　　　青春同行，和衷共济
　　　罗振宁

299 / 彭浩荣　　　　　同舟同济，自强不息

不负祖国：坚定理想信念

青年的理想信念关乎国家未来。青年理想远大、信念坚定，是一个国家、一个民族无坚不摧的前进动力。青年志存高远，就能激发奋进潜力，青春岁月就不会像无舵之舟漂泊不定。正所谓"立志而圣则圣矣，立志而贤则贤矣"。青年的人生目标会有不同，职业选择也有差异，但只有把自己的小我融入祖国的大我、人民的大我之中，与时代同步伐、与人民共命运，才能更好实现人生价值、升华人生境界。离开了祖国需要、人民利益，任何孤芳自赏都会陷入越走越窄的狭小天地。

新时代中国青年要树立对马克思主义的信仰、对中国特色社会主义的信念、对中华民族伟大复兴中国梦的信心，到人民群众中去，到新时代新天地中去，让理想信念在创业奋斗中升华，让青春在创新创造中闪光！

——习近平在纪念五四运动100周年大会上的讲话

（2019年4月30日）

成长之路

同济大学 2011 年优秀大学生报告团　曾　辰
(2011 年 11 月 8 日)

【个人简介】曾辰,女,1988 年生,中共党员,同济大学海洋与地球科学学院地学信息工程专业 2011 级硕士研究生。曾获"'挑战杯'上海市二等奖""国家奖学金""上海市优秀毕业生"等荣誉,并以专业第一名的成绩保送研究生。

2011 年火热的七月,对于所有的同学来说一定是难忘的,十二年寒窗苦读,我们在高考的战场告捷,即将转向下一个缤彩纷呈的世界,印有"同济大学"字样的录取通知书帮我们打开了一个更大的世界。收到这份沉甸甸的录取通知书时,相信在座的很多同学第一眼关注的就是"专业"的那一栏,随即产生了种种联想。有的同学在看到专业的一刹那,笑了。有的同学在看到专业的一刹那,"傻"了。因为这些同学一定是像当年的我一样,对自己的专业一头雾水、毫无头绪,甚至带有一点失望。失望从何而来?来自录取通知书上那个并不被周围人常常提起的专业,来自那个十分陌生的名词。"金融""法律""医学",这些才是更为我们所熟知的行业,许多工作者就在我们身边,我们似乎很明白如果学了这些专业,我们以后会进入什么样的行业,从事怎么样的工作。

经过四年多的大学学习,我发现专业的选择并不

"与 AI 的和谐未来"主题演讲

能简单地依据所谓的"热门"程度,我们更应该结合兴趣与现实,立足当下,畅想未来,在充分了解自己的基础上,抓住机遇,更好地运用自己手中的选择权。就我自己来说,在进入大学前的很长一段时间里,我都坚信自己本科毕业后就会工作,可是现在我却成了一名研究生,整个大学生涯带给我的变化超出我的想象。在此,我想通过三个故事与大家分享我大学四年多的心得体会。

第一个故事:兴趣与现实——马在田院士的"误入歧途"

曾经有一个报道说,有人对国际上 100 名来自各行各业的顶尖成功人士进行调查后发现,其中 52 名都是半路出家。因为他们的认知随着不断地学习而更新,最终找到真正适合自己的领域。

来自我校的著名地球物理学家、中国科学院院士马在田教授,他刚考上大学时,也为选择专业而发愁。当时,他认为祖国正处于大规模经济建设的阶段,便毅然决然地选择了建筑系,学习了两年之后,马院士渐渐发觉自己的形象思维能力远远弱于抽象思维能力,对于"建筑物外观设计""素描与写生"这样的课程非常不擅长。因此,他放弃了热门的建筑学,决定去苏联留学,学习应用地球物理学。当时的中国还没有这个专业,但马院士觉得,正因为它不成熟,才需要探索。他将此比喻为:如果一辆公交车上有很多人,你就很难再挤上去了,而在空空的车上,你却可以很容易地找到自己的位置。许多时候,我们在选择专业的时候,会赶着时代的热潮,努力想挤上一辆已经很满的汽车,可是我们又是否想过,那辆车去的地方真的是自己想要去的吗?

许多时候,在探讨天赋和勤奋的时候,我们往往会注重其中一个,而忽略了另一个。马院士说,他认为自己的天赋和勤奋是四六开,正因为从事了与自己思维和潜力特点相应的事业,他才取得了今天的成绩。他认为兴趣的确是人类最好的老师。当然,我们还必须要关注现实,能够将两者有效结合在一起的人,才是真正的智者,才能更有把握在职业道路中获取成功。

第二个故事:当下与未来——汪品先院士的"高瞻远瞩"

专业本无好坏之分,现在所说的"热门",也不过是社会暂时急需的岗位而已。

大学生活照

对于冷热的定义,并没有一个标准。一方面,在社会需求的大背景下谈专业,才具有说服力,因为专业发展与社会需求相辅相成;另一方面,在社会需求面前,若能拥有超前的眼光便更能引领风潮,这是难能可贵的。

大家一定都看过一部纪录片——《大国崛起》,开篇第一章就叫海洋时代。葡萄牙、西班牙、荷兰这些国土面积不大的国家都曾经因为称霸了海洋,从而称霸世界。汪院士说,中国自古以来都是"两河文化""内陆文明"。四大文明古国都是河流孕育的,而现代的大国崛起则更需要依靠海洋,因此中国要真正强大,必须加强对海洋的掌控,这是基于国家强盛的真正考量。但如今,国家紧缺专攻这一学术领域的人才。近些年来,国家对海洋的重视程度越来越高,汪院士在科研的道路上,越走越宽。

其实在大学校园里,像海洋这样的基础学科以及科学研究类的专业有很多。科研是一条与经商、从政完全不一样的道路,没有孰优孰劣。像汪院士一样的学者们,以卓越的眼光看到了未来发展的趋势,走出了适合自己的职业道路。

第三个故事:机遇与常时——我的"自我认识"

有一句话说得好:"选择工作是一件非常重要的事情,因为你今后的一半时间都要与它打交道。"而选择工作内容的依据是什么呢?大家在入学之初一定都接受过新生心理测试,了解了自己的性格特征。

我在入学前,生活非常简单,"家—学校"两点一线,偶尔参加一些集体活动,生活圈子很小,也不是很复杂,社交面并不是很广。纵然羡慕过都市白领的飒爽英姿,也赞叹过律师的口若悬河,但是随着对自然科学的了解,对地学知识的深入了解,越发能够感受到自然科学与社会科学的差异、基础理论研究与应用技术学习的差异,但是这并不矛盾,科研人员也有属于自己的职业规划。

在我看来,"Job"与"Career"的距离在于,前者是为了生存,而后者是为了生活,许多人在择业的时候因一念之差,使得自己多年以后都在"Job"的泥沼中扑腾。我相信在座的心里都会有一张对未来的规划蓝图,可能有些十分完整,而有些只是朦胧的憧憬。在座的各位也肯定拥有某个方面的才华。有些才华可能被丢弃在了角落里,有些正在微微发光,在未来的某天,这些才华会不会成为帮助大家成功的天赋,选择权都在大家的手里面。

参加南极科考

有一位哲学家说过:你走的每一条路,遇到的每一个人都是有意义的。希望大家能倾听自己内心的声音,不完全受社会洪流的影响,找到天赋、兴趣与现实的契合点,最终成功踏上通向活力未来的第一块跳板!

脚踏实地,做一个有理想的实干者

同济大学 2011 年优秀大学生报告团　文　凡
(2011 年 11 月 8 日)

【个人简介】文凡,1988 年生,中共党员,同济大学建筑与城市规划学院建筑学专业 2006 级本科生。2007 年 12 月响应国家号召应征入伍,在役期间荣立个人三等功,2009 年 11 月退伍。返校后,荣获"国家励志奖学金"、同济大学"二等奖学金"、校运会男子一千五百米项目第一名、同济大学"建党九十周年征文比赛三等奖"等荣誉,获评同济大学军训"优秀教官""励志之星"称号。

五年前,我从湖南以较为优异的成绩考入了同济。进大学以前,我们都处在一种高压的学习环境之下,而进入大学以后,一时从十分紧张的环境进入自由宽松的环境,也就是在这样的环境中,熬夜、通宵、逃课旅行都成了我大一时候的常态。有时我也会思索,如果继续这样下去五年,我会变成什么样?我活着的意义究竟在哪里?苦思冥想后,我觉得要做一个有所作为的人。于是,在大一下学期的时候,我的心里越来越难以平静,我想去当兵。我想我应该做点有意义的事情,为国家和社会做些更有价值的事情。在我看来,这个事情就是去报效祖国,即便是去边陲海防站岗放哨,或者在炊事班养猪种菜,也比我这样虚度光阴要有意义得多。就这样,在与家人的激烈斗争后,我毅然决然地去了部队。

很多人常常问我,部队苦吗?其实,说苦也不

在同济大学 2010 年励志之星决赛上的演讲

苦,关键看你想做一个什么样的人。记得去部队之前,父亲就告诉我,不让我去是怕我是一时兴起而最后后悔。我牢牢地记住了这句话,我不想让别人看我的笑话,不想被别人当作反面教材。到了部队,很多部队长官都认为我是大学生兵,吃不了苦,又是城里长大的娃,不会干粗重活。刚下到连队时,有领导知道我们是大学生,第一句话就问:"你们回去有些什么补偿?"他们认为我就是为了入党、为了保研才到部队的。我知道光用嘴反驳是十分无力的,只能用我的实际行动去证明。在部队的两年,我一直努力吃更多的苦,干更多的活,用自己的不断努力去证明自己是真正怀揣理想、为了报效祖国的。为了给同济和自己赢得属于青春的荣誉,我拼了!

年轻人很容易心高气傲,有时候我们会认为自己是大学生,是名牌高校的大学生,会觉得自己很有见地,很了不起。而事实上,无论老师、家长还是社会上的人,当你说自己还是一名学生时,他们往往都会把你当作小孩子来对待。我曾经也很不服气,因为那种被人轻视的感觉真的很不好,但又有什么理由让别人来尊重你呢?我跟大家都一样,在入伍之前,从来没有搅拌过水泥,没有吃过完全没有油和肉的饭菜,没有在烈日下挖电缆沟掉了几层皮,没有在大年三十晚上穿着雨衣跳进下水井,站在粪坑里去疏通管道,但是在部队,所有这些,我全都经历了。记得在新兵连的时候,教官经常发火骂我们,说得最多的一句就是:"面子是自己挣的,不是别人给的!"虽然这句话比较难听,但是却是朴素的道理。当我能抛开大学生的身份,像所有普通战士那样经历一切艰苦和磨炼后,我赢得了所有人的尊重,我赢得

在新兵连进行训练

认真服务于部队工作

了大家对同济学子的赞许。

相比军人的直接，几乎很少有老师、同学和父母会站出来真正严肃或严厉地指出你的错误，他们往往是半骂半哄地劝告你。如果大家想要得到成长、得到宝贵的经验，还是应该靠你们自己去行动、去实践，只有经历过血的教训、付出过沉痛的代价，才能找到属于自己的人生财富。

在部队的时候，我以为那时候我已经过得很苦，吃了前面20年未曾吃过的苦，觉得自己很伟大，可是有一天我看到一句话："总是向别人诉说自己过得有多苦的人其实并没有战胜苦难。"我恍然大悟，慢慢地，我习惯了吃苦，到最后，便不觉得是苦了。我把这些对我的磨炼全部转换成了对共产党员、对军人的最起码的要求，成为生活的习惯，成为人生的基本原则。现在回过头来看看曾经走过的路，我并没有觉得多么伟大，正如我的名字一样，平淡而又平凡，但是真正的伟大，也正来自在平凡的岗位上做出不平凡的事情。这些路程，让我迅速成长，得到了所有人的尊重，也让我完成了我的一些理想，从而可以安心地进入人生的下一个阶段，专心脚踏实地地打拼。

下面和大家说说回到学校后的学习生活吧。

我认为，如果你在思想上能够清楚地认识到自己学习到底为了什么，自己要成为一个什么样的人，那么学习对于你来说并不是一件困难的事情。回到学校以后，部队对我产生的影响并没有消失，我一直坚持着很多在部队养成的良好习惯。这几年里，我还是每天早上六点起床整理内务，然后在一·二九操场跑三公里或者五公里，早晚做100个俯卧撑或者仰卧起坐，不参与无谓的娱乐活动，保持生活艰苦朴素，不追求时尚潮流，心里时刻挂念着还在远方辛苦奋斗的战友兄弟们。

集中军训表现优异，荣获一等奖

学习上的经验,想必已经有很多更为优秀的前辈做过总结,我唯一值得分享的经验就是提高效率不熬夜。建筑城规学院有一个很不好的传统,就是学生很喜欢熬夜,其实很多时候这并不是必需的,而是没有提高效率的结果。不要责怪老师布置的任务太多,想想自己在学习的时候,有多少时间花在"人人"上了,花在微博上了,花在博客上了,花在视频上了,就知道自己为啥要熬夜了。而我所做的,就是坚持按照军人的标准要求自己,心无旁骛,简单、扎实、认真地做好工作,搞好学习。

总的说来,学习与生活是密不可分的,而生活与人生观、世界观、价值观也是密不可分的,学习是外在的行为,如何做人,做一个优秀的、有理想的年轻人,一个对国家和社会有意义的人,才是内在的根本问题。

积极参与冬季长跑比赛　　　　　　　　爱好摄影——发现生活中的美

最后,我想说,人在年轻的时候,一定要用几年的时间去追求自己的理想、去实现自己的梦想,这是绝对必要的,只有这样你才不会留下遗憾。因此,我们应当脚踏实地地搞好学习,在此基础上努力追求自己的梦想。

我的汽车梦

同济大学2013年优秀大学生报告团　夏轶群
(2013年10月8日)

【个人简介】夏轶群,1990年生,中共党员,同济大学汽车学院2009级本科生。在校期间担任同济大学EP志远车队队长,多次参加国内外节能赛车大赛并屡获佳绩。2014年赴德国达姆施塔达特工业大学攻读研究生学位,曾多次荣获中国、德国国家奖学金。

我想问大家一个问题:什么是梦想?

我觉得,梦想就是自己选择的,即使困难重重,跪着也要走完的道路。

我们身处在大学这个微缩的社会中,时常会听到同龄人在抱怨,例如对自己所

带领车队参加汽车竞赛

学的专业不感兴趣,上课完全提不起精神,时常感到迷茫,找不到自己未来的方向之类的问题。在这方面,我觉得自己是十分幸运的,因为我选择的专业正是自己的兴趣所在——车辆工程。从小学开始,我就对各种机械,特别是对汽车有着浓厚的兴趣,组装四驱车、玩航模占据了童年的多半时间。记得小时候最开心的事情就是和父亲一起去汽车交易市场参观,看着那些体型巨大又能自动运行的机器,心里总有一种难以名状的兴奋,孩提时代的"汽车梦"也因此生根发芽。

直到现在我还清晰记得得知高考分数时激动的心情,自己的实际分数比预估的高出许多,也因此很幸运地被同济大学汽车学院录取,向着自己的"汽车梦"迈进了一大步。

然而,万事开头难,高中到大学的转型对于一个初出茅庐的新生来说确实是一个不小的挑战,除了生活方式、饮食习惯上的不适应之外,最重要的一个转型就是学习方式。在高中,我们像是牧羊人圈养的小羊,有老师天天督促着你、赶着你,不想学习都不行;而大学更像是自然式的放养,我们变成了野生的藏羚羊,老师则是自然保护区的管理员,教会我们学习方法,其他方面我们就都要独立完成了。

诚然,大学生活绝不仅仅是学习,因此高中的埋头苦学式的方式不再适用于大学学习,找到一个适合自己的高效学习方法就显得尤为重要。开篇时我就提到了梦想,而在大学阶段,特别是低年级时期,正是为实现梦想充电蓄力的最佳时期,优异的成绩和扎实的知识积累是实现梦想的坚实基础。

以下是我的一些建议,与大家分享。

首先,也是最核心的一点,就是要端正学习的态度。也许乍一听来有些假大空,其实不然。正确的态度非常有利于对所学知识的兴趣培养。简单来说,就是要认识到一点——学习百分之百是为了自己,今日掌握的知识就是明日追梦路上的巨大财富。可能大家进入大学之前或多或少都听到过这样的观点:好不容易熬过了高考,大学终于可以不用再刻苦读书啦。于是大家都对学习提不起兴趣,甚至抱有一种先入为主的厌恶感,现在看来,这种观点是极其错误的。大学时期知识掌握的扎实与否,对于未来的工作与人生都具有决定性影响。一旦明确了为自己学这点,大家就会豁然开朗,学习兴趣的建立也就水到渠成了。对学习有了兴趣,读书时你的精力就会尤其集中,在图书馆就不会"身在曹营心在汉"了,学习的效率也自然会大幅度提升。

我虽然不是典型的"学霸",但也算是"国奖"、一等奖都榜上有名。下面就和大家分享一些具体的学习方法。

第一就是预习,预习是保证听课效果的基础。大学的课程是逐步深入的,所谓的"天书"课程也就成了家常便饭,而预习则是破解"天书"的利器。大家可能会觉得预习会很占用时间,其实不然,预习并不像上课时那样面面俱到,什么都看,而是要遵循主次分明的原则。爱因斯坦说过:"我想知道上帝的构思,其他的都只是细节。"这是对于预习方法的很好总结。我们要看章节的开篇介绍、大小标题和一些概念性的内容,公式、计算方法这些细节在预习阶段是可以舍弃的。当你了解下节课老师主要讲的内容后,就可以信心满满地坐在课堂里聚精会神地听讲,老师自然会将细节部分娓娓道来。

然后就是平时的阶段性复习,如果你预习了并且上课听讲效果不错,那平时复习就只需要完成老师布置的作业就可以了。不过前提条件是必须独立完成,也就是说不能抄同学的,不能抄答案,每道题都要自己思考,当然实在不会的可以向身边的"学霸"同学求教。虽然这个过程一开始是比较痛苦的,但是自己独立攻克问题的成就感却是不言而喻的,更重要的是这样完成作业的收获是巨大的,作业可以在无形中帮助你把已学的知识夯实,这样就免去了期末时临时抱佛脚的麻烦。

转眼间到了学期末,大家都进入了紧张刺激的期末复习阶段。这里我想重申一下,切忌临时抱佛脚,考前突击虽然可以让你在这次考试中拿到一个还不错的成绩,但是长远来看短期强迫记忆的效果是很差的,无论你将来工作、读研,牢固的基础知识都是成功的坚强后盾。具体复习时,大家可以和预习的过程呼应,边看书边自己总结书中知识点,俗话说"好记性不如烂笔头",把每一章节的知识点梳理后写下来,用一些你自己才能看懂的助记符号,越浓缩越好,等到再看你整理的内容时,你就会发现知识其实是越学越少,一本看起来很厚的"天书",需要牢固掌握的核心其实只有两三页 A4 纸,并且都已经烂熟于心了。最近我在准备赴德留学的申请材料,德国大学在评估你知识掌握程度时就会在你学过的专业课中选择一两门让你来总结主要知识点。他们不会提问具体的计算与公式,因为那些是可以在书上查到的,但是解决问题的思想是受用终生的,必须深深刻在我们的脑海里。

最后我还想说一点,学习应该劳逸结合,当你感觉身心疲惫看不进书的时候,千万别强逼自己继续学习。这是你的身体在向你抗议,你需要休息和放松了。这时候,你可以合上手中的书,走出图书馆,约上三五好友,一起聊聊天或者打打球,全身心投入娱乐中,不出一个小时,你就会感觉全身又充满了力量,这时再回去学习就又会高效如初了。

大学绝不应死读书,因此把所学知识加以应用就显得尤为重要。学以致用的途径可以有很多,它们的共性是,你一定会在这个过程中慢慢地培养起对于所学的兴趣。

入学后的第一时间我就加入了学校的知名汽车社团——汽车爱好者协会。虽然,这里只有一群还没有任何专业知识积淀的低年级生,但我们这群人都是不折不扣的汽车爱好者。一次偶然的机会,我代表协会参加了"中国安亭杯"全国高校汽车知识竞赛,在最后一轮的抢答环节中,有一道关于差速器的题目,我凭着在汽车杂志上看到的少得可怜的专业知识把答案说成了差速锁,一题之差就和冠军失之交臂。在感到遗憾的同时,这次小小的挫折也提醒了我,想要一步步实现我的"汽车梦",不能仅停留在爱好层面,不能只是聊聊车型、看看杂志。汽车是我的专业,我想成为一名真正的"汽车人",而在技术层面的探索之路才刚刚拉开序幕。

参观机械加工车间

大二时,我遇到了一个绝佳的机会——国家大学生创新计划,也就是大家今后将在本学院经常会听到的"国创"。对我来说,这个项目是一个绝佳的锻炼机会,既可以利用所学的专业知识做出实物,又可以在课本知识外进行一些略为深入的研究。每当想到这个项目一旦成功,就有可能投产为全社会造福,用科技的力量推动社会的进步,哪怕只有微不足道的一小步时,激动和喜悦就油然而生。

项目推进的过程的确是困难重重,我甚至也一度想过放弃。然而每当这时,童年单纯而强烈的"汽车梦"就会涌上心头,在绝望时给我力量,让我继续坚持下去,然后一步步走过了理论分析、台架搭建、软件模拟及实车试验,最后被评选为汽车学院科技创新优秀个人项目。上学期我又参加了"挑战杯"全国大学生课外学术科技作品竞赛,虽然最终抱憾止步于上海赛二等奖,距离进入全国赛角逐只有一步之遥,但我认为自己还是得到了应有的收获,这就足够了。

这次经历还让我懂得,追梦的道路不会是一片坦途,但我绝不能也不会放弃。也正因为一次次的愈挫愈勇,我心中的"汽车梦"开始渐渐地清晰起来,我开始找到正确的方向,那就是与一群有着相同梦想的同学,一起制造出属于我们自己的汽车。

幸运又一次眷顾了我,在大二下学期的一次学院创新基地的宣讲会上,我结识了这样一群人,他们有一个共同的名字,叫作"志远"(同济大学汽车学院的一支学生节能赛车车队)。刚刚播放完宣讲会的暖场视频,我就被这群人深深吸引了。视频中给我留下最深印象的是一帧定格的照片:激动的队长抱起车手,车手捧着冠军的奖杯,所有人都笑得很灿烂。那一瞬间,我心里的"汽车梦"突然变成了一幅清晰的图片,那就是如果可能的话,有朝一日我也要成为那个因喜悦而热泪盈眶的队长,带领着一群用智慧实现梦想的追风少年,自己动手设计、制造赛车。

日子总是过得很快,我们远离了城市的喧嚣,从杨浦本部搬到大嘉定。虽然偏僻,但是我个人认为这个环境也很适合潜下心来去做一些有意义的事情。也是在这个学期的一个平常的日子,我成了一名"志远人"。车队的日子总是过得飞快,在积极参与动手工作、加工制造的同时,我也慢慢接触了各种形象以及抽象的软件,更重要的是,见证了属于车队、属于我们的一个完美的赛季——在2011年的第五届本田中国节能竞技大赛上我们包揽了所有大学生组别的冠军!看着前辈们发自内心的激动与喜悦,我愈发觉得,在接下来这个属于我们的 2012 赛季,我要有所担当。

于是,从"小弟"到技术组组长,在磕磕绊绊中我完成了第一次角色的转变,也感受到了责任的分量。2012 年 11 月,我第一次作为车队的主力队员来到广州肇庆的赛场,在这里依稀能看到我们往日的荣耀,这一次我真正体会到了体育竞技给人带来的强烈刺激。然而,瞬息万变的赛场给我们上了残酷的一课:带着光环来到这里,我们却铩羽而归。比赛结束后,大家的泪水都在眼眶里盘旋,透过这层水幕我看到了大家坚毅的眼神,那是为了来年能够证明自己、再次夺冠而积攒的力量。我坚信,我们一定能够做到,因为,在追梦的道路上不会一帆风顺,会充满坎坷与挫折,但我、我们,绝不能也不会放弃。

我现在还时常会回想起去年在汽车学院一·二九歌会上,唱响队歌"哪里还有这样一群人"时,从内心迸发出的激动与自豪感。因为志远车队给了我强烈的归属感,在这里有性格迥异、志同道合、脚踏实地为了共同的"汽车梦"而不懈奋斗的"这样一群人"。

2013 年 1 月,作为志远车队和同济大学的代表,我成为中国大学生代表团的一员,出席在阿联酋首都阿布扎比举办的"世界未来能源峰会"。这次经历使我的视野得到了极大的拓展,在峰会及其相关的展会上,我第一次零距离接触了世界一流的节能环保技术,我也真正体会到了中国环境形势的严峻、汽车制造水平与世界一流的差距。

EP 车队荣获奖项第二名

作为同济"汽车人",我们必须要有所担当。于是,在本科生涯即将结束的时候,我毅然选择了远赴德国——这个世界第一的汽车制造强国留学深造。我知道,留学之路必将充满荆棘,但我一定会痛并快乐着,因为未来的路就是追梦的路,只要在这条路上一步一个脚印地前进,等到学成归来时,我就真正站在了梦想的彼岸,为祖国的汽车事业奉献自己的力量。唯有这样一路走来,我才能不负于心,更不负国家和学校对我的培养。

最后回到开篇的那个问题,什么是梦想?它的答案可以很宏伟,也可以很具体,可以天马行空,也可以脚踏实地,然而这不是关键,关键是我们需要有梦想。喜欢做什么,对什么感兴趣,就好好利用大学这几年的黄金时光去最大限度地实践它。在离开大学时,希望大家可以无愧于心,无愧于自己当初的梦想,而每位同学的梦想汇聚在一起,就会成为我们中华民族共同的"中国梦"。

共圆青春梦

同济大学2014年优秀大学生报告团　欧炫汐
(2014年11月18日)

【个人简介】欧炫汐,女,1992年生,中共党员,同济大学政治与国际关系学院政治学与行政学系2011级本科生。在校期间被授予同济大学"优秀学生标兵""优秀志愿者""励志之星""上海市优秀毕业生"等称号。

今天非常荣幸能与各位学弟学妹分享我大学期间的经历和感悟,希望我的经验能给大家带来帮助。

在同济大学2014年优秀大学生
报告会上的演讲

大学是一场青春的梦,学习则是这场青春梦的主旋律。回顾在同济走过的圆梦之路,我在学习方面收获了一些成果,目前,我的绩点为4.9,排名全系第一,连续三年荣获了国家奖学金和同济大学一等奖学金,先后被评为同济大学"优秀学生"和"优秀学生标兵"。在取得的这些成绩背后,我也曾有过挫折,但我没有放弃,而是积极地探索学习方法,一路实践、一路总结、一路改进、一路成长。

现在,就让我给大家介绍一下我是怎样从一个懵懂的大一新生成长为一个敬业的学习标兵的。

刚入学时,我和大部分新生一样,

对大学的学习知之甚少，沿用了高中的学习方法：课前逐字逐句地预习课本，课上认真记笔记，课后按时完成作业。实践了几周，我就发现有点行不通。每次课老师都会讲授几十页教材，而我课前再努力也只能预习十几页，导致听课时常常跟不上老师的思路。当时的我还不会合理地安排课后的学习，不知不觉地就把所有的作业都拖到了最后，以至于只能在短时间内草草了事。混了半学期，我迎来了期中考。做题时，我感觉既熟悉又陌生。熟悉的是，这些题型在课后练习中都见过；陌生的是，竟没有任何一题是我能完整解出来的。考试成绩的陆续公布，真是让我连连受挫。我一次次问自己，大学究竟该怎么学习，却找不到答案。

为了改变现状，我向师长们请教我的困惑，得到了两点令我受益匪浅的建议：第一，端正学习态度。社会主义核心价值观中的敬业，对于大学生来说，就是要以认真负责的态度尽心尽力地学习。高中时，大家听到的"大学生活很轻松，学习成绩不重要"的言论是不切实际的。在同济，学习成绩不仅重要而且非常重要。第二，找准适合自己的学习方法。于是，我静下心来仔细对照了课堂笔记和教材，发现老师只讲解书本上最核心的知识点。在预习时，我不再要求面面俱到，而是从整体上了解课本内容，课堂上认真记录老师的提示来归纳重点。课后，我规划了各项作业的进度，有序地完成任务。经过实践，我发现这种方式是可行的。期末考时，平常积累的作业和笔记成了现成而有效的复习资料，通过简单的复习，我大一一年所修的27门课中只有三门课的成绩是良，其余课程都拿到了优。这小小的成绩让我受到了很大的鼓舞。

到了大二，我发现，学习教材应付考试已经足够，但对于提高专业素养而言，还有很大的局限。于是我开始涉猎政治学经典著作。在拜读了学科经典后，再来回顾学过的专业知识，起到了温故而知新的效果。

暑假期间，我多次主持社会实践活动，把所学的专业知识运用到现实问题的解决中。通过实践，我直观地体会了政治学追求"善治"的宗旨，也被这种大时代情怀深深吸引。"大学之道，在明明德，在亲民，在止于至善。"至此，我明确了学习目标，找到了激励我不断努力学习的动力，那就是追求"至善"的梦想。

总结一下我的学习经验，可以浓缩为三句话：

学以致用,投身社会实践

第一,功在平时。我相信这四个字你们已经听过很多遍了,但这个人人都懂的道理,不见得人人都做得到,因为这短短的四个字背后倾注了太多的汗水。功在平时,要求我们端正学习态度,要求我们抓紧分分秒秒,要求我们做好点点滴滴。

第二,阅读经典。通过文本穿越时空与古今中外一切伟大的心灵对话,倾听、叩问先贤的心声。我建议大家,至少阅读一部本学科的经典级的著作,如有余力,再阅读几部通识性的经典。

第三,知行合一。南宋诗人陆游曾说过:"纸上得来终觉浅,绝知此事要躬行。"大学的学习不能只停留在书本上,更要将所学运用于实践,在实践中不断地加深对事物的认知。所以大家可以适当地参加一些与专业相关的社会实践。

学弟学妹们,也许现在的你就和当年的我一样,对大学的学习有着种种困惑,但请不要停下前进的脚步,不断地摸索适合自己的学习方法,当你积累到一定程度的时候,就会收获属于你的成功。

作为即将步入社会的大学生,我们不仅要用心读好圣贤书,还要学着承担社会责任。我在学习之余,参与了一系列的志愿活动,获得了同济大学"优秀志愿者"的荣誉称号。

其中最令我难忘的是学院的"温暖文化入社区"义务家教活动。大 时,我第一次走进平凉社区的琳琳小朋友家。我发现她们家的生活十分拮据,琳琳妈妈的文化程度不足以辅导女儿的学业。琳琳告诉我,她想学好每门功课,因为她长大后想成为老师。知识是追梦路途中的有力臂膀,而才上小学二年级的琳琳却面临着"输在起跑线上"的危机。于是我与琳琳结对,成为她的家教老师,每个周末帮她补课。两年来的家教经历让我得到了家长和社区工作人员的肯定,同时也被《文汇报》

校园晨读

义务家教进社区

报道。但更重要的是,我在琳琳求学无助时,为她提供了力所能及的帮助。有同学曾问我,每次义务家教都要花半天的时间,会不会耽误学习? 我说,给琳琳补课不仅没有影响我的学习,反而促进了我成绩的提高。在学业最忙的大二、大三学年,我不仅坚持做好家教老师,而且连续三个学期做了"小五姐"。因为我知道没有整块的时间来考前突击,只能充分利用零碎的时间,践行"功在平时"。2013 年 3 月,我以"学雷锋日"为契机,给韩正书记写信,倡议全市大学生加入志愿服务的队伍中,与他人共圆青春梦。2013 年 4 月,学院召开了"温暖文化入社区"活动的宣讲会,会后我们班将近半数的同学都加入了义务家教的队伍。现在,我们的活动不仅有义务家教,还拓展到爱心课堂。我们试图帮助更多的小朋友克服追梦途中的困难。

美丽中国梦,对内而言,是实现中华民族的伟大复兴;对外而言,是构建新型大国关系。中国梦的宏伟蓝图正是由我们每个人的青春梦一幅幅拼凑而成。为了这个共同的梦想,我们大学生所能做的就是格物穷理,学习好专业知识,做到知行合一,同舟共济,牢记社会责任,向社会传递青春正能量!

携笔从戎，与抗战胜利70周年阅兵结缘

同济大学2015年优秀大学生报告团　赵文丞
(2015年11月3日)

【个人简介】赵文丞，1993年生，中共党员，同济大学物理科学与工程学院2011级本科生。2013年9月入伍，服役于驻闽某集团军，服役期间获嘉奖2次，荣获"优秀共青团员"称号。2015年作为徒步方队队员，参加纪念中国人民抗日战争暨世界反法西斯战争胜利七十周年阅兵，并获"训练标兵"称号。2015年退出现役，被评为"2015年度上海市大学生年度人物"。

2015年的9月3日，是一个举国欢庆的日子，这一天是中国人民抗日战争暨世界反法西斯战争胜利七十周年纪念日，而这一天，也是令我终生难忘的一天，因为我作为夜袭阳明堡"战斗模范连"英模部队方队的一名队员参加了阅兵，光荣地接受了习主席以及祖国和人民的检阅！很荣幸今天能站在这里，同大家分享我过去两年军旅生涯的点滴经历。

让我从最初选择参军的时候说起吧。当兵，可以说是我一直以来的一个梦想。我觉得为保家卫国献出自己的一份力量，为老百姓的安居乐业做出个人的一点牺牲，是非常光荣的事情。而在校大学生入伍能够保留学籍，退伍后可以返校复学，所以我毅然选择参军，去完成我的梦想。"参军报国无上光荣"并不是一句空话。相

在同济大学2015年优秀大学生报告会上的演讲

信在座的你们也和我一样,有着这样或那样不同的梦想。有的同学可能也梦想着有朝一日能够穿上军装,把青春献给祖国。有的同学会梦想成为学术大师,为科技的进步和发展做出贡献……我相信梦想尽管不尽相同,但都同样值得去追寻,去捍卫。这也是我想和

参加服役训练

大家分享的第一句话:如果有梦想,就要不顾一切地去追寻。

第二点,我想和大家分享一下我是如何与九三阅兵结缘的。九三阅兵对于队员的挑选十分严格。当时,我所在的集团军要从下属各个单位中抽调人员组成一个 359 人的徒步方队。初期要挑选 600 人左右,在训练的过程中逐步淘汰。第一轮选拔,我所在的步兵旅有 130 多人报名参加,可经过挑选,只有 30 多人符合集团军的要求。也就是说仅仅第一轮选拔就淘汰了将近 80% 的人。很不幸的是,我就在这 80% 之列。结果公布当天我就被要求收拾好自己的东西,乘车回连队。当时我的心情可以用心灰意冷来形容,我以为就这样和阅兵擦肩而过了。

而就在这天晚上回到连队后,我又奇迹般地重新进入了集团军阅兵集训队。

晚上六点,刚下车,连长就招呼我们几个刚回来的赶紧列成一队,站好军姿,我们几个都"丈二和尚摸不着头脑"。之后两个军官走过来,一个上尉,一个少校。他们两人把我们这一列每个人都打量了一番,随后命令我们走一段正步。踢完正步之后,那个少校走到我跟前,问我叫什么,我回答道:"报告首长,我叫赵文丞!"他把我的名字记在了一个本子上。与我一同被记下名字的,还有另外两名战友。解散之后,我一直回想着刚才的一幕幕,隐约感觉有好事要发生。果不其然,第二天我便得到通知,我被重新挑选进入九三阅兵训练队伍。幸福来得太过突然,我一时还没反应过来,不过机会宝贵,来之不易,所以从那时起,我就默默下定决心,要做好

为参加阅兵而付出一切的准备,无论在我面前将会出现什么样的困难,我都一定要拼尽全力去克服,只为9月3日在天安门前走过的那一刻。可是,有一个和我一同被挑中的战友,选择了自愿放弃这次机会。我至今仍记得当时他是这样说的:"第一次都没有被选上,就算这次被选上了,也是不可能有机会上场的,还是不白费力气了。"可我最终得以接受检阅的例子,证明了他当时的放弃是一个错误。所以我觉得,只要机会出现了,就一定要果断地去把握,因为机会总是转瞬即逝,一旦错过,就有可能让自己抱憾终身。这也是我特别想和在座各位分享的第二句话:抓住机会,绝不放手!

第三,我想分享一下九三阅兵训练的过程。"行百里者半九十",我觉得这句话在阅兵集训队里一点不假。集训实行全程淘汰制,谁的技术动作不过关,体能跟不上,或者是根本受不了这种苦,马上就有被淘汰的危险。初期600人的大队伍,集训三个月后进驻北京阅兵村时,已经淘汰到只剩400人。最终正式接受检阅的,更是只有359人,其中还包括2名将军领队和7名旗手。因此可以说训练的过程是十分残酷的,队员不仅要承受高强度训练的生理压力,更要承受随时可能被淘汰的心理压力,只有坚持到最后的最优秀的队员才可以参加正式阅兵。我得到的训练机会来之不易,因此更加不敢怠慢——每天至少训练10个小时,每周只有半天的休息时间。长期的队列训练让许多人脚上起了水泡,有的人甚至水泡里还会再起水泡,每走一步都会感到万分疼痛。夏天酷热难耐,每天训练衣服会湿透好几次,时不时还有人因为中暑而晕倒。由于时间紧、任务重,就算是下雨天,我们也一样不休息,照常训练。我的左膝患有关节炎,每逢雨天训练,便是我最痛苦的时刻。就是这样艰苦的训练,所有队员都坚持了六个月,这才有了9月3日那天的精彩盛典。参加了阅兵之

参加阅兵训练

后,有很多人问我,从天安门广场前踢着正步走过,是一种什么样的感觉?其实说实话,那天从东华表到西华表,这之间96米、128步的距离,短短一分钟的时间之内,我的大脑是一片空白的,心里面想的,只是一定要走整齐,千万不能有半点差错。

回到校园,继续求学

集训时,有一句口号让我至今印象深刻,"努力不一定成功,但放弃注定失败"。虽然我以前也听到过这句话,但是这几个月的经历让我真正地感受到了这句话的分量。一次努力,不一定会成功,次次努力,也不一定会成功,甚至一直努力,都不一定能成功,但是只要一次放弃,之前所有的努力和坚持,都将付诸东流。在集训队有一段时间,每天早上我听到起床的集结号,却被身体的疲惫和酸痛折磨得几乎想要放弃的时候,我都会在心里默默地问自己,我为什么还在这里坚持?这时以往强忍着膝盖的疼痛走正步,头顶着烈日站军姿的场景以及当初一度以为自己被淘汰时的沮丧都会浮现在我的脑海。因为我想参加阅兵,因为我是一名战士,因为我是一个同济人,无论身在何处,"同舟共济,自强不息"的同济精神都是我克服困难坚持下去的理由!再苦再累,我都一定要去扛,一旦松懈,哪怕只是出现一点点的动摇,都会与我的目标失之交臂。我身边许许多多的战友,都是从各个部队中挑选出来的精英,也都曾一直为了参加阅兵而努力,可是高强度的训练、严苛的管理让他们之中的部分人产生了动摇,也有的战友本来一直保持着不错的状态,但是因为突发的伤病失去了参加阅兵的机会,令人感到十分惋惜。队员能够通过层层考验并最终接受检阅,这和他们始终如一的坚持和努力是分不开的。所以,我想通过自己的阅兵训练经历分享给大家的第三句话是:努力不一定成功,但放弃注定失败,只有一直坚持,才能成为最后的胜者。

最后,祝愿同学们在追寻梦想的道路上,坚定信念,执着追求,早日达到梦想的彼岸。同时,也希望胸怀军旅梦的同学们,能够携笔从戎,圆梦军营。

我的口腔梦

同济大学 2016 年优秀大学生报告团　韩奕能
(2016 年 11 月 29 日)

【个人简介】韩奕能,女,1994 年生,中共党员,同济大学口腔医学院 2012 级本科生。曾获"国家奖学金"、同济大学"优秀学生标兵""学习标兵""上海市优秀毕业生"等荣誉,于 2017 年保送至北京大学口腔医学院攻读口腔正畸学博士学位。

2012 年 7 月,我被同济大学口腔医学院录取。说起口腔医学,大家可能会感到很陌生,因为它在同济那么多大专业里显得那么不起眼,而我与口腔结缘还得从那时候说起。

高考时一心想报同济建筑的我,因为分数不够被调剂到了口腔,当时的我简直对口腔一无所知,觉得整天对着病人的牙齿看有什么意思,但我们院长的一席话令我印象深刻:"民以食为天,食与口腔息息相关,如果没有牙齿,还有谁会微笑,还有谁能吃饭?"口腔的重要性可见一斑。于是,18 岁的我就这么踏上了口腔医学的求学之路,也许这就是一种缘分。

随着理论学习的深入,我对口腔医学产生了浓厚的兴趣,现在进入临床实习,通过自己独立为病人治疗,我越发喜欢自己口腔医生这一身份。为病人们解决了问题,我特别有成就感,看着老爷爷、老奶奶戴

在同济大学 2016 年《形势与政策》校级报告会上的演讲

上我们为他们制作的假牙露出满意的笑容,我心里就乐开了花;工作很累时听到病人的一声谢谢或一句"医生,我们下次还找你看牙",我的疲惫之意顿时烟消云散。每天工作结束,我都会进行自我总结,记录心得与收获,将理论与临床融会贯通,以获得更大的进步。俗话说兴趣是最好的老师,通过努力,我四

加入同济口腔大家庭

年平均绩点达 4.88,大四全年绩点均为满绩 5,也就是大家所羡慕的"小五姐"。

但取得理想的成绩,光靠兴趣又是远远不够的,学习态度和方法同样重要,作为过来人,我想给大家几个建议。

首先,保持一颗谦卑和不停奋斗的心。刚进大学时,我也有过迷茫,觉得大学生活就像高中老师一直说的:"只要现在努力,上了大学就轻松了。"其实不然,大学的学业很繁重,尤其作为医学生,正可谓"上了大学,年年高考",而且身边都是跟自己一样优秀,甚至更优秀的同学。也许在高中大家都是班里的佼佼者,但到了大学完全失去了从前的优越感,这种落差感、挫败感让我很难适应,也无法很好地投入学习。这样不在状态的生活过了差不多一个月,我觉得自己在堕落,于是我主动与辅导员、学长学姐交流,他们给了我很大帮助,慢慢地,我调整了心态,开始按部就班地学习。所以我希望刚进大学的你们从一开始就摆正自己的位置,尽快适应大学的授课方式、学习方法,不要认为自己很厉害,其实山外有山,人外有人。

其次,做时间管理的主人。虽然大学相比高中更加自由,但同时需要更多的自觉,在这里我想问一下在座的你们是如何管理时间的呢?是将时间安排得井井有条,还是做一天和尚撞一天钟?我对时间的管理,一方面是各种学习之外活动的安排;另一方面就是学习的规划。每天课后,无论多忙,我都要安排学习时间,做到今日事今日毕。小到每天各个阶段复习的内容,大到考试周备考时,根据考试的先

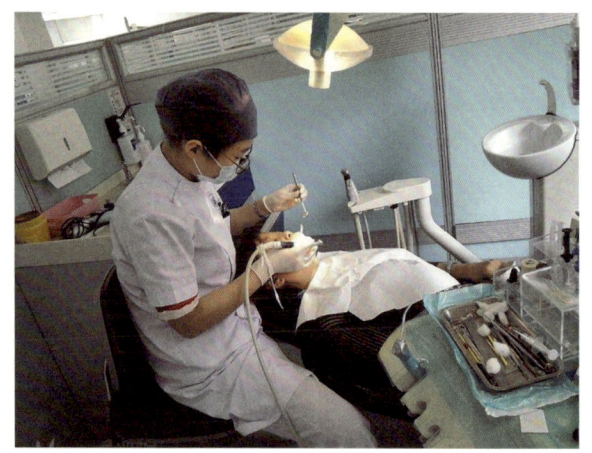

临床接诊患者

后、难易制订复习计划,确定什么时间该复习什么。我不喜欢也不擅长临时抱佛脚,当别的同学忙于应付一门接着一门的考试时,我总是早早地开始准备,考试时胸有成竹。

然后,像高中生一样学习。高中时我们的目标很明确,就是高考,所以我们能心无旁骛地专注于学习,能考出成绩,但大学生活丰富多彩,会被太多事情干扰。我能做到的就是在该学习的时间里依然像高中生一样踏实、潜心于学习,上课专心听讲,勤做笔记,有问题及时问,不要把老师想得很可怕,老师们其实都是很乐意解答疑问的,课后及时复习并做好笔记,同时温故知新,将课程内容形成一个连贯的体系,方便记忆。就我个人而言,很多医学知识我喜欢用画图的方法记忆。同时我非常讲究学习效率,劳逸结合,善于总结归纳,举一反三。一开始我和很多同学一样,觉得口腔医生,重在操作,理论学习不重要,主要是为了应付考试,总希望考试前老师能划个重点,但老师的一句话改变了我的想法。他说,"每个病人其实都是一道考题,医学生的考试没有重点,病人从不会按重点出题。"于是从那时起,我的考前复习变得很全面,我会将名词解释、选择题、填空题、简答题、问答题进行分类整理,参考历年考题完善自己的知识体系,整理错题,查漏补缺。学习中最忌讳的其实就是浮躁、急功近利,我一点都不担心在座的你们每一个人的学习能力,因为你们大多都经历过高考,但只怕进入大学后的各种因素消磨了你们原本的学习热情,所以希望在座的你们管理好自己的时间,在该学习的时候静下心来认真学习。

最后,不断提升自己的综合能力。我不希望自己是一个只会学习的"学霸",还要有丰富的实践经历。因此我曾组织举办过多项活动,也积极参加各项比赛,在全国大学生英语、物理竞赛、中外医学生牙体雕刻大赛中均有获奖,并利用周末完成了日语辅修的学习,拿到第二学位。同时,我还热心于公益活动,很荣幸地被评为同济大学"十大杰出志愿者"。可能对于我说的这些,医学生们会觉得你哪有时间做这些,非医学专业的同学会觉得做这些事不足为奇,校园里不乏各种达人。但我想说,无论参加多少学习之外的活动,只要你能够很好地平衡,不要最后丢了西瓜捡了芝麻,都是可行的,这些实践经历也确实让我开阔了眼界,提高了能力,受益匪浅。

在 2016 年 9 月份结束的保研中,我有幸被北京大学录取为直博生,方向为口腔正畸学,我想这将是我人生中一个新的起点,也非常感谢同济能够给我这样一个宝贵的机会。在这里我想告诉大家,一定要敢于尝试,机会是自己创造的。当时我拿到学校的保研名额,我希望去闯一闯,做了充分的准备,但一开始并没有被北大录取,就在我已经做好考研的准备时,那边的老师跟我打电话说,她有一个名额,我当时就答应了。通过这个故事,我并不想证明自己有多优秀,我只是想说机会是留

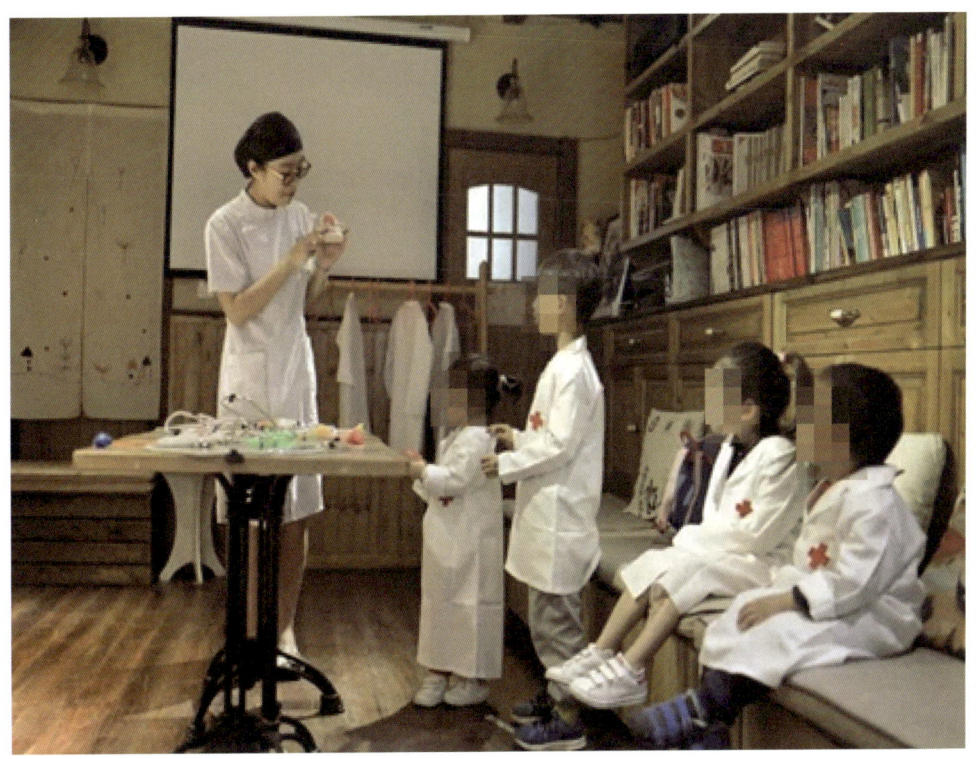

进行口腔宣教

毕业典礼

给有准备的人的,也是留给有勇气和敢于尝试的人的,所以,趁我们还年轻,勇敢地追梦,我们有犯错、失败的资本。虽然学医很辛苦,但既然选择了学医,就要能够吃得起学医的苦。

小口腔,我的梦,从一开始结缘口腔,到爱上口腔,再到现在追梦口腔,同济给了我太多太多惊喜,它成就了我的理想,完成了我的梦想,给我留下了一段段珍贵难忘的记忆,而我也给同济创造了一个又一个惊喜。虽然我不是众多同济优秀学生当中最闪亮的那一个,但无论结果好坏,我总是尽自己最大努力将交给我的每一件事情做好。

亲爱的同学们,无论你们的课余生活多么丰富多彩,请不要忘记,作为学生,学习才是大学生活的主旋律。所以无论现在的你还在学习上苦苦挣扎,还是已经掌握了学习方法,发现了学习的乐趣,始终都要把学习当作一件非常非常重要的事情来做,只有这样,当多年以后回忆起自己的大学生活,你才不会为当时没有好好学习而后悔莫及。最后,真心祝福学弟学妹们都能在同济取得优异的学习成绩,早日实现你们最初的梦想。

携笔从戎军旅梦，发现人生大不同

同济大学2016年优秀大学生报告团　左合鹏
（2016年11月29日）

【个人简介】左合鹏，1993年生，中共党员，同济大学化学科学与工程学院2011级本科生。2012年12月响应国家号召应征入伍，服役地点为西藏自治区，在役期间被授予"优秀士兵"称号，2014年12月退伍。

我是来自化学科学与工程学院应用化学专业的本科生左合鹏，不过同学们都喜欢叫我"兵哥哥"，原因大家在视频中应该也看到了，我在大二的时候入伍，在西藏服役了两年，这两年的经历，让我实现了从小报效祖国的军旅梦，更让我发现了自己的无限潜能。

参军的梦想源自儿时的偶像和肩头的责任。

我从小喜欢历史军事，很崇拜历史上征战沙场、捍卫国土的英雄人物。我们也都知道，历史上每一个强盛的朝代都必须有强大的军队作为坚实的后盾。这份对军事的热爱，让我一直对部队有向往之情。虽说和平年代不能上阵杀敌建功立业，但我打心眼里认为，热血男儿自当参军报国，经一番锤炼，尽一份责任，才不枉堂堂七尺之躯。

尽管很向往，但入伍这件事情我还是纠结了很久。因为当时我体质很差，从小就贫血，一直都很瘦弱，没什么运动细胞，一跑步就肚子

在部队营房内

疼，不瞒大家说，1 000 米跑步测试，我从来没有及格过，父母非常担心我到了部队之后坚持不住。所以，大一的时候我犹豫了一年，大二的时候我不断在想，父母所担心的不正是我应该努力克服的吗？我们在舒适的环境下很容易懈怠，把自己放到一个很有挑战性的环境，做一些对自己来说很困难的事情，不是更能催人奋进吗？更何况，参军入伍报效祖国是我一直心心念念的。于是，我下定决心，携笔从戎，报名应征入伍，并且主动申请到最艰苦的西藏地区，到祖国最需要的地方去。

就这样，我开始了我的军旅梦，然而，逐梦的路上，却困难重重。

我们当时入伍是 12 月份，从上海到拉萨，坐火车走青藏线，出了陕西之后，一路上越来越冷，氧气越来越少，车上很多人开始有了高原反应，中途一名战友因为高原反应强烈而晕倒了，在西宁站被送下火车，长官说他有可能被退回地方。当时我也有头晕、胸闷、耳鸣的情况，我很害怕像他一样被送下火车，于是缩在列车的角落里不敢和别人说，我一遍一遍地告诉自己，一定要坚持！绝对不能被退回地方。就这样坚持了一天一夜，顺利抵达拉萨时，我的意识已经有点模糊，休息了几天之后才慢慢恢复正常。

在西藏的日子，每一天都在接受着前所未有的挑战。这里很干燥，早上起来经常发现鼻子里面都是血；这里很冷，白天温度只有零下 10 ℃，而我是一个之前从来没有见过雪的广东人。我们新兵刚开始是队列训练，在室外站着训练一会儿手脚就麻木了，没几天手和耳朵都长满了冻疮，肿得像馒头一样，又痛又痒；这里空气很稀薄，含氧量只有平原的 60%，稍有剧烈的运动就喘不过气，大口大口的冷空气吸进去不仅咽喉难受，连肺都在撕裂着疼。

这些看似难以逾越的关卡，在心中的军旅梦面前，都算不了什么。这兵是我要当的，这西藏是我要来的，这条路是我选的，那么多人都坚持下来了，我有什么不可以呢？就这样每天自我暗示，说着加油，我竟一天天坚持下来了。

回想这两年的军旅生涯，我想最大的收获就是学会了坚持、学会了挑战自我。除了气候，我遇到的最大挑战是跑步体能训练。你们也许会好奇，我这样一个连 1 000 米测试都从来没有及格过的人，怎么会适应军营高强度的体能训练？其实，我一开始跑 3 000 米需要接近 20 分钟，远远不能达标，跑快两步呼吸就跟不上了，胸口像塞了一块大石头,十分难受。我一度以为是因为自己的身体素质天生比别人差,于是很苦恼、很自卑,自怨自艾不可终日。后来我发现其实大家都会难受,大家都是鼓着一股劲在坚持。我恍然大悟,哪有什么事情是轻松的,又有多少人天生就

在部队操场

不行呢,别人能够做到只是因为别人更努力,更能坚持,只要努力我肯定也是可以的。克服心理障碍后我下定决心给自己加码,尽管每次跑步还是很难受,但都咬牙坚持着就是不停下来,等适应了痛苦也就不那么痛苦了。每次大家集体跑完之后我会多跑几圈,中午或周末的休息时间也去跑,晚上站岗的时候绕着岗位跑圈或者做下蹲,每天都要跑十多公里,晚上睡觉我经常会因为运动过度而小腿抽筋,我都是简单拿药油搓一搓,第二天继续。就这样,经过半年的加强练习我终于能跑出一个理想的成绩。

军旅生活让我感触最大的就是:人一定不要给自己的能力设限,想要做的事情不要怕难,勇敢去挑战,去坚持,去努力,你会发现自己的能力其实远远超出想象,越有难度越有挑战性便越是如此。虽然不是只要努力就能成功,但是努力的过程会不断激发我们的潜力,提升我们的能力,这何尝不是一种收获,而不去做就真的不会有任何改变。

当兵的两年还有很多艰辛又难忘的经历。曾经背负几十公斤武装徒步几十公里;曾经站军姿几个小时手脚僵直晕倒在地;曾经在沙石地上爬战术灰头土脸,磨破手掌;曾经连续半个月每天执勤十几个小时;曾经在400米障碍中翻越高墙时因体力不支直接撞到水泥墙上,头晕目眩。我刚退伍时候晒得很黑,带着高原红,嘴唇发紫,看起来很沧桑,像老了好几岁,回到家我妈一见到我眼泪就掉下来了,但是又怎么样呢,再苦再难还不是过来了。

在部队和战友一起

每次觉得苦的时候我就想想那些坚守多年和远在更艰苦的边防一线的战士,他们所处的环境更加恶劣,有的位置偏僻,补给困难,一年中有半年大雪封山,没有新鲜蔬菜只能吃罐头;有的海拔五千多米连草都不长,根本不适合人类生存。他们中的大多数人都患有不同程度的高原疾病,和他们相比,我吃的那点苦哪里算得上苦。但是高原军人艰苦不怕吃苦,缺氧不缺精神,他们坚守岗位,从不退缩,这是军人的使命,是战士的职责。我们的每一个身份代表的不是权利,而是职责,不管是对于家庭、学校,还是社会和国家,我们都肩负不同的职责。仅仅是我们同济大学这几年的入伍大学生,有人奋斗几天几夜参与消灭森林大火,有人经过层层选拔和魔鬼训练参加九三阅兵,有人奔赴抗洪抢险救灾第一线……我们的国家能够取得今天的成就就是因为有无数人牺牲奉献、坚守职责,他们就在我们身边。即使现在已经退出现役,我依然是中国人民解放军预备役军人,如果祖国召唤,我会毫不犹豫重返部队,这也是我的职责。

回到学校之后,我没有一刻忘记自己的军人身份,2015年9月,我担任同济大学军训教官,传承军营风骨,传递军人信仰。

军训的时候我很严厉,我知道短短两周的军训难以铸就强健的体魄,但通过不断施加压力,严格要求,我希望同学们能够明白很多困难和挑战都需要我们咬咬牙硬扛下来,而且你会发现我们真的能扛下来。

后来,我还前往四川李庄指导李庄中学学生开展军训,以"同济兵哥"的身份,回报李庄对同济的鱼水之情。

最后,祝愿在座的你们在大学期间勇敢追求自己的梦想,完成自己的蜕变;同时,也希望胸怀军旅梦的同学们,能够如愿携笔从戎,发现人生大不同。

在部队执勤归来

在四川李庄中学开展军训

逐梦同济，驰骋赛场

同济大学2016年优秀大学生报告团　张梓桐
(2016年11月29日)

【个人简介】张梓桐，1992年生，共青团员，同济大学汽车学院2012级本科生。在校期间积极参与同济大学翼驰车队科创实践活动，2015年担任车队技术总监。2017年赴美国伊利诺伊大学香槟分校航空工程系攻读硕士研究生，以GPA4.0满绩毕业回国。

这是一群大学生追逐赛车梦的故事。

我大概从小就挺喜欢汽车。父母告诉我，在我还不太记事的时候就说过以后要送他们一辆红色法拉利。现在看来，法拉利似乎有些不太现实，但是对汽车、机械的兴趣却有增无减。高中时，一名在同济的学长给我发来了他与车队参赛的照片，这让我非常兴奋，我很羡慕他在读大学的时候就能有这样的机会去设计、制造一辆酷炫的赛车，并且代表学校甚至祖国去参赛。这也让我找到了梦想的方向，我爱汽车，我希望像这位学长一样，造出属于自己的赛车，这就是少年时的汽车梦。

2011年高考结束，我收到录取通知书的那一刻，简直激动极了：顺利考入同济大学的汽车学院，我离实现梦想又近了一步。大一一整年，我一直默默关注着学院车队的每一次比赛，希望早日加入他们。车队的招

生活照

新非常严格,于是我认真对待大一每一门课程,经常泡在图书馆,希望打好基础。大二,我顺利通过层层考核,加入了我一直向往的翼驰车队。此后,我在翼驰车队一干就是三年,从一名默默无闻的队员,到成为 2015 赛季的技术总监。去年夏天我还获得了英菲尼迪工程学院在中国唯一一个实习名额,去英菲尼迪欧洲技术中心及其合作伙伴雷诺 F1 车队进行了为期一年的实习。回望我整个大学生涯,在翼驰车队这三年,对我的成长的帮助最大的。

2014 赛季负责设计的路边结构

翼驰车队所参与的是大学生方程式赛车项目 FSAE。它要求全部由大学生构成的参赛队伍在一年内设计、制造一辆满足规则的方程式赛车,并参加多个动态和静态比赛项目。这虽然是一个学生比赛,但这些大学生方程式赛车在动态项目中所发挥出的加速、过弯性能和许多入门级超跑不相上下。打个比方来说,各位不妨猜一下保时捷 911 的百公里加速需要几秒? 嗯,大部分型号是在 4.5 s,而我们的赛车在最近几场比赛中跑出的成绩只有 4.0 s。这就意味着有很多技术难题需要攻克。

从专业性上讲,FSAE 项目比较类似于一个课题。很多有关赛车设计的课题或成为国家/上海市的大学生创新项目,或成为队员的本科、研究生毕业设计。也有一些课题和技术申请了专利。在这个过程中,我们的专业素养和技能得到了很好的培养。正是由于在车队打下的专业基础,我在大四下的八门功课里获得了七门优秀;在英菲尼迪工程学院的综合测试中,也获得了全球五个区的最高分。

从付出的时间和精力上讲,车队也算是比较辛苦的组织之一。我们看过凌晨

与其余四名2015届英菲尼迪工程学院实习生在银石赛道

三四点的嘉定校区;我们假期留在学校的时间比很多研究生课题组还多,往往只有不到十天可以回家;在炎热的七八月,我们经常骑车去购置材料、加工零件或者组织试车。如果试车出现问题还需要努力在当晚修好,以免影响第二天的试车,于是可能又可以看到两三点的嘉定。大二的夏天,我就有几天白天试车、晚上修车、半夜做课程设计,然后睡几个小时继续起来试车。大三的国庆节,我们的赛车在新车发布会前几天受损,为了尽快修复,我冒着大雨去了三个加工点,当时绿苑路的积水已过膝。

周末凌晨两三点时常拖着疲惫的身体回到宿舍的我们第二天依然像往常一样出现在车队的工作室,继续开工。这种坚持是不想辜负其他队友的付出,更是因为心里的赛车梦、汽车梦。它像翼驰的口号"为梦而逐"一样,虽然可能只有招新和新车发布时才被挂在嘴边,却一直在我们心里,鼓舞我们去提高自己和赛车的极限,去争夺中国赛的冠军,去国际比赛中告诉世界——中国大学生也能造出同样甚至更加出色的赛车。正是因为这样一种赛车梦,翼驰才能在国内外的比赛中获得长足的进步。我们从日本赛的 30 名上下到稳定在前 20 名,我们在去年的中国赛和今年的日本赛获得了多个单项冠军或亚军,让参赛车队刮目相看。今年 10 月,我们终于拿下了中国赛冠军。但即便没有这个冠军头衔,我们也已经得到许多人的认可,我们每一个队员亦在知识技能、学习能力、

参加 2014 年中国赛

团结协作等方面获得了锻炼和成长。我相信,经过 FSAE 锤炼的我们,能够像我们的指导老师所期望的那样,给祖国的汽车行业带来更多惊喜。虽然赛车和乘用车有不少的区别,但在方法、理论和技术上却有着很多的相似,比如混合动力技术、基本的动力学理论等,在英菲尼迪和雷诺 F1 车队实习的这一年让我更深刻地意识到这点。

在同济还有很多像这样的组织和项目,比如各个学院的创新基地、学校的创业谷以及各类车队、俱乐部和项目组等,我相信不论你学的是什么专业,有着什么志向,学校都能为你提供学习和施展的平台。有时候你可能会觉得太辛苦又没有实际的收获,但如果再坚持一下,你可能就会发现自己成长了多少、惊讶于自己走了多远,然后意识到这些看似微小的工作对自己、学校和祖国都有着它的意义,而

与其直线经理在 2016 年 F1 上海站

它们都将帮助你实现自己的梦想和我们的中国梦。

最后,感谢学校给了我这个机会来讲述我和翼驰的故事,也感谢学校、学院和车队的培养,以及这五年中给我帮助、鼓励的优秀的同济人,也希望学弟学妹们早点种下梦想的种子,利用好大学时光,努力让今天的梦想,在四年后开花结果。

圆梦军营,追求卓越

同济大学2018年优秀大学生报告团　郑珏鹏
(2018年12月4日)

【个人简介】郑珏鹏,1994年生,中共党员,同济大学测绘与地理信息学院2015级本科生。曾作为一名战士参与"东方之星"沉船救援、湖北省抗洪抢险等重大任务,退伍回校后,以专业第一的成绩保送至清华大学继续攻读研究生。曾获"全国大学生年度人物'入围奖'"同济大学"青年五四奖章""追求卓越学生奖""优秀学生标兵"等荣誉。

这张照片,是去年九寨沟地震后的场景,这位身着迷彩服的"最美逆行者"正是我们千千万万中国军人的缩影。对于亲历过2015年"东方之星"沉船救援的我而言,更深知这位战士当时的心情。风雨兼程,舍生忘死,都是源于一腔热血,源于对我们的守护,源于对祖国的忠诚。

刚进大学时,我很迷茫,我问过自己,大学这几年应该怎么过,怎么才能过得更有意义。也是受学长们影响吧,在退伍大学生圈里他们常说:"当兵,后悔两年;不当兵,后悔一辈子。"于是,我也穿上"迷彩绿",参军入伍,做出了让自己光荣骄傲一辈子的人生选择。

部队训练很辛苦,无论刮风下雨,寒来暑往,我们每天都是早上六点钟起床,开始一天的训练生活。日常的五公里武装越野、各种

在同济大学2018年优秀大学生报告会上的演讲

九寨沟地震后场景

体能训练更是家常便饭。为了训练我们的临机处置能力,晚上时不时还要吹紧急集合哨,随时做好拉动的准备。有时候严格的制度、绝对的服从真的会压得自己喘不过气来。但没有这些严苛的训练和纪律,哪来我们人民子弟兵战无不胜的战斗力。

2015年6月1日晚上九点半,载有454人的"东方之星"号游轮在从南京驶向重庆途中突遇罕见强对流天气,在湖北监利水域沉没,被定性为"特别重大灾难性事件",共有442人遇难,仅12人获救。事发地离我们驻地两百多公里,接到任务后我们随即紧急集合,短短20分钟全旅1 500员兵力、60余辆装备车集结完毕,奔赴监利。

事发地的两岸都是长满芦苇的泥潭,但我们知道,我们要打通的是生命之路。凌晨抵达的我们,在风雨中拨开繁密的芦苇,紧张地搜索生命信号。但很不幸,船上的大部分乘客都被困在了船舱里,最终没能逃出来。

在搜救的14天里,我们负责的是转移遇难者遗体。刚开始物资运输困难,一天只能保障一顿餐食,我们的双脚每天都泡在泥潭里。但是灾难面前,这都不算什么,

参与"东方之星"客轮倾覆抢险救援

我们在江边连续执行任务14天,直到最后一名遇难者的遗体被找到。灾难面前,我们无力回天,只能用双手抬起遇难者,送他们走好最后一程。生命,在灾难面前如此脆弱。但我们也深知,我们寻找和保护的不仅是遇难者的遗体,还有他们的尊严,以及对生命的敬畏。

船上乘客,年龄多数在50至80岁不等,自救能力弱。看到载满遗体的船只,我们都哭了。他们,也是我们的亲人,和我们的爸爸妈妈、爷爷奶奶同样年纪的亲人。

2016年夏天,洪水肆虐。我们这支担负处突维稳、抢险救援的武警部队,又冲在了第一线。虽然自己的营区早已被淹得破败不堪,但我们首先要保证的是人民群众的生命财产安全。7月,我们风雨兼程,辗转湖北七座城市,不管白天还是黑夜,我们都忙着扛沙袋、堵管涌、搬运物资、转移群众。

记得在鄂州的梁子湖,洪水告急,当时,梁子湖水位已超过警戒线1.5米,周围的房屋、树木、庄稼都已被淹没,原本零散的湖泊已连成一片,灾情远远超出了我们的想象,必须与时间赛跑。我们在湖边用沙袋防洪筑堤,不敢有丝毫的松懈。就在这时,战友发现了管涌,一旦封堵不及时,涌口就会导致溃堤,引发更大的险情。但要堵住它,就需要在湍急的河流中操作。我的中队长第一个跳了下去,对我们喊道:"是党员的,下来!"随即,党员士官就都迅速跳下去用身体和沙袋封堵管涌。这

参与2016年湖北梁子湖抗洪抢险

一刻，我第一次感受到——"党员，不仅是一个称号，更是使命和责任"，对我来说，这也是印象最深、最生动的党课。我们，就是吃苦在前，冲锋在前，就是为了人民能够牺牲一切。

那一年，和我在同一个支队的同济战友有23人，有的在机关科室，有的在基层单位，有的做文书、通信员，有的做炊事员，遍布全旅各岗位。我们，都是最普通的战士，都没有给同济丢脸。同济人，不仅能把论文写在祖国大地上，更能铸起一道道钢铁长城。

在同济，还有许多退伍大学生。穿上军装，他们就是保家卫国的共和国军人；脱下军装，便和大家一样，是我们同济的一名普通学生。

左上为冉彦龙、左下为赵文丞、右上为朱盛秀、右下为王涛

2007年入伍的冉彦龙学长,曾是驻港部队的优秀士兵,退伍返校完成研究生学业后,留校担任辅导员,继续砥砺筑梦;2012年入伍的朱盛秀学姐,在军营中磨炼自己,找到人生新的方向,如今也入选"青储"计划成为辅导员,要用自己的人生经历去感染更多的同学;2013年入伍的赵文丞学长,在一轮轮严格的遴选中脱颖而出,在2015年九三阅兵中展现了同济青年的飒爽英姿;还有今年退伍回来的博士生王涛,在部队表现优异的他,经选拔进入中国人民解放军第十六批赴黎巴嫩维和部队,将同济天下的情怀播撒到更远之处。

"好男儿,去当兵!"同济天下,我们要到祖国最需要的地方去,要到世界最需要的地方去,挥洒青春汗水,实现人生价值和理想。如果,你对眼前安逸的生活感觉波澜不惊、索然无味,对眼前散漫的状态感觉不甚满意、希望改变,不妨也携笔从戎吧,我敢肯定你收获的会比你想象的多得多。

回到学校的我们,刚开始也会有新的不适应,但我们对自己的要求是——在部队,当个好战士;回学校,当个好学生。但实际上,退伍回来后,原本信心满满的我,第一次上课就跟听天书一样,连最基本的三角函数计算都觉得生疏了;看到以往熟悉的英语单词也恍如隔世;甚至看到同学们熟练操作的电脑,也如此陌生;专业课作业要编程,我还得重新学习编程语言……我突然疑惑,难道我已经与校园生活格格不入了?

看着以前的同学跟着学院知名教授申课题、做项目、写论文,他们谈起项目的眉飞色舞、口若悬河让我羡慕不已。作为曾经的军人,我哪能轻易放弃?没关系,我准备从头再来,努力追赶大家的脚步。退伍不褪色,我可以不优秀,但绝不能认输!

自此,我安排了紧张而

退伍后作为军训教官与学员们交流

充实的学习计划表,一边学习现有课程,一边补大一的基础课。3个月时间,我把大一学的高数和C++重新过了一遍,把最难啃的硬骨头"数据结构"这门课重新梳理了一遍。当然也感谢班主任、辅导员以及13级、15级同学们耐心的帮助。意想不到的收获来了,功夫不负有心人,经过一学期的努力和老师同学的帮助,回校第一个学期我就拿到了满绩点。于是,我的信心也更足了。大二结束,我成了专业方向第一名,获得了国家奖学金;在今年推荐免试研究生时,我选择了赴清华大学攻读博士学位。

学习,我没有放松过,我的校园生活也很丰富多彩。作为一名中共党员和学生骨干,我参与了学校入党启蒙教育的视频拍摄,担任过新生成长学校的"励志成长小导师",也给我们学院17级的同学上过党课。作为退伍大学生,担任过16级、17级军训的教官,也连续两年成为李庄中学同济军训团成员,奔赴"同济的第二故乡"圆满完成军训任务。

当然,我还有梦想没能一一实现,但你们还有机会。在同济,有创业谷和创新创业学院的资金和平台支持帮助你实现创新创业的梦想;有名师课题组和重点实验室帮助你实现科技报国的志向;有志愿服务和社会实践帮助你实现学以致用的渴望。我们的大学生活,还可以更有价值,还可以变得更加不同凡响。

路,在脚下,我们必须从现在开始。

逐梦青春，传承经典

同济大学 2018 年优秀大学生报告团　贾童谣

（2018 年 12 月 4 日）

【个人简介】贾童谣，女，1996 年生，中共党员，同济大学艺术与传媒学院 2015 级本科生，入选"同济大学青年人才储备计划"。曾获"2017 年上海市大学生年度人物""2017 年同济大学生年度人物""2019 年上海市优秀毕业生"等荣誉称号，曾在同济大学校园版歌剧《江姐》中饰"江姐"，赴四川、北京、井冈山等地巡演，该剧于 2017 年获评"全国高校礼敬中华优秀传统文化"示范项目。

我是艺术与传媒学院的贾童谣，也是同济版"江姐"的饰演者之一。

就在十几天前，也是在这个大礼堂的舞台上，我圆满完成了《江姐》第十次演出。本科阶段临近结束，回想起来，从大一到现在，我的诸多成长，都与红色歌剧《江

在同济大学 2018 年优秀大学生报告会上的演讲

姐》在同济诞生、演进和传承息息相关。今天站在这里，我想和大家分享我的故事。

四年前，我就读于江苏南菁高级中学，文科优异，凭我的文化课成绩也能考上一本重点大学。可是在高二分科时，我却毅然选择了艺考方向，选择遵从内心深处对音乐的热爱，这种热爱让我意识到，我不仅仅想把它作为一门爱好，更想把它奉为一生追求的事业。作为学校唯一报考音乐专业的艺考生，我除了准备文化课的学习，在晚自修结束后，还常常独自前往音乐教室练习专业。有时怕打扰到别人，

就躲到空旷的车库练习声乐。就这样,在周围老师同学的质疑和唏嘘声中,我作为一名音乐表演专业的艺术生,来到了具有深厚历史底蕴和文化积淀的同济大学。

在同济的三年时间里,我有近一半的时光都是与整个《江姐》剧组在排练和演出中度过的,《江姐》剧组见证了我从一名没有任何经验的青涩少年,成长为一个能够担纲整部歌剧的女主角。刚开始演出的时候,我只是"江姐"的 B 角,也就是俗称的"替补",担纲首演是城规学院的李疏贝老师,我则作为幕后人员,在"中控",也就是大家看到的摆着设备的地方,帮助音响老师控制舞台上演员话筒的开关。当演出结束,所有的演员都站在舞台上谢幕的那一刻,我默默流下了泪水。可能是小自私吧,在被全剧感动之余,内心也有一点点沮丧和失落。从那以后,我更期待能够站上舞台,但由于与角色年龄的差距以及时代背景的差异,在塑造"江姐"角色的过程中也受到了挫折。

对我来说,起初最大的难点莫过于要读懂那个时代。为此,我反复看空政歌舞团、上海歌剧院等多个版本的视频,去模仿前辈们的表情动作;反复读小说《红岩》,去加深对人物内心的理解。书中无数的革命者,为了心中的信仰抛头颅、洒热血,粉身碎骨在所不惜。我想他们之所以能如此大义凛然,视死如归,是源自内心对共产主义坚定的信仰。

这也让我想起章子怡在综艺节目《演员的诞生》中说的:"作为演员要有信念感,要真正相信你所演的角色。"在"红岩精神"的感召下,也为了能更贴近人物,我再次递交了入党申请书,想从思想上更靠近她。

当然,模仿前辈们的演绎,揣摩人物的性格特点,以至于读懂人物的内心,这只是第一步——认知。

对于我来说,更困难的是如何将这些台词唱段、身段招式、舞台调度、人物潜台词也就是角色的内心活动,真正内化为自己的所思所想予以呈现。那段时间,我是个十足的"江姐控"。遇到一件事,总会想,如果是江姐——会怎么做?

其中,最让我反复揣摩而不可得的,就是第二幕江姐上华蓥山途中听闻丈夫被敌人残忍杀害,看到他的头颅被悬挂于城墙之上时的悲痛欲绝。在众人心目中,江姐是坚定不屈的革命者,但在成为革命者之前,她是一个妻子、母亲,在面对丈夫被残忍杀害时,她所有的隐忍与坚毅都被击碎,那一刻她只是一个失去爱人的妻子。因为阅历不足,我对于母亲和妻子的定位总是不准确。一次次失败打击着我的自信,没有人知道,在我排练不理想被导演训斥后,在深夜蒙着被子哭泣时的沮丧与失落。也很少有人知道,我反复尝试而毫无改观时,在打给爸妈的电话里崩溃痛哭、泣不成声地说:"我不想演了,太难了!"

当满满的负能量向我涌来时,有老师同学的宽慰与鼓励,有爸妈的支持,但是,给予我最大力量的竟然还是江姐这个角色本身。在夜里,我常常一个人想:江姐能够在丈夫牺牲、孩子失踪的悲惨境地中,化悲愤为力量,为了革命事业贡献生命。可我呢?口口声声地说热爱音乐,向往舞台,仅仅是因为无法克服困难,完整地去塑造一个角色就气馁失落,想要放弃。江姐能够为了信仰贡献生命,而我演好这个角色只需要付出更多的时间和努力。和她相比,我的困难实在是微不足道,我又有什么资格喊累喊苦、轻言放弃呢?从那以后,我花更多的时间去揣摩角色,对着镜子反复练习,在排演场地不停地训练,仔细体味哭泣直至晕厥的感受,体味伤痛欲绝、撕心裂肺的感觉。终于,在四川龙泉驿完成了我的首场演出。并接连在那一个学期内辗转成都、宜宾,进教育部汇报演出。

我至今都不能忘记在教育部演出的那一幕,在演出结束全体演员伴随着《红梅赞》的旋律谢幕时,台下一位老者振臂高呼:"中国共产党万岁!"他一边流着泪,一边呼喊,一直持续到我们谢幕结束。那一刻,我的心久久不能平静,泪水也止不住地夺眶而出。其实,作为舞台上的演绎者,能够得到观众的认可,能够真正感动到大家,之前付出再多的努力与汗水都是值得的。

事后,我们了解到,那位老爷爷是抗美援朝的亲历者,他深切地体会

在四川龙泉驿完成首场演出

在教育部汇报演出

过战争的残酷,目睹过战友的牺牲,对于信仰有着更深的感触与情怀。所以对我而言,江姐的故事不是别人的故事,"红岩精神"也逐渐融入了我的生活,她是我们在身处困境、面对挫折时永不服输、坚持到底的精神力量!也正是这份力量,让我们"95后"担纲的整个《江姐》剧组拧成了一股绳,不论处在什么样的恶劣境地都能以最饱满的精神状态完成演出。

可以说,《江姐》剧组不仅见证了我个人的成长,更见证了一批又一批学子的成长。从剧组2016年3月成立至今,已经迎来送往了三批学子,每年毕业与开学都面临着新老演员的更替。相信今天台下坐着的同学里也一定有《江姐》剧组的成员,大家都心照不宣地为下一场演出而竭尽全力。有许多毕业的同学跟我说:特别怀念参加《江姐》排练演出的日子。曾经,有人抱怨国庆加排、请假不予批准,但回忆里更多的是这些片段:大家专注地听导演讲戏;在经历了14个多小时火车颠簸后,大家在车站举起同济的旗帜合影留念;演出开始前大家在舞台上相互鼓劲儿加油。因为团队的力量,困境中的痛苦被分担,突破困境后的喜悦却成倍增长。

都说从艺先做人,在我

排练场地大家专注地听导演讲戏

演出前的相互鼓励

有限的本科岁月里，我有幸接触到了从同济走出的女高音歌唱家朱逢博老师、上海歌剧院第一代江姐扮演者任桂珍老师，从这些优秀的艺术家前辈的身上，我能看到他们对于艺术、对于自己所热爱的事业永无止境的追求。虽然对我而言，每次演出就是一场马拉松，从一幕到七幕，每幕都有我的戏，每幕都有唱段，整场演出下来两个多小时，都是对心力和体力的考验。但我深深地明白，只有保持对人物角色的不断探索，才能在下次演出时激发出更大的热情。正是三年多、千百次的迭代，使我从幕后到台前渐入佳境，骨子里融入了江姐坚毅、淡定、沉稳、从容的气质，高中时期萌芽的"初心"，在大学时代的学习实践中得到了升华。无论是从校本部到龙泉驿、小李庄，还是在井冈山、教育部，我始终牢记着自己是一个同济"艺传人"，把老校友杨溢言同志用生命讴歌的经典故事传承下去，"立德树人，崇尚经典，向经典致敬"，不仅是我们的使命担当，更是我们义不容辞的责任，把更多优秀的经典艺术作品传递给更多的人，是我终其一生都要为之奋斗的事业。临近毕业，我与张馨心一样，作为音表和广编的第一名放弃了直接保送，选择留校担任辅导员，我们想让新时代的"红梅品格""红岩精神"植根于大家的内心。

在这里，我不是舞台上熠熠生辉的"江姐"，只是一个大四的学姐，和大家一样，从大一一步一步成长起来的普通大学生中的一员。或许有些同学对于我们艺术生还存在这样或那样的误解，认为我们没有大家刻苦努力，我想可能是因为没有看到我们背后的坚持。没有天生的艺术特长，只有在琴房苦练起茧的手指，只有嗓子嘶哑在灌了消炎药后整装再战的坚持。我们也很努力，与大家一样，执着于梦想，执着于无悔的青春年华！

在维和战场践行同济人"济人济事济天下"的家国担当

同济大学2019年优秀大学生报告团　王　涛
(2019年12月10日)

【个人简介】王涛，1993年生，材料科学与工程学院2015级博士研究生。读博期间申请入伍，入伍第一年即被选派赴黎巴嫩执行联合国维和任务。参军期间荣获新兵营"先进个人""优秀士兵""联合国维持和平勋章"等荣誉。

我是来自材料科学与工程学院的在读博士生，我叫王涛，也是在中东地区一个叫黎巴嫩的国家执行过联合国维和任务的退役军人。

在座应该有很多人看过一部韩剧，叫《太阳的后裔》，其中一部分就是以韩国在

在同济大学2019年优秀大学生报告会上的演讲

黎巴嫩的维和部队为背景拍摄的。实际上,我们中国早在2006年就应联合国安理会请求,开始向黎巴嫩派遣维和部队,如今已经是第十八批了。而我所在的中国人民解放军第十六批赴黎巴嫩维和部队仅有的五名义务兵中,有四名来自同济大学。

维和期间外出施工时与外军交流

我们也是极少数几名在入伍第一年就被选派执行维和任务的大学生义务兵。

2016年,我在读博期间入伍,曾受到许多人的质疑。有人问起为什么入伍,我总是回答:我梦想成为一名军人,有梦想为什么不去努力实现。刚入伍的时候,得益于学校武装部组织的新兵预训,体能上还有些优势。但到了后期,发现自己酸痛恢复能力明显比不上只有18岁左右的战友,身体开始吃不消。我记得第一次与母亲打电话,一听到她的声音,眼泪就止不住地流,为了不让家人担心,我强忍着不出声。但体能是战斗力的基础,我又顶着大学生士兵的头衔,不能给学校丢人。于是我每天晚上熄灯后加练一个小时,坚持了两个月也很有成效,最终结业考核成绩优异,荣获了"先进个人"称号。

刚过完在部队的第一个新年,就听说有赴黎巴嫩维和的任务,国际维和,这个词对我们这些新兵来说,只是意味着危险。但同济的几名战友还是相约一起,毫不犹豫地报了名。原本以为新兵连是人生中最苦的时候,没想到维和集训更加残酷,训练强度更大,专业要求更高。也是从维和集训开始,我们同济大学生士兵得以展现自己的特长,在军营里发挥更大的价值。每天除了高强度的维和技能训练,我还担任集训队的英语教员,通常只能在晚上熄灯后利用休息时间备课,半夜睡觉,早上六点起床开始高强度训练,成了集训期间的常态。尽管很苦很累,甚至有考虑过放弃,但想着自己某一天能远赴万里之外维护和平,又有了莫大的动力。

大家一定好奇维和部队是干什么的,到底有多危险。我如果告诉你们扫雷排爆、军事防卫工程、边境线修筑、人道主义救援等词,你可能不明所以。我们不如来看一些照片。我第一次外出执行任务的时候,手里紧握钢枪,高度警惕,不敢有一丝松懈;第一次踏进埋着数十万枚地雷的雷区,腿脚发软,心惊胆战;第一次驻扎在边境线,睡觉时在爆炸声中惊醒;第一次站岗看见无业青年骑着摩托车,朝天空随意开枪;第一次看见被子弹打穿了的防弹玻璃;也是第一次看见衣衫褴褛,食不果腹的难民小孩。看了这些照片你或许就能明白,什么是维和。

身处维和任务区一年,最大的收获其实不是那些惊心动魄的经历,而是黎巴嫩人民对中国军人发自内心的友好。记得有一次在街头,一位满鬓斑白的老爷爷拉着我的手,对我说:"你是中国维和军人吧,我喜欢中国,了解中国历史,感谢你们为黎巴嫩和平做出的贡献。"听到这些话,我深深明白了,为什么中国军队总是能承担最苦最累的任务,无怨无悔地踏进最危险的雷区。

结束一年维和任务,安全回到祖国,很多人都会问我有什么感受。这里我想向大家分享四个词,还有几个小故事。

与黎巴嫩当地师生共度春节

第一个词是感恩,感恩祖国的安定和平。我们第一批维和人员圆满完成任务,乘坐专机回国,当飞机进入中国领空的那一瞬间,机长播报说:"亲爱的维和战友们,我们已经进入中国领空,欢迎你们回到祖国!"顿时所有人欢呼雀跃,甚至不少人饱含热泪。回想起每次外出执行任务,防弹衣、防弹头盔、枪弹绝不离身,时刻保持紧绷的状态。只有回到营区,看到门口石碑上大大的"中国"两个字,拉紧的心弦才会慢慢松下来。如今回到祖国,回到学校,过起了宿舍、食堂、实验室三点一线的生活,才真正体会到祖国的安定美好。而与几十个国家的军人交流发现,也只有中国才能有如此安全的国内环境,这也离不开我们中国数百万军警的无私奉献。

第二个词是爱国。刚去黎巴嫩的时候,一些当地老百姓并不认识五星红旗,问我是不是韩国人,是不是日本人。我无奈地摇摇头,内心当然十分委屈,但我总是坚定地指着我左侧的臂章,告诉他们这是五星红旗,我们是中国军人。我们国家经过40多年的改革开放,确实取得了举世瞩目的成就,但在维和的这段时间里,我发现其实很多当地人并不真正了解中国,我国的话语权和影响力还有继续提升的空

开展反恐演练,营区门口石碑上的"中国"

间。这也促使我们在外执行任务时更加严谨认真,与当地百姓接触时,时刻注意中国军人形象。正是在一次又一次说出"我是中国军人"后,我才真正意识到,我热爱着自己的祖国,深沉而坚定。

我想与大家分享的第三个词是自信。一次外事活动中,战友碰到一位华侨奶奶,拍照前她紧紧握着战友的手说:"我亲眼看着我们国家的军队一步步变得强大啊!祖国强大了!军队也强大了!"她只是在一遍一遍地重复着这句话,说着说着,已是泪流满面。的确,在我们党的坚强领导下,现在的中国是世界第二大经济体、制造业第一大国、货物贸易第一大国,中国人民在富起来、强起来的征程上迈出了决定性的步伐!所有成绩的取得都不是偶然的,这取决于中国特色社会主义道路、理论、制度和文化的优势,作为一名中国人,这是我们应有的一份自信!

最后一个词是坚定。我们国家面临的外部环境错综复杂,形势严峻,这个时候更需要我们中国人,尤其是在国外的华侨华人、留学生对中国特色社会主义道路、理论、制度和文化的坚定。有一次在外执行任务时我碰到一名外军高级军官,在交谈甚欢后,他主动说自己信仰上帝,并问我信仰什么。我告诉他其实大部分中国人没有宗教信仰。但他仍然追问我为什么没有信仰,尤其是像我这样的年轻人需要有信仰。我告诉他:"的确,我没有宗教信仰,但我有政治信仰,我信仰共产主义!"面对一些发达国家政治、经济和文化的侵蚀,我们青年一代更应该保持一颗清醒的头脑,坚定理想信念,立志听党话、跟党走。

最后,我想回到我的入伍初心,为梦想拼搏,为理想奋斗。习近平总书记在党的十九大报告中提到,青年一代有理想、有本领、有担当,国家就有前途,民族就有希望。在同济的大家庭中,就有这么一群退伍大学生,他们为了自己的理想,为了家国担当,毅然决然携笔从戎。在抢险救灾的第一线上,在军事比武的赛场上,在青藏高原的边陲线上,在国际维和的战场上,都曾活跃着同济人的身影。而你们,是同济大家庭的新鲜血液,每一个同济人都应该有远大理想,有家国情怀,不仅要做行业精英,更要做国家栋梁,民族脊梁。

在希望的田野上播撒青春力量

同济大学2020年优秀大学生报告团 马明杰
(2020年6月9日)

【个人简介】马明杰,1994年生,中共党员,同济大学交通运输工程学院2019级博士研究生。在2020年抗击新冠肺炎疫情期间,带头参加家乡疫情防控志愿服务,发起组建所在村大学生防疫防控临时党支部,组织村里返乡大学生成立青春抗疫扶贫小分队,在疫情防控和扶贫攻坚一线勇担重任、冲锋在前。事迹得到教育部党组书记、部长陈宝生同志的点赞和中央电视台《新闻联播》节目等媒体报道。先后荣获"第十五届中国大学生年度人物(提名)""2019年上海市大学生年度人物""2019年中国大学生自强之星""2020年同济大学先锋党员"等荣誉。

大家好,我叫马明杰,现在是同济大学交通运输工程学院的一名博士研究生,非常荣幸能和大家分享我的故事。

2020年春节前夕,恰逢新冠肺炎疫情暴发,我所在的河南省焦作市中水寨村很快实行了封村。我和母亲讲了参加志愿服务的想法。起初,母亲担心我的安全问题,并不同意。但在灾难面前,总得有人站出来,作为党员,我义不容辞。经过反复与她沟通,母亲最终还是答应了,但再三叮嘱我说:"工作是工作,一定要照顾好自己!"于是我就第一时间投入村里的疫情防控工

在同济大学2020年"小我融入大我,青春献给祖国"主题报告会上的演讲

马明杰驾驶降尘雾炮消洒车为村街消毒防疫

作中。刚开始就是配合村里的党员干部在村口卡点值勤,对过往人员进行登记、消毒、量体温。

起初,村民们对疫情防控知识不了解,重视程度也不够,总是出现扎堆聚集、不戴口罩等现象,极大地增加了感染风险。为有效解决这一问题,我和其他几名大学生录制了防疫防控音频,在村里的街头巷尾循环播报,一段时间过去后,村民们都戴上了口罩,减少了外出,并亲切地称我们为"最牛宣传团"。同时,我们还对村里的大街小巷和重点区域喷洒消毒液进行全面消杀。

经乡党委批准,2月1日,我们成立了大学生防疫防控临时党支部,支部书记由驻村书记马应福兼任,我也有幸成了临时党支部的一员,紧紧团结在党组织周围开展工作,倍感信心十足。

疫情形势稍有缓解后,我们主动帮助村民开展春耕,栽种果树。当时,马书记对我们说:"请大家记住自己栽种果苗的位置,等暑假回来,品尝品尝自己的劳动果实,一定很甘甜。"种下的一棵棵果苗,饱含着我们必将战胜疫情的信心。

习总书记强调,扶贫先扶志,扶贫必扶智。我们也利用课余时

中共嘉应观乡委员会文件

嘉发〔2020〕7号

嘉应观乡关于同意成立中水寨村大学生防疫防控临时党支部的批复

中水寨村支部委员会:

你支部《关于中水寨村成立大学生防疫防控临时党支部的请示》已收悉。经乡党委研究,同意成立中水寨村大学生防疫防控临时党支部,马应福同志任临时党支部书记。

临时党支部成员包括:马明杰(同济大学交通运输工程学院博士研究生,入党时间2014年4月),负责大学生值勤、综合协调工作;马蓓蓓(陕西师范大学硕士研究生,入党时间2014年5月),负责村优秀青年大学生组织联络工作;马姣姣(上海交通大学硕士研究生,入党时间2016年12月),负责村宣传报道工作。

特此批复。

参与建设大学生防疫防控临时党支部

间去贫困户家中为中小学生义务辅导功课。令我印象最深的是，给初二女孩白鸽辅导功课，她因为不会用智能手机，已经落下了足足三周的网课，我赶紧帮她下载学习软件并教她如何使用。由于家庭原因，她的学习环境和生活条件都很艰苦，但她并没有自暴自弃，在我们的帮助下，逐步对学习产生了浓厚的兴趣。有一次她和我说，要好好学习，用成绩去回报我们的帮助。从她坚定的眼神中，我能看出她对知识的渴求和通过知识改变命运的决心。

马明杰接受《新闻联播》采访

为乡村学生义务辅导功课

早在 2018 年 7 月到 2019 年 2 月，我曾在村里做过整整八个月的驻村帮扶工作，当时硕士刚毕业在家准备考博，我的组织关系也调回了村里。在参加村里全体党员大会时，与马书记初次见面，会后与大家一起参加义务劳动。其间，我表达了参加村里扶贫工作的想法，马书记也很支持，当时主要是协助村委干部处理村务，参与举办戏剧周、"立家训 树家风"等活脱贫攻坚系列活动，受益良多，也有幸荣获了我们村的"勤学奋进奖"，我备受鼓舞。

驻村期间，我也时常跟着村委干部走访慰问贫困户，关心生活条件艰苦的家庭。我看到了一批批脱贫户在党中央政策的帮扶下，辛勤努力，生活有了质的飞跃。我为他们感到高兴的同时，也感受到了我们的国家正在变得强大，人民的生活正在变得富裕，这也是我们每一个中国人为之自豪的事情。通过参与驻村帮扶工

疫情当前,庄严宣誓

作,我积累了丰富的基层工作经验,更加感受到一名学生党员肩上担负的使命。

今后,我将继续秉承习近平总书记给北京大学援鄂医疗队全体"90后"党员的回信精神,不负党和人民所托,将党旗所指之处作为自己拼搏奋斗的战场,让青春在党和人民最需要的地方绽放绚丽之花。

站上世界舞台,传递中国声音

同济大学2020年优秀大学生报告团　贺易诚
(2020年6月9日)

【个人简介】贺易诚,1996年生,中共党员,同济大学上海国际知识产权学院法学专业2018级硕士研究生。2019年9月至2020年3月被学院公派前往联合国世界知识产权组织(瑞士日内瓦)实习工作。实习期间积极投身国际事务,不断向世界传递中国声音,展示中国方案和中国智慧。在校期间,被授予"先锋党员""优秀学生标兵"称号。

大家好,我是贺易诚。去年9月,我经过学院选拔前往联合国世界知识产权组织开展实习,时长为六个月,地点在瑞士日内瓦。这是我人生第一次真正意义上出远门,也是第一次走出国门看世界。怀着激动的心情和对未知的期待,我背上行囊踏上了旅程。

2020年3月初,实习完满结束,我回到了最初出发的地方——浦东国际机场。回看来时走过的路,这6个月的实习经历和收获对我来说是一笔终身受用的财富。今天,我很荣幸能站在这里,和大家分享我在国际组织实习这半年的所见所想。

我在世界知识产权组织实习的部门叫作专利合作条约运营司,负责受理来自世界各国的国际专利申请。2019年11月,一名香港的申请人通过一家内地的代理

在同济大学2020年"小我融入大我,青春献给祖国"
主题报告会上的演讲

在联合国知识产权组织实习期间

机构向北京国家知识产权局递交了 PCT 国际申请。经过仔细审查,我发现他的地址填的是香港新界沙田区,但地址所在国一栏填的却不是中国。根据规范,申请书上一律使用两位数国家代码,大家都知道中国的国家代码是 CN,是英文"China"的缩写,而这名香港申请人在地址所在国一栏填的是 GB("Great Britain")也就是英国的国家代码。我非常震惊,反复核对了几遍确认不是我的眼睛看错了,于是我马上联系了部门的主管老师,当天她就把这个情况反馈给了有关部门,引起了巨大的轰动。我这个小实习生所做的工作便成了捍卫国家利益的最后一道关卡。

试想一下,如果这个错误没有被及时发现,或者说这个案子被分配给了一个不了解中国事务的外国同事处理,18 个月后,在一份国际组织出具的权威文书上赫然写着"英国香港",其后果不堪设想。最后,我的实习部门认定本次事件属于涉案代理机构的重大失误。

通过这件事,我深深地认识到无论我们身处何处,从事何种工作,只要我们是中国公民,那维护国家主权和领土完整就是我们义不容辞的责任和使命,当责任落到我们肩上的时候,我们要勇于承担,该作为时必须作为。于我而言,作为国际组织的中国雇员,在国家利益即将面临损失的紧要关头理应站出来,守住国家利益的底线。此举虽小,却关乎一国尊严。

实习期间,我也遇到过一些外国友人,因为不了解中国,所以对我们、对中国存在一些质疑和刻板印象。那么,我们要如何应对?这里我想分享另外一个故事。

有天我下班回到家,正好我的房东邀请了她的朋友在家里开派对,有一个法国朋友在得知我是中国人后一把拉住我,用英语问我,听说你们中国的大街小巷里到

联合国世界知识产权组织会议现场

处都是监控摄像头,这是不是真的?他看起来有些喝醉了,我先扶他坐了下来解释道,中国其他的地方我不了解,但在我土生土长的城市上海,在许多公共区域确实安装了监控摄像头。他紧接着问,你们就不会觉得自己的隐私受到了侵犯,自己的一举一动都在政府的监控掌握之中?我回答说,我们不存在这样的顾虑。我对这个法国朋友说,装不装监控这个事情,体现的是国情差异。政策上我们中国注重公共安全,安装监控可以有效提升社会整体治安水平;文化上我们倡导公民遵纪守法,我们在公共区域安装监控并不会伤及个人隐私。听完我说的话,他若有所思。一个月后他又来拜访我房东时遇到了我,对上次喝醉时冒犯的提问表示歉意。我说没有关系,有偏见很正常,因为你没有到过中国,也没有在中国生活过,对于和自己国家不同的做法和习惯,主观上有排斥完全可以理解,我知道他其实没有恶意。他很认同我的观点,表明以后有机会一定要去中国看看。

与知识产权组织相关专家的合影

现在有越来越多的优秀中国青年,用一个很流行的叫法——"后浪"们,他们用流利的外语、自信的面容和坚定不移的爱国信念走上世界舞台。他们满怀理想,积极投身于国际事务,不断地向世界传递中国声音,展示中国方案和中国智慧,一次次让世界记住这就是新一代中国青年的模样。与此同时在人才战略上,我们也正在从输出专业技术型人才向输出国际领袖型人才转变。我们同济学子始终把服务祖国、追求卓越作为我们的人生理想。在祖国亟需国际化人才的今天,我们也要立足国际视野,把服务国际组织、国际机构作为新的人生发展方向,在全新的岗位上为中国特色社会主义建设添砖加瓦。我相信,在未来的世界政治舞台上我们会看到越来越多的中国面孔,也会听到越来越多的中国声音。

我们同济青年将致力于把小我融入大我,把青春献给祖国,与祖国同行,以科教济世。我们也定将与世界同行,因为中国始终和全人类同呼吸,共命运!

忠诚奏国乐，颂歌献祖国

同济大学2020年优秀大学生报告团 　季文杰

（2020年11月24日）

【个人简介】季文杰，1999年生，入党积极分子，同济大学环境科学与工程学院环境工程专业2017级本科生。2018年9月响应国家号召携笔从戎，服役期间被授予"优秀新兵""联合军乐团标兵""四有优秀士兵"称号，并于2019年10月1日参加庆祝中华人民共和国成立七十周年阅兵式，荣立个人三等功一次，2020年9月退伍。

2019年10月1日凌晨4:30，50余辆大巴载着我和战友们前往长安街。

7:30，天安门广场，作为第一支接受检阅的队伍，中国人民解放军联合军乐团1 300名演奏员列队完毕。

9:50，张团长发出第一个手势，军乐团全部演奏员整齐划一地将乐器调至演奏位。停顿数秒，团长发出第二个手势，我开始试音，演奏出《义勇军进行曲》的第一个音符。

10:00，李克强总理宣布：庆祝中华人民共和国成立70周年大会，现在开始。礼炮响起，这是开始演奏的倒计时，70，69，68……每一个人都在心中默数着。

10:05，"升国旗，奏国歌！"我们奏响《义勇军进

在同济大学2020年优秀大学生报告会上的演讲

行曲》。我是我们队伍里离旗杆最近的人,但,这是我第一次在升国旗时没有行注目礼。因为我和战友们时刻紧盯团长指挥的双手,每一个音符要精确到每分钟96拍,每一刻都要保持最佳的气息状态,确保每个音色极致浑厚。46秒,必须分毫不差。虽然无法瞻仰国旗,但每一拍国旗上升的高度,我了如指掌。军乐方阵在激荡如潮的演奏声中奏响军人对祖国最庄严的承诺,用每个音符诠释了忠诚、责任、荣耀,也诠释了对新中国成立70周年的美好祝福。

习近平总书记阅兵的起点,正是在我的正前方,当红旗车缓缓启动,经过我面前时,你要问我内心在想什么? 在那一刻,我全心全意地思考下一首要演奏的曲目,以及要以最饱满的姿态"在五线谱上踢正步",演奏剩余的55首曲目。想到这儿,我把乐器攥得更紧了,胸膛更加挺拔,此时此刻的我,因为感动、自豪,视线开始变得有些模糊,额头的汗水不住地往下淌。

中国人民解放军联合军乐团有1 300名军乐演奏员,根据乐器种类排成13×100的方阵。特别巧合的是,我的位置是12排,39号。1239号,这个特殊的字符,让我与同济在庆祝新中国成立70周年大阅兵中彼此相连。

回想起军乐团的选拔过程,训练、考核、淘汰,然后不停地淘汰,单一而残酷。从集训开始,我就钻研下发的每份新谱,在40多度的炎热天气里,每天扛着10多公斤重的大号,一扛就是3个多小时,肩膀也出现了红肿与老茧。但我努力做到站4小时不倒,吹4小时不错,练4小时不累,奏4小时不乱,始终秉承"同舟共济,自强不息"的精神,不畏艰难,勇往直前,完成了从大学生到军人的蜕变,将爱国之心化为报国之行。最终,我以武警军乐代表队业余大号演奏员专业第一的成绩进入了联合军乐团,并被推荐参加了在国家大剧院举行的"红旗飘飘"八一晚会。

受阅任务结束后获得荣誉证书

军乐团演出倒计时　　　　　　　　退伍返校后参加国旗下的演讲

我清晰地记得,2019年7月5日联合军乐团成立大会,中央军委首长来到军队视察,那天,狂风暴雨交加,首长提议将汇报改在室内进行。但张团长毅然决然地说:"联合军乐团必须接受任何恶劣条件下的挑战!"我和战友们在风雨中演奏,战靴、号管中甚至能倒出水来,我感觉我的大号更沉了;雨水顺着帽檐成片地淌下来,砸在大号的按键上,有些打滑,我手指更加用力按键,始终像一颗钉子一样钉在自己的点位上。我们演奏了《钢铁洪流进行曲》,暴雨过后这首气势如虹的曲子有了更深层次的内涵。

"扛起钢枪能战斗,拿起乐器能演奏",走上训练场我是战士,练为战不为看;走上演奏场我是乐手,奏国乐颂祖国。两年的军旅生涯,作为一名同济人,我不懈奋斗。"背曲标兵"、集体三等功、个人三等功……如今,我回到同济大学,虽然身份由一名军人转变为同济学生,但我依然牢记12·39号的光荣与梦想。初心如磐,使命在肩,同济人把论文写在祖国大地上;星辰大海,高山沃土,我们都来自祖国的大江南北,在同济的校园里,大家携手奋进新时代,一定能够创造更多的属于自己的青春荣光。

红颜护国疆，巾帼戍荣光

同济大学 2020 年优秀大学生报告团　潘　娇
(2020 年 11 月 24 日)

【个人简介】潘娇，女，1997 年生，入党积极分子，共青团员，同济大学外国语学院英语系 2016 级本科生。2018 年 9 月响应国家号召应征入伍，在役期间，被授予"优秀义务兵""优秀共青团员"称号，2020 年 9 月退伍。

2020 年 7 月，汉口超警、九江超警、鄱阳湖告急，洪水在祖国大地上无情地肆虐。灾情就是命令！根据中央军委命令，东部战区陆军闻令而动、闻汛而至。就在某旅部分官兵听令奔赴抗洪一线的同时，一张按着 16 个红手印的"请战书"交到了教导员的手上。这份请战书很特别，上面签着的是 16 个女兵的名字。

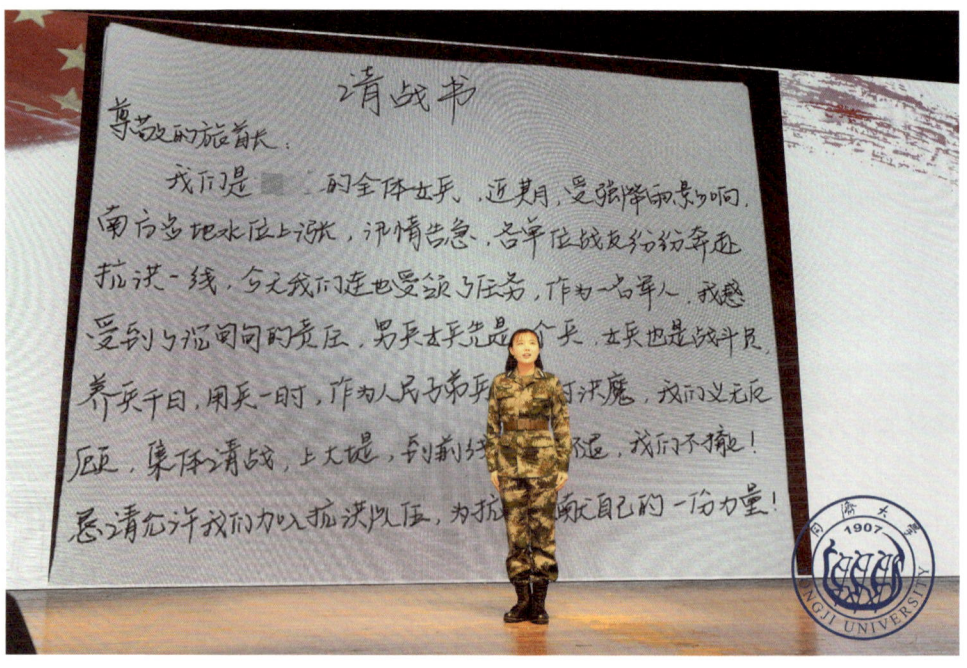

在同济大学 2020 年优秀大学生报告会上的演讲

"报告首长！男兵女兵先是一个兵，女兵也是战斗员！集体请战，上大堤，到前线，洪水不退，我们不撤！"在这些女兵中，有第一年的新兵，也有即将退伍的老兵，我就是其中一员。

大家好，我是来自外国语学院的潘娇，也是刚刚离开部队的一名退伍老兵。作为那一年全校仅有的四名入伍女兵之一，很多人问我："当兵多苦啊，你一个女孩子，怎么就去当兵了呢？"我就是想去看看，那些把命运与国家相连，把祖国护在身后的人们，到底是什么样子。

在今年 7 月，我部接到上级命令，要求全员在第一时间前往江西抗洪，听到消息的我热血沸腾，这是我军旅生涯第一次参加大型任务。可首长考虑到，前线灾情险峻，天气环境恶劣，宿营条件差，时间紧，任务重，这样的负荷已经超出了女兵的承受范围，只好下令让女兵留守营区。我们感激组织对我们的关心和关爱，但面对灾情，全员出动，我们又怎能袖手旁观？于是，我们写下了那一份请战书。那一个个红手印就是我们的铮铮誓言：既然同样身着军装，就请不要叫我们女孩，请叫我们战士！

第一时间前往江西抗洪

就这样,上级领导被我们的诚意打动,允许我们随队赶赴江西。还记得 7 月 16 号下午,我们照常随队巡逻,连续 10 公里的暴晒让大家都疲惫不堪。走到最后一段,马上就要归队的时候,余干县信瑞联圩出现三处大型泡泉。夜幕降临,脚下是直径近约两米的巨大泡泉,身后是 2.4 万名群众。情况危急,带队干部安排女兵撤到安全地带联络营区,自己带着男兵,扛起沙袋,毫不犹豫地跳入齐肩的水中。因为是日常巡逻,人手本就不多,而险情又很是严峻,支援部队根本赶不及。在安全区等待的我心急如焚,情况紧急,谁还会顾及性别,只要身着军装,就是一名战士!我们奔向大堤,打地桩,系绳子,装填石子,扛着沙袋往水里送,在几十米长的堤坝上来来回回无数次。我们这些女兵,大多数体重只有 50 公斤左右,瘦弱的甚至只有 40 公斤,一袋石子约重 25 公斤,也不知道那个时候是怎么迸发出了那么大的力气。连续奋战六个小时,手被锹镐磨出了血泡,虎口的酸痛感让我觉得握拳都是一件难事。但是自始至终没有一个女兵喊累,没有一个人离开。虽然身材没有男兵那般魁梧,但是战胜洪魔、保卫人民的决心一点不比男兵差。

我出生在内蒙古,从未感受过洪水的可怕,看着洪水一寸一寸吞噬堤坝,我的双腿都在发抖,那是我第一次距离死亡那么近。可是我不敢害怕,也不能害怕。因为我身后守护的是 2.4 万名群众。那片稻田,可能是一个农民对秋天的期盼,可能是一个孩子明年的学费,也可能是一个家庭几代人生存的根基,这是他们生活的希望啊。这是我第一次清晰地感受到,祖国的命运和我的命运是如此紧密地连在一起。"人民至上,为天下先"这样的字眼,在平日里看起来也许太过宏大,可如今摆在我眼前的,就是一个青年人该有的责任与担当!无论作为一名军人,还是这个国家的青年,这场仗,必须赢!我想,这份拼死守护的决心,才是对这句话最好的诠释。

战斗在抗洪一线

不负祖国:坚定理想信念 | 71

坚守信念,勇战洪魔的女兵们

庆八一,慰问抗洪一线子弟兵文艺演出

退伍不褪色,加入同济大学国旗护卫队

心中有信仰,脚下有力量。作为一名同济学子,同济精神一直像灯塔一样引领着我前行。在新兵连,我与地皮较劲,突破自我,最终以全集团军女兵第三名的成绩,被评为"优秀新兵";学业务,我与自己较劲,坚守岗位,两年 40 000 通电话,3 000 份传真,从未出现一次通信事故;战洪魔,我和上天较劲,肩扛使命,逆向而行。同舟共济的精神,教会我从大局思考,敢于担当,要为国家做些自己力所能及的事情。身为同济学子,我们接受着良好的教育,我们就有责任,有义务去回馈这个社会。国之栋梁,离我们并不遥远,想为国家做一些事情其实并不难,你我的每一份微小的力量,都不可或缺。我一直坚信每一个同济人都是一个火种,同济精神正是由我们这样一个个小的火种,播散到祖国的每个角落,我们不仅可以点亮自己,更拥有照亮他人的力量,我可以,你,一定也可以!

不负人民：强化责任担当

"士不可以不弘毅，任重而道远。"国家的前途，民族的命运，人民的幸福，是当代中国青年必须和必将承担的重任。一代青年有一代青年的历史际遇。我们的国家正在走向繁荣富强，我们的民族正在走向伟大复兴，我们的人民正在走向更加幸福美好的生活。当代中国青年要有所作为，就必须投身人民的伟大奋斗。同人民一起奋斗，青春才能亮丽；同人民一起前进，青春才能昂扬；同人民一起梦想，青春才能无悔。

——习近平致全国青联十二届全委会和全国学联二十六大的贺信

（2015年7月24日）

青春在服务世博中闪光

同济大学 2011 年优秀大学生报告团　白一帆

（2011 年 11 月 8 日）

【个人简介】白一帆，1990 年生，中共预备党员，同济大学经济与管理学院 2009 级本科生。曾获"上海世博会优秀志愿者""上海市世博工作优秀个人""上海世博会全国先进个人""2010 上海大学生年度人物""第八届中国青年志愿者奖优秀个人奖""2010 中国大学生年度人物"称号。

在世博培训、试运行和非洲联合馆 16 天的正式服务期间，我坚持全勤，从未迟到或者早退。在正式服务期间，由于我所属的非洲联合馆场内组只有我一名男生，我常常利用自己的休息时间帮助女同学站岗，每次吃饭也争做最后一个。虽然有时候站一次岗就要数个小时，但我始终会保持着微笑，为来自五湖四海的游客们热情服务。同时，因为我比较擅长法语，我便主动承担起了馆内一部分法语翻译的工作，为馆方解决了广播寻人、对非洲集市工作人员进行业务指导、解决游客与参展方的矛盾等问题，受到了非洲馆部的好评。在岗期间，我较为认真负责的工作态度得到了非洲联合馆长期管理岗位志愿者以及学校的认可，数次获得同济大学志愿者"每日之星"和"每周之星"的称号。在结束服务之时，我代表学校参加了园区志愿者第一、二批岗位交接仪式，

在 2010 年中国大学生年度人物颁奖典礼上的演讲

上海世博会期间与另外一名志愿者的合影

并代表同济志愿者接受了市领导颁发的志愿者之星徽章。在一次接受学校记者采访,被问及此次志愿服务的感想时,"累并快乐着"五个字脱口而出,这也是大部分园区志愿者的心声。

在保持优质服务的同时,我利用休息时间为非洲联合馆的所有志愿者们拍摄了工作照,由于工作量很大,我每次轮岗休息时都要很快地换上便装来为志愿者们拍照。拍摄完毕后我会让志愿者们自行挑选满意的照片。由于照片需要后期处理,我连续几个夜晚处理到半夜两三点才休息。功夫不负有心人,最终我圆满地完成了拍摄工作照的任务并及时将照片交给学校进行制作。另外,为了在休息室内布置一面属于志愿者自己的风采墙,我每天收集非洲联合馆志愿者的感言并制作成简报,第二天中午将简报和同学们服务的工作照张贴在墙上。我还出主意每天晚上拍摄集体照,根据同学们的工作照,我特地设计了非洲联合馆志愿者自己的专属LOGO。最终,LOGO、简报、照片、留言墙汇聚在一起,一面极具特色的非洲联合馆志愿者墙就诞生了。据非洲联合馆的长期管理志愿者们说,每次有新的志愿者们来,总是要向他们介绍这面墙并希望他们向第一批志愿者们学习。在志愿服务即将结束之时,我为联合馆的志愿者们每人制作了一本风采集,精美的风采集配上大家的感言让每一名志愿者和老师爱不释手,这也让我获得了一丝成就感。

每天零点回到学校后,我没有直接休息,而是将每天的志愿心得和团队感言都发布在网络上,一连16天,我的日志被许多媒体转载,我还被新浪推荐为优秀志愿者展示,新浪网也采纳了我拍摄的同济志愿者图集,并被多家网站转载。在服务期间和结束服务后,我的这些故事陆陆续续被《新闻晚报》《新民晚报》《青年报》《新周刊》、世博官网、人民网、凤凰网等媒体报道。我的文章和照片多次在《上海青年报》

《同济报》《同济大学世博志愿者简报》等报纸上发表，多家杂志也来约稿，想要刊登我的世博志愿者故事。在"最美志愿时刻"志愿者评选的网站上，我拍摄的照片分别位列第一和第六名，投票量在1万票以上。另外，我撰写的《小白菜大战游客》等描述志愿者酸甜苦辣趣味生活的文章在人人网上被多次转载，点击量过万，更被《新闻晚报》、新浪、网易等媒体转载报道。我很荣幸能将"小白菜"们的生活传播出去，让更多的人了解我们最真实的故事与情感。

上海世博会期间工作照

在2010中国大学生年度人物颁奖典礼后拍照留念

在服务期间，我时常登录园区志愿者信息咨询平台并且发帖，得到了园区志愿者部的重视，园区志愿者部张笑老师亲自找到我，让我来协助信息平台工作。后来，我组建了园区志愿者信息资讯平台QQ群方便志愿者联系，并组织了一批优秀志愿者义务为平台汇总各类咨询，从而为志愿者提供便利的信息。作为义务管理员的我，筹划组建了义务宣讲队，为之后的志愿者传授园区经验，总结实用的资料。

完成了日常岗位的志愿者任务后，我在暑假又成了一名世博信息员。作为一名特殊岗志愿者重新服务世博，并担任了信息员志愿者的负责人。有付出，就有收获。短短的45天，重返世博园的38名"老白菜"在平台发布了近2万条园区信息，平台访问量突破100万，可以说，信息平台已成为"小白菜"日常服务中最重要的帮手。

我家在南翔，每天往返于园区和南翔，脚磨出了水泡，脸也晒脱了皮。很多人不理解，但正是那颗纯粹的"白菜心"，那份对志愿服务的热爱与责任感，让我每日乐此不疲，坚持不懈。我为自己拥有"非洲白菜""线上白菜""信息白菜"的经历感到庆幸，更为自己能成为一名让"小白菜"信仕、依赖的信息权威发布者，感到无比骄傲。世博正是因为有了这么多辛勤的"小白菜"们才精彩。我虽然只是其中普普通通的一个，却希望以我自己独特的方式为世博发光发热。

日前，在上海市委、市政府"服务世博、奉献世博"立功竞赛表彰活动中，我被授予"上海世博工作优秀个人"称号。在园区志愿者离园仪式上，我也作为志愿者园区十大感动人物之一上台接受了上海世博会事务协调局党组书记钟燕群颁发的志愿者之星徽章。

我深深记得，大学期间，我们一直被"同舟共济，自强不息"的精神感染、鼓舞与指引，它不断激励着我们奋发向上，追求卓越。在日常生活中，我更加希望能够把这种情怀见之于行动，因而我一直以"服务他人"为己任，认为能够帮助到别人就是自己最大的快乐。希望在座的我们同济的同学们也都能在这种精神的引领与带动下，不断地进步、提升。在完善自我的同时，也能够带领身边的人，多一份关怀与关爱，多一份责任与付出。

恰同学少年

同济大学 2011 年优秀大学生报告团　仲志磊

（2011 年 11 月 8 日）

【个人简介】仲志磊，1985 年生，中共党员，同济大学政治与国际关系学院政治学理论专业 2008 级硕士研究生。2009 年 4 月起，积极参与国家西部计划的支农支教项目，先后服务于重庆市志愿服务工作指导中心和重庆市云阳县南溪镇长洪小学。

正所谓好男儿志在四方，生长在内蒙古锡林郭勒大草原的我，当年高考后就非常坚决地放弃了北方，选择了南方的高校。大学四年中，与各地同学的交流使我对祖国的每一寸土地都愈加向往。

2009 年 4 月，当在公交车上看到西部计划的宣传片后，去西部的想法被唤起。怀着坚定的决心，我坐上了上海驶往重庆的列车，循着我的梦出发了！这一去就是两年。在重庆，我参与了西部计划的支农和支教两个子项目，先后服务于重庆市志愿服务工作指导中心和重庆市云阳县南溪镇长洪小学。

服务期间，除了参与《汶川特大地震抗震救灾志·重庆卷》编撰工作，我还作为主要负责人之一参与了重庆市青年志愿者协会第三次会员代表大会

2009 年在成都支农支教期间

同济西部志愿者出征

的筹备组织工作；参与了第十一届中国科协年会、第三届全国越野摩托车大奖赛、第10届亚太兰花大会暨第20届中国兰花博览会等大型赛会的志愿者组织工作。在成长收获的过程中，时间不知不觉地就到了2010年7月，一年的服务期也即将告一段落。

服务期即将结束，我心中突然有很强的失落感。由于志愿服务工作指导中心地处重庆主城，一年中除了因公出差去了趟城口县，其间我并未真正踏足条件艰苦的山区。我总觉得有点遗憾，于是递交了续签申请，选择去贫困县山区支教。2010年9月，我来到了重庆市云阳县南溪镇长洪小学。

长洪坐落于重庆市云阳县南溪镇大山中一个极其狭长的山谷中。从学校正门走出，不到一分钟就走到了马路旁，再往前就是层峦叠嶂。学校背后是一条至清的小溪，小溪对岸又是一座黑压压的大山。长洪的居民们就围着这小学安详静逸地生活着。我的支教生活也在这种宁静中悄悄地开始了。

在长洪小学学习生活一段时间后，我发现这里的孩子们除了经济困难外，精神食粮也非常缺乏，接触的课外读物几乎为零。因此2010年9月底我向校团委求援，希望学校能在全校范围内及同济附中开展图书捐

参与亚太兰花大会志愿者服务工作

2010年在重庆支教

赠活动,在长洪小学筹建少儿图书室,让这些贫困地区的孩子也能读上课外书!

我的求援信发出后,团委的杨书记和被借调到世博会会场工作的陈书记都给我写了回信,表示一定支持我的工作,并协调同济大学共青志愿服务大队开展全校范围内的募捐活动。据服务大队同学的描述,自2010年10月21日募捐海报贴出后,送书者纷至沓来。老师们翻出了自己孩子的珍藏,同学们送出了儿时的宝贝。不到一周时间,近3 000册图书把团委办公室堆得满满当当。由于2010年11月初我要回校参加论文开题答辩,于是回到同济后我就直接负责了捐赠图书的筛选工作。最终将接收到的募捐图书按照"八成新以上、无缺页、无破损、外观整洁、内容健康、适合青少年阅读、非盗版"的标准淘汰了800多册,留下2 000多册寄往了长洪小学。

在长洪,我主要负责三至六年级的英语课的教学和六年级科学课程的辅导工作。由于授课的四个年级之前并未开设过英语课,起初我采取了"一刀切"的授课方式,都从ABC开始教。因为没有任何教学经验,教学之初遇到了不少麻烦。开课头几周,我的语速太快,学生跟不上我的思路。开始我以为孩子们是不习惯我的授课方式,后来和其他老师交流的时候才知道我违背了小学生学习认知的特

青年志愿者植树节活动

点——语速太快缺乏必要的重复,学生自然无法及时掌握课堂讲授的知识要点并给出积极的回应。同时由于山区的孩子们比较腼腆,自信心不足,如果教师没有给予极大的肯定,他们是不愿意大声回答教师提出的问题的。为此,每天授课工作结束后,我都会找到学校经验丰富的教师交流教学心得,不断提高自己的教学技能。遇到的第二个问题是不同年级的学生接受能力差异较大,一刀切的安排,并不符合因材施教的教学理念。这个问题在我开课后不久便突显出来了。同时由于学校使用的是西师版的教材,缺乏足够的教学资源供我分享。开课第四周后,我逐步放弃了学校使用的标准教材,而选择了另外两套教材——三四年级使用《洪恩·三只小猪进阶英语》、五六年级使用《剑桥少儿英语》(教材在学校的配合下按照教学需要编辑印刷后发给学生们)。

正式教学之外,我还时不时客串下学校幼儿园的老师,喜欢小家伙们缠着我玩的每一刻。印象最深的就是这些小家伙们在操场见了我就喊"仲老师",并且总有那么几个调皮的宝宝或牵着我的衣角,或拉着我的手,或直接抱着我的大腿往他们的教室拉,希望我和他们一起做游戏……

回首这两年的经历,我看到了很多、学到了很多,也思考了很多。重庆市志愿服务工作指导中心的服务经历,不仅让我学会了怎么去处理公文、怎么去安排会议、怎么去筹备大型活动,更使我真切地学到了正确对待工作的态度,这两年我思考的最多的是"我的价值所在"。人们都说80后属于迷茫的一代,去西部之前,有点自大,觉得没有自己干不成的事儿,而被人细究起未来要做什么的时候,又一脸的茫然。但西部两年的磨砺,使我认清了自己,明白自己想要什么了。

刚踏入大学校园不久的学弟学妹们,西部计划离你们可能有些遥远,但"体验"这个词和我们却很亲近。我们很多人可能是在大学中,第一次住进集体宿舍;第一次走上学生会的竞选台告诉大家,请相信我会做得很好;第一次凭着自己的努力和汗水挣钱,并雀跃地告诉远方的父母。这一切都是对生活的体验,大家在同济的校园中可能还会经历通宵自习、恋爱甚至挂科等一系列的事情,但不管这些事情带给我们的是愉悦还是烦恼,我希望大家都能积极地面对,人生本就是这样,有体验才会有收获。我的大学生活,有因病休学、转专业、挂科、重修、得奖学金、当班长、入党、戒毒所实习、三下乡、考研等,四年中发生了很多,也改变了很多,每次都是很努力才达到自己满意的程度。如今这些都已成往事,而很多事情却已成了习惯。学弟学妹们,时间可以证明一切,时间可以改变一切,时间可以解释一切,时间可以成就一切,所以,让我们珍惜每一刻!

毛主席《沁园春·长沙》有言:"恰同学少年,风华正茂;书生意气,挥斥方遒。指点江山,激扬文字,粪土当年万户侯。曾记否,到中流击水,浪遏飞舟!"我们年轻人就应该有那么一种冲劲。最后我想和大家说,青春无所谓对错,但我们要输就输给追求,绝不给遗憾留下可乘之机。

共建优秀班集体，打造温馨之家

同济大学2012年优秀大学生报告团　彭　涛
（2012年10月23日）

【个人简介】彭涛，1990年生，同济大学电子与信息工程学院2009级本科生，毕业后免试保送本专业硕士研究生。在校期间曾获得"国家奖学金"、同济大学"一等奖学金""优秀学生标兵"等荣誉。

我叫彭涛，来自电子与信息工程学院09级通信工程专业，今天很高兴能作为众多班长中的一名代表，跟大家分享我们班级的建设情况以及我个人的感想！

一路走来，大家一步一个脚印，团结协作，共同努力，共同进步，在学生思想养成、班风学风建设、班级凝聚力等方面均取得了一定的成绩。作为班级的一员，作为班长，我由衷地为班级所取得的成绩感到高兴和欣慰。接下来，我将重点讲讲我

在2012年优秀大学生报告会上合影

们班的学风、班风建设情况,希望能给在座的你们一定帮助和启发。

在学习方面,大家都已经感受到,大学的学习不同于高中三年只为几门课奋斗的学习模式,每学期的学习任务和压力都要比高中大很多。大学最紧凑的时光,莫过于期末了! 不管你是不是"学霸",都会神经紧张。为了能给同学们减轻这方面压力,我们会在期末安排学习成绩优异、知识掌握比较牢靠的同学,集中为其他同学讲解课程重点,同时安排"猎手"寻找往年的真题和辅导资料,双管齐下,帮助同学渡过期末。这是一个相互学习的过程,更是一个相互认识和了解的过程,同时也是给成绩好的同学的一个锻炼自己的机会。

我们班是一个非常积极向上的集体,在党建带动团建、班团共建的理念指导下,起初,我们班只有三名正式党员和三名预备党员,而发展至今,支部已有包括预备党员在内共17名党员,此外,还有10余名入党积极分子。在党员带头下,我们班开展了多次社会实践调查,通过调查,我们了解到大学生党员虽然整体素质比较高,但也存在许多不足,比如有部分学生党员脱离了同学、成绩不够优秀等,这警示我们在自身素质培养上严格要求自己。

此外,我们还开展了雷锋精神的学习活动,由班级同学自发组织了一次去农民工子弟学校——六里小学支教,为农民工子弟义务上课,不仅给他们带去了知识,更带去了温暖。

凝聚力是班级的灵魂,打造凝聚力强大的班集体,说起来容易,执行起来却遇到了不小的难度。大学班级不像高中那样,同学每天都在一起。进了大学后,同学们上课的教室不同、加入的学生社团和参加的课外活动也都不同。因此,解决同学们的实际需求、发掘同学们的共同爱好成了我们班委

"班团先锋"宣传照

开展工作的切入点。

新班级组建时,为了让同学们尽快互相认识,班委开会,征集同学意见,决定做一副班级的扑克牌。每个同学提供一张自己的照片和座右铭,背面为班级 logo,就组成了 63 张班级扑克牌。我们增添了 9 张牌,然后相应地抽牌决定每个同学对应的扑克牌。特有的扑克牌做好后,班主任与同学们人手一份。

强大凝聚力的养成离不开丰富多彩的班级活动,班委必须要精心策划集体活动。大家离开了熟悉的家乡、离开了熟悉的家人,难免会因为陌生而产生距离感,因此,富有乐趣的集体活动成为相互认识、相互熟悉的最好方式。通过集体活动,渐渐地,大家从陌生人一步步熟悉起来,成为朋友,寝室里相互串门的越来越多了,大家之间的交流也越来越频繁。

同时我希望能做一个好的表率,用自己的热情感染班级的每一个人。学习上我几乎没有翘过课,合理分配学习时间,连续两年拿过一等奖学金和国家奖学金。同时班级比赛,例如篮球、足球、拔河、跳大绳,不管是作为参赛人员还是啦啦队,我都积极参加,不过可能是因为嗓门比较大,经常是拉拉队队长。

在大三一年里,我们大大小小的集体活动平均每学期四五个。一年里,我们一起趣味烧烤,一起重温童年的游戏——打沙包、踢毽子、滚铁环,甚至是老鹰捉小鸡,那些都是属于我们的最真最美的回忆。集体观影、期末串讲、班级联谊、桌游大赛、迷你奥运会……正是这些活动让我们走得更近更紧密。

班级建设中,班干部成为不可或缺的组织力量。如果你选择去当班委,就应该对得起自己的选择,对得起同学,真心为同学服务,在这个过程中,认真做事才能让自己得到锻炼。班委之间的

在同济大学嘉定校区

感情培养也是非常重要的,这样大家共事更能游刃有余,所以平时可以一起聚聚餐、打打球等。大学最大的收获不仅仅是你所学的知识,我相信结识的朋友、收获的情谊也是难能可贵的。

在我们的班级建设中,依靠学校的平台、老师的指导、所有同学的配合,这一切共同打造了我们09通信工程本科班和团支部这一凝聚的集体,我们也获得了同济大学"优良学风班"的荣誉称号。我们的班主任韩丽娜老师,在班级建设中也发挥了重要的作用,在这里我代表全班同学向她表示感谢。

各位同学,以班为家,多点付出,齐心协力,打造一个充满亲和力、凝聚力和战斗力的班级其实一点也不难。真心希望你们身处在一个优秀的集体中,在大学体会家一般的温馨,快乐地度过大学四年的美好时光,而这,需要班干部和同学们的共同努力。

我相信我们能做到,你们也可以!

志愿服务，我的生活很精彩

同济大学2012年优秀大学生报告团　申志福
（2012年10月23日）

【个人简介】申志福，1988年生，中共党员，同济大学土木工程学院2007级本科生、土木工程学院岩土工程专业2011级博士研究生。在校期间，担任社区辅导员，积极参与学生社区服务工作，获得"博士新生奖学金""博士国家奖学金""上海市优秀毕业生"等，受国家留学基金委资助赴加拿大联合培养两年，发表学术论文40余篇。

我是申志福，现在是土木工程学院地下建筑与工程系二年级直博生。非常欢迎大家来到同济大学学习，今天有幸来和大家分享我的志愿服务经历。我认为，作为当代大学生，我们既要注重自身发展，也应该主动承担社会责任。志愿者服务能够将两者结合，为我们提供极好的锻炼机会和实践舞台。

"志愿明星"宣传照

大学的学习，只要方法得当，学习的时间是充分的。学有余力的你们，可以根据自己的兴趣爱好选择社团活动，当然也可以通过不断尝试新的兴趣和活动去拓展眼界。但我觉得除了满足自己的好奇心和兴趣爱好，如果能够做一次诚心诚意的志愿服务就更有意义了。真诚地帮助他人，感受乐善好施的心境,不求回报,既能帮助他人,又能提高自己。有了一次这样的体会就会终身受益。接下来我想讲讲我在本科四年的志愿服务经历。

四年来,让我受益最深的是我校的"迎新生,助新生"志愿服务活动,它旨在帮助新生尽快适应大学生活。2008年,我是同济大学最幸福的志愿者。那年9月,我刚开始自己大学二年级的生活,看着新生报到时父母们忙碌的身影,看着百年同济的清新面孔,我想起了一年前自己独自带着行李坐一天两夜火车奔赴同济怀抱的情景,想起了一年前自己的梦想以及保留至今孜孜不倦的奋斗热情,关于大学,我的心中有太多的话想对新生说。也就是在那个时候,我在宿舍楼看到了志愿者的招募通知,通知很简单,是这么写的:"我们需要乐于奉献的你,进入新生社区,帮助学弟学妹们顺利过渡到大学生活,感谢你为传承同舟共济精神所做的努力。"很简单,但很有号召力。我立刻报名,望能尽微薄之力,帮助我们亲爱的大一同学们。第三天,戴着志愿者的胸牌,我便走进了新生宿舍楼。学弟们非常好奇地打量着我,以为我是推销员,仔细看过我的证件才放心地让我坐下。我的心里也非常忐忑,简单自我介绍后,我告诉他们我来陪他们聊天,有问题尽管问,气氛一下就活跃开来。第一次发现自己居然这么能侃,天南海北,信手拈来,一段时间后我发现自己似乎比推销员还能侃了,我进步了。第一次发现我的听众们会如此聚精会神地听我讲的每一句话,我觉得肩上有着一份责任,没有回答上的问题我自己再查资料,问他人,尽力解决每一个问题,责任意识增强了,我又进步了。第二次去他们宿舍,他们非常热情,拿出水果我们边吃边聊,因为准备充分,我说话更有底气了,也更自信了,我又有了进步。也有学弟们给我打电话询问选课事宜,还有发短信问同济周围哪好玩,有人跟我谈心,有人与我成为挚交好友,我又收获了友谊与真诚的感激。那一次的志愿服务活动后,我觉得非常满足,非常幸福。有时候,有机会帮助他人也是一种幸福。

我们第一批志愿者有28人,在志愿服务岗位上,每次活动结束,我们都会坐下来一起讨论今天遇到什么问题,如何解决,这极大增强了我们的团队意识。我们相互学习、相互鼓励、相互帮助,共付出、共奉献。

2009年,第二届志愿者近100人,其中很多是前一年接受过我们服务的同学。

一年以后，他们升级做了学长学姐，也非常希望将自己的经历讲给后来者听，这是一种薪火相传的精神力量。2009 年的活动覆盖了当时西南二和南校区 1 400 名新生，约占新生总人数的 1/3。由于时值大二同学军训，很多志愿者同仁穿着绿军装，刚从训练场下来，来不及喝水吃饭就立刻赶到新生宿舍进行志愿服务。我想这就是团结、友爱、互助、进步的志愿者精神，既存在于我们志愿者之间，也存在于我们和新生之间。

后来，我们想有一个我们志愿者自己的组织。于是，在学生处老师的指导下，我们成立了同济大学挚友社，将"迎新助新"的志愿服务活动常态化。我们成了服务志愿者的幕后志愿者，从活动的参与者变成活动的组织者，这对我来说又是一次全新的成长机会。在担任挚友社社长期间，通过团队的共同努力，我们制定了志愿者章程，编写了志愿者工作手册，编印了新生指南，举办了新生论坛，不断拓展志愿服务活动的广度与深度。同时，每次活动我们都对新生及志愿者进行了深入广泛的调研，通过问卷了解每个新生和志愿者的想法，为后续活动的开展做好铺垫。由此，我们的团队通过一系列活动将这一份志愿事业做成了享誉同济的明星活动。

我认为，志愿服务活动不一定限制在学期内，也不一定要在校园内。我们也可以走出校园，利用寒暑假广泛参与志愿服务，到社会的更大环境中去锻炼自己。

2009 年夏天，我和我的同伴们又开始了新的志愿服务。这一次，我们把目光投向了祖国西南，在校暑期社会实践资金的支持下，我们到西南地区农村开展中小学生励志宣传活动。因为自己来自农村家庭，深知农村学子求学的艰辛，为此，我们编写了励志手册，带去了励志电影和学习用品，也与教师、家长和学生们做了深入的交流。此次的西南之行，让我切身感受到志愿者的力量有多么强大。我们跟一位家长谈起子女教育问题，他不希望自己的孩子读太多书，我们就把自己和周围同学通过读书从农村奋斗出去的故事讲给他们听，这对家长和学生都产生了很大的触动。我们的名人名言手册和励志电影鼓励农村孩子们积极进取，努力克服时艰。虽然我们难以在短时间内改变落后地区的教育现状，但是我们在努力去尝试。我们的行动在孩子们心中播下了希望的种子，我们也希望有更多力量加入其中，让种子能够发芽生长。

这次的农村励志教育志愿服务活动让我们全体成员有了更强的社会责任感，提醒我们在关注自身发展的同时，也要注意到身边还有很多人需要帮助。

2010年夏天，我和我的志愿者同仁们站上了上海世博会志愿者岗位。现在回想起世博会，最让我记忆深刻的不仅是精彩的展出，还有那"心"字构成的志愿者标志。在这次国际化水准的志愿服务中，我们是第一批志愿者。正式上岗前我们三次前往园区熟悉岗位。服务世博的半个月里，我们每天上午坚持上课，中午乘车出发，凌晨返回学校。困了累了就在车上、休息室打个盹，起来后继续服务游客。班次一班一班地轮换着，就在眼前的香港馆和澳门馆根本没有时间参观。每次换岗，原本5分钟的路程要20分钟才能走完，因为走到哪里都会有很多游客向我们咨询。嗓子哑了、腰疼了、腿酸了，我们仍然坚持着，因为我们穿着"白菜"的衣服，因为我们肩负着志愿者的使命。在中国馆南广场，我们每天面对几十万游客，不断讲解着游览线路、园区交通；不断解释参观中国馆为什么需要预约；不断解释中国馆对面雕塑的含义……我们不厌其烦，简单重复了无数次，正是这种坚持，让广大游客对园区秩序更加熟悉，让全社会知道，世博园有我们这样一批"小白菜"，有问题找我们准没错。

同学们，你可以选择任何爱好、你可以选择各种生活方式，无论你如何选择，都会找到与你志同道合的同学和朋友，我觉得这就是大学最吸引人的地方。我选择了志愿服务，结识了很多热心公益事业的朋友们。通过志愿服务，我也走过了一段与众不同的大学生活历程。志愿服务，带给我的有感动，有成长，有责任感。志愿服务，有你，有我也有他……

最后，我衷心祝愿你们在同济有一个精彩无比的开端，丰富充实的过程，完美理想的结局。

团结班级，共追卓越，逐梦未来

同济大学2013年优秀大学生报告团　武念铎
（2013年10月8日）

【个人简介】武念铎，1990年生，中共党员，同济大学土木工程学院建筑工程系2009级本科生。在校期间，作为班长带领班级多次获得"先进班集体"等荣誉，个人获得"上海市优秀毕业生"、同济大学"优秀学生干部"等荣誉，2013年推免本校博士研究生。

我叫武念铎，2009年来到同济大学，在土木工程学院读本科，现在于土木工程学院建筑工程系直接攻读博士学位。

每所学校都有自己的文化和自己的精神，接下来的四年，等待大家的是丰富多彩的校园文化，需要大家体会的是"同舟共济，自强不息"的同济精神，愿大家在同济的四年能够有所收获。

我很荣幸能够站在这里，作为同济众多班长中的一员，与大家分享我作为班长的一些心得体会。2009年9月，38名来自五湖四海，怀揣梦想的青年汇聚成09级土木工程七班，成为卓越工程师这一梦想将我们凝聚在了一起。面对挑战，我们挺身而上；面对挫折，我们勇往直前；面对未来，我们充满信心！这就是我们团结协作、蓬勃向上的09级土木工程

在同济大学校园留影

七班。我们风雨同舟,携手共进,时间见证了我们的成长。我班获得了2009—2010学年土木工程学院优秀团支部、2011—2012学年"卓越工程师先锋行动"示范集体、2012—2013学年先进班集体、2012—2013学年优良学风班等荣誉称号。下面,我想从"回首班建,感悟颇多""班风营造,多彩生活"和"班建成果,共追卓越"三个方面与大家分享交流。

初入大学,相信学弟学妹们都有自己的大学梦,而我的大学梦就是让我们2009级土木工程七班成为最优秀的班集体!为了完成我的大学梦,我思考,思考怎样的集体才是优秀的集体。大一,我单纯地认为一个优秀的集体,有强大的向心力和凝聚力就够了,因此我定下的班建宗旨是"团结七班",并为此不懈努力。大二,我的班级是年级中最团结的班级,我很欣慰,但是随之而来的是困惑,大家已经拧成了一股绳,握成了一个拳头,蓄满了力,却不知道该往何处用力。

一个偶然的机会,我接触到了由土木工程学院举办的卓越工程师先锋行动,这个计划向我诠释了卓越工程师必备的几个素质:扎实基础、团结协作、人文素养、国际视野、创新精神以及奉献精神。我很震撼,我对班级的理解有了翻天覆地的改变。随后经过班主任石雪珺老师和党委副书记张艳丽老师的指导,我改变了班建宗旨——"团结七班,共追卓越,逐梦未来"。

班级建设的大方向定下来了,接下来要做的就是对班级结构的思考。我认为班级的架构应该是倒金字塔,班长是塔尖,在最

与班级师生在同济大学校门合影

底层;之后是班委,在中间;最上面是班级同学。也就是说班长和班委并不比同学高一级,相反应该低一级,因为班长和班委的本质工作是要为班级同学服务。

虽然这些思考是看不见摸不着的,但是它们会潜移默化,影响你的行为方式。

大学四年已然走过,回首往昔,我认为大学班级与高中班级最大的不同,主要体现在三方面:第一,大学生活丰富多彩;第二,班委具有更强的自主性;第三,班建强调团结协作、分工明确。

高中时,大家的目标很明确,考试拿高分。这个目标决定了我们的行为,一门心思努力学习。因此这也导致高中的生活很单调,并没有太多的集体活动。而大学,强调的是综合素质和多元化发展。因此,相应的生活也就丰富多彩起来。

高中时,班委更多的是服从,没有太多的自主性。而大学是个很自由的环境,班委可以发挥自己的想象力和创造力,具有很强的自主性。这既体现为班委可以自由地制定班级的规章制度,比如班委开会律,班级日记制度,班费收支记录制度等;也体现为班委对班级的活动可以提出大胆的想法。因此,班委具有很强的自主性,要敢想敢做。

高中时,活动规模小、数量少,因此,团队和分工的概念并不清晰。而在大学,缤纷多彩的集体活动更加强调团队与分工的概念。即一个负责人带领自己的团队负责一个任务或者任务的一部分,由班主任和班委统筹规划。

以上是我对班级规划、班长以及大学生活的一些思考和经验,希望大家能够有所感悟。

人心齐,泰山移!团结协作是卓越工程师的必备素质之一,我们通过一系列活动增强了同学们的班级归属感,班级的凝聚力和向心力,为达到"团结七班"而不懈地努力。

我们设计了自己的班徽。班徽出现在所有的班级活动中,它不仅时刻提醒我们是七班人,更是时刻警醒我们要做一名合格的同济人。

我们设计了自己的班服。酷酷的工程师头像,"第七施工队"五个大字时刻提醒我们是土木人,提醒我们作为一个工程师的责任。

我们设立了班级日记制度和班级"人人"主页。这里既记录了大学里的点点滴滴,也给大家提供了一个相互交流的公共平台。

我们设立了生日预报员,亲手制作了班级生日礼物,同时对生日祝福短信进行后期的整理制作,让远在他乡的同学们感受到家的温暖。为了丰富同学的课余生活,让同学的大学生活更加丰富多彩,大家集思广益,开展了一系列的课余活动。

参加奖助金暨足球赛颁奖仪式

我们参加了学院的"海宏杯"篮球赛,获得优胜奖;参加了"土木杯"篮球赛,获得第三名;参加"土木杯"足球赛,获得优胜奖;参加"中建八局杯"篮球赛,获得第四名。组织班级参加东丽杯马拉松,进行太湖三山岛、浙江安吉和浙江双溪的素拓之旅,同学们在享受活动的乐趣的同时,感受团队合作的力量。班级凝聚力和向心力不断提高。我们向同学征集文章和创意,鼓励大家对班级活动进行后期的整理设计,最终汇编成班级纪念册,一个看得见的回忆。

大学,学习依旧是学生的天职,班委通过一系列的措施,为同学们提供便利。

我们设立了班级学习邮箱,上传分享考试复习资料。

我们设立了讲座信息速递员,通知、鼓励大家多多参加各类讲座,了解专业前沿。

我们邀请优秀学长与我们交流考研经验,让更多的同学可以实现梦想,继续深造。

我们坚持七班是一个整体的信念,不抛弃,不放弃,一个都不能少。因此,对于班上一名在学习方面有困难的同学,保研的12名同学自发制定了保研值勤表,让他可以跟七班同学一起前进。

通过一点一滴的积累,七班成了一个团结的集体,形成了良好的班级风气和氛围,而这些也促使班级的每一名同学都愿意和渴望能够为班级贡献自己的一份力量。

比如班级两名自主创业的同学,为班级制作了班级扑克牌,"一副扑克,一个家,一个回忆",这副牌让我们铭记陪伴我们走过大学的挚友们。

比如班级两位拥有绘画特长的同学,为班级每个人绘制了漫画版头像,并用其制作了班级毕业衫。

比如班级一个同学采集了班级里每个同学的照片,并用其制作了一份精美的明信片。

比如班级两个在视频制作方面的"专家",在大学阶段为班级拍摄制作了三部视频,一部是记录"卓越工程师先锋行动"创办的历程,让我们记住那年,我们七班质的飞跃;一部记录下七班人共同为考研而奋斗的快乐并痛苦的时光;最后一部,是毕业纪念视频,记录大家的梦想,记录一起走过的那美好的四年时光……

四年大学时光,我们七班本着"班级为人人,人人为班级"这一理念,形成了"团结协作,蓬勃向上"的班级氛围,同学们合作意识更强,更愿意为集体奉献、付出。这种良好的班级氛围就像一颗种子,经过同学的精心灌溉,班级在各个方面都得到了很大的提高,而同学们的收获远远大于付出。

一个人的力量是有限的,而集体的力量是无限的!我们09级土木工程七班走过了风雨同舟的四年。四年前,我们幼稚青涩,四年间这个集体,在团结七班的氛围下,共追卓越,班级和班级里的每一个同学都飞速地成长着。

比如在思想方面,班级强调班团共建,班团不分家,组织进行了"一团一品"课堂调研等一系列活动,深入同学,了解同学。组织同学积极参与党支部组织的各项活动。正因如此,班级从刚入学时的一名党员,发展至今已有12名正式党员。

比如在学习方面,在团结七班的氛围之下,同学们更愿意敞开心扉,分享交流,从大一、大二没有一个人获得过国家奖学金,到大三2009级学院16个班级,九个国奖名额中,我们七班占据两个。

班级12名同学成功保研,7名同学通过同济大学研究生考试,7名同学选择出国深造,选择继续深造的同学占班级总人数的65%,在09级各班中首屈一指。

比如在自主创业方面，七班会以飞信的形式通知各类创业相关信息，通知学校对创业的相关人力、物力支助信息，同时在良好的班级氛围下，同学主动联络沟通，现有两人自主创业，并已年收入过百万元。

比如在社会奉献方面，在团结七班的基础上，我们以点带面，带领同学们投入各项社会志愿服务中。在学校、学院号召我们无偿献血时，我们这个38人集体积极响应，33人报名参加。

谋其上者取其中，谋其中者取其下。大学四年，以团结七班为基础，以班委为先锋，以点带面，以追求卓越为目标，我们不懈努力，并永不停下追求卓越的脚步。也正因此，我们七班成了一个卓越的集体。

四年前，我们是一盘散沙，一堆骨料；四年间学校、学院为我们提供的平台，班主任给我们提供的指导，班委和同学的奉献、付出就如同砂浆一般将我们紧紧粘在了一起；四年后，七班成了一块能够为社会做贡献，甘愿为社会做贡献的"混凝土"。

未来，我们将继续坚持"团结七班，共追卓越，筑梦未来"这一信念，携手共进，拼搏不止。这就是我们2009级土木工程七班，这就是我的大学梦。

学弟学妹们，你们可能会羡慕我们丰富多彩的大学生活，但我们羡慕的是，你们还有四年时间，可以发挥自己的热情、激情去创造，去打造自己的大学梦，我始终坚信09级土木工程七班是最优秀的班集体之一，但我更加坚信，四年后，你们将超越我们。

青葱四载，转眼即逝，有很多的感悟，但是最想和大家说的一句话是："大学，请珍惜陪你一起走过的同窗挚友们！"

永远年轻，永远热泪盈眶

同济大学2014年优秀大学生报告团　彭　婧
(2014年11月18日)

【个人简介】彭婧，女，1993年生，中共党员，同济大学经济与管理学院2012级本科生。2014年担任上海市明星社团"彩云支南"协会会长，四次参与社团短期社会实践项目，荣获"2014年上海市大学生年度人物""上海市十佳道德之星""上海市暑期社会实践先进个人""同济大学十佳志愿者"等荣誉。

很高兴今天能站在这里和大家分享我做志愿者的故事，让我能以一个短期支教志愿者、一个暑期实践队长、一个公益社团会长的身份，跟大家聊聊大学这两年那些让我感动的故事。

大一时，怀揣着公益梦想，我加入了"彩云支南"协会，成了一名服务西南欠发达地区的志愿者。两年来，我参加过西部短期公益教育帮扶、西南欠发达地区调研考察、农民工子弟义务家教、关爱自闭症患者、关爱尘肺病患者、阳光之家等志愿活动，也逐渐从志愿活动的参与者转变为组织者，从践行者转变为革新者。因为这些经历，很多人问过我："参加那么多次志愿活动，让你收获最大的是什么？"我一直在想，两年的志愿活动，怎么能用短短一句话说清楚呢？然而，就在前几天，准备上台跟大家分享我的故事的时候，我把我这两年参与志愿活动的照片找出来一张一张看，

参加云南省云龙县诺邓村"彩云支南"实践活动

很自恋地被自己的故事感动着,我似乎知道了,收获最大的,便是从内心深处感受到了"永远年轻,永远热泪盈眶"的力量。这是一种怎样的力量呢,让我从头说起吧。

还记得第一次参加"彩云支南"实践活动:我从4月份就开始做准备,终于通过层层选拔,在7月份站在了山那边的讲台上。然而,当地艰苦的生活环境却令我意想不到,第一次睡在睡袋里,夜里飞蛾在脸上打转,我怕得不行却又不敢叫;第一次每天都爬那么多的山,汗流浃背却很多天不能洗澡;第一次摔伤脚指甲,看着血流了一地咬着牙却不能哭……这些看起来难以逾越的关卡,在我看来都不算什么,因为去云南实践是我一直心心念念想做的事。

短短一年时间里,我连续参加过四次"彩云支南"的实践活动,每个假期都在往山里跑,这一路上,父母曾劝我多休息休息,别老去艰苦的地方让自己受累;导师曾要求过我多投入些时间在科创项目上,等到有资历有资本的年纪再去做公益。但是我并没有放弃,因为这是我心里一直想要去做的事情。我们为什么不能做个理想主义者呢?不让外界的功利色彩侵蚀内心,选一个自己喜欢的领域,坚持下去,用心做好。不勇敢,不尝试,不行动,就不会有变革。

这一路追寻,或许丢失了一些表面上的荣耀,但这一次次志愿活动让我收获了很多精神财富。实践时,每天早上杯子里都有早起的小伙伴装满的热水,每天晚上工作到很晚回宿舍看到小伙伴为我留的灯,这些细节让我体验到了独生子女从未感受到的兄弟姊妹般的温暖;临走时,看到满满一黑板写着孩子们对我们的祝福,我明白了做什么事情,只要认真投入,就会有意想不到的收获;回来后,十几个实践队员熬夜做成果集,一百多页的成果集从无到有,让我感受到一群患难与共的家人一同努力创造成果的执着。这些经历、感情、成长,都值得我用一生去感动。

在诺邓给同学们上课

在剑川县石龙村实践活动合影

其实,学校里有很多志愿组织,很多志愿机会,只要有一颗柔软的心,人人都能成为志愿者。然而,只要选择了志愿活动,就需要认真严肃地去对待,坚持把它做好。

2014年3月,我成为"彩云支南"的会长,从单纯的志愿活动参与者变成了组织者。这个时候,摆在我面前的,是一份厚重的责任。

为了暑期志愿者活动能有序开展,我时常会为了一些决策而伤透脑筋——选择实践地时,要考虑实践地的地理环境和交通情况,对志愿者的安全负责;审核教案时,要考虑知识的系统性、完整性、完善性,对实践地的孩子负责;确立调研题目时,要考虑实践地的发展和规划,对实践地村落的发展负责。每一个决定都意味着一份责任,都需要冷静思考,统筹兼顾。

然而,作为志愿者活动的组织者,身上的责任更多源于志愿者大家庭的温暖。

在彩云一直有一句话:"同心者同行",而"同心"二字便意味着责任。在彩云有很多前辈,他们早已经退出社团,但是他们的心还一直牵挂着彩云。前两天彩云的项目荣获了阿克苏诺贝尔中国大学生公益奖金奖,是公益实践类的最高奖项,我跟一群彩云前辈在看微博直播,激动得不行。并不是因为这份奖项有多重,而是透过奖项,我们看到了一代代彩云人的坚持。的确,团队的每一份荣誉都来之不易,都凝聚着一个个前辈的努力,都需要每一个后继者去珍惜!

亲爱的同学们,在未来四年里,你会遇到很多组织,接触到很多人,找到一群志同道合的朋友是一件很重要的事,但是每一个集体都是以心换心的。只有坚守对这个集体的责任,才能收获让你热泪盈眶的感情,感受永远年轻的力量。

说完责任,接下来我想跟大家谈谈发现。

在一批批志愿者参与短期支教之后,越来越多的人发现了这种传统短期支教模式的弊端。然而,大学生假期就真不能到农村了吗?我们努力思考着,认为不能因噎废食!彩云尝试着改变传统短期支教模式,引入趣味主题夏令营,结合同济学科优势,加入实践调研环节。

实践证明,大学生的加入,是可以帮助社会主义新农村建设的。正如大家看到的:学建筑的同学,可以参与古村保护,制作民居模型;学文科的同学,可以助力文

与队员走访诺邓村委

化传承,教授乡土课程;学商科的同学,可以发挥商业思维,传递新鲜知识理念;学工科的同学,可以天马行空,带着孩子一起创造奇思妙想……将自己的专业所长和兴趣所在跟社会发展相结合,并没有我们想象中那么难。

我很喜欢罗素说的一句话:"对爱情的渴望、对知识的追求、对人类苦难不可遏制的同情,是支配我一生的单纯而强烈的三种感情。"今天我也把这句话分享给大家。请大家抬头看一看大礼堂两边的标语——"同心同德同舟楫,济人济世济天下",这句话不是高高在上的空话,而是需要在座的每一位去践行的箴言。让我们尝试着将姿态放低,怀着爱与悲悯,去关注民生,关爱弱势群体;有一双发现问题的眼睛,有一颗关爱他人的心,尝试着去做些什么,去改变些什么。

两年志愿之路,让我成为了今天的我,体验到了"永远年轻,永远热泪盈眶"的生活态度。然而,这并不是我志愿之路的终点,我还会继续努力,忠实于自己的内心,坚守身上的责任,勇敢地去发现、去改变,我也期待,在这条志愿服务之路上,看到你的身影。

最后,祝福大家在大学这个充满机会和惊喜的旅途中,看到使你永远年轻的风景,实现让自己永远热泪盈眶的青春梦想!

与同济共同成长

同济大学2014年优秀大学生报告团　王　前
(2014年11月18日)

【个人简介】王前,1993年生,中共党员,同济大学环境科学与工程学院环境工程专业2011级本科生。2011年加入同济大学学生会,曾任秘书处处长、权益保障与生活福利部部长,2014年当选同济大学第三十八届学生委员会副主席。曾获同济大学"优秀学生干部""优秀学生干部标兵"等荣誉称号。

很荣幸能有机会和大家聊一聊我的大学生活,还有我对"权益"这两个字的感悟。希望能对大家的学习生活有所帮助。

三年前的优秀大学生报告会上,学长学姐的经历让我明白了"大学充满无限的可能"。这让原本十分内向的我鼓起勇气去尝试各种选择。我加入了学生会,而这个选择,让我和"权益"这两个字结缘,也让我有机会感受到"权益"这种"寻求改变"的力量。

做一个脚踏实地的执行者,这是权益部教会我的第一件事。

进入学生会后,我开始接触同学们千变万化的吐槽,以及让人头晕眼花的各种调研问卷。每天往返于各大教学楼收集失物信息,或者在食堂门口请同学们参与调研,以便为之后的走访提供数据支持。

参加第39次学代会留影

参加2014年春季招新新干大会宣誓

学生会权益部的经历,让我开始从一个与众不同的角度看待我们的生活。当大家发现校园生活中不便利的地方的时候,可能会选择吐槽或者发个朋友圈。而我脑子里第一个反应就是:问题要如何解决?我该怎么做?学生权益,说起来容易做起来难,它需要脚踏实地,也需要持之以恒。就安装空调而言,它不是拍拍脑袋就能安的,楼宇结构、线路安排以及租赁方式等等问题需要一一解决。以年为周期进行关注的工作对权益部来说很常见,很多事情的实现甚至是几代"权益人"持续不断努力的结果。

不知道大家入学时,有没有抱怨过什么。那我想说,其实大家已经很幸运了,因为学校每年都在不断完善和发展。大家不用像我刚刚入学的时候,冬天在宿舍里裹着厚厚的衣服,露个手指头都冷得不行。大家也可以通过更多的方式进行体育锻炼,而不用每天起大早,一下雨就心惊胆战。

在学校和老师的关怀下,在我们大家共同的努力下,几年来学校在各个方面都在不断地完善;评教、晨跑制度改革、宿舍楼空调安装、南北楼的内部翻修、教学楼净水器安装等。而我也对"权益"开始有了更深的认识。学生是学校的重要组成部分,学生生活的改善,正是和谐校园建设的一个重要体现。

做一个统筹兼顾的掌控者,这是我学到的第二件事。

从干事到处长再到部长,直至成为现在的学生会副主席。身份在转变,不变的是我作为同济人的身份以及为同学们服务的宗旨。虽然工作越来越多,但我的效率却越来越高。我渐渐更加懂得合理利用自己的时间,渐渐习惯在去上课的路上在脑海里列一个时间计划表,按部就班地执行,不再慌张。除了权益方面的工作外,我也在近几年的校庆暨毕业晚会、校园十大歌手活动、学院大型课程实践、迎新志愿者、挑战杯、团代会等工作中承担重要任务。很多时候我不再需要做具体的工作,但却要在很多不同性质的工作一同出现的时候,第一时间抓住每一个问题的关键,下决策,做计划,安排妥当,最后,承担起这份责任。

下面是我想说的第三件事,做一个学生权益的倡导者。

我所有的这些经历,开拓了我的眼界,让我有机会站在一个更高的平台去发现和思考学生权益所代表的含义。我开始带着大家进行很多新的尝试和努力。今年夏天,我们首次精心设计了"今夏的美丽济遇"折页,并附上了地图,希望新生同学能尽快地了解同济,融入同济。

在2012年"挑战杯"开幕式上

2013年,我作为主要负责人,筹备了同济大学第三十八次学生代表大会,召集了各校区的三百多名学生代表对学校教务教学、后勤设施、校园文化、校区建设等多个方面进行了讨论,引导同学们结合我们的校园生活和自身权益去思考、去行动。今年毕业季,我们第一次开展了自行车漂流活动,倡议毕业生捐赠自行车给2014级新入学的学生,希望新生同学能延续学长学姐四年的回忆和同舟共济的精

为新生入学设计的《新生指南》

举办学生权益文化日

神。我相信,未来会有越来越多的同学们加入我们的行列,为了让同济更加美好而不懈努力。

学生群体不仅是学校重要的组成部分,同时也是学校的主人。维护学生权益不仅是学生权益部或者某个学生组织的责任,也是我们共同的责任,它是一种寻求改变的力量,而这份力量,并非遥不可及。所以在这里,我也希望各位大一同学能够在未来的生活中,更多地思考和关心同济发展,积极参与和谐校园的建设。

大家与同济的故事才刚刚开始。同济有很多我们来不及说或者说不尽的地方,但我相信大家在今后的大学生活中会有更多的发现,并且深深地爱上这所学校,我也相信,总有一天大家将会从"台下"走到"台上",亲手点亮大礼堂,点亮同济。

最后,希望大家能够好好享受在同济的美好生活,在这里找到属于自己的路,与同济共同成长,度过一段难忘、不悔的时光。

在志愿服务中遇见更好的自己

同济大学2015年优秀大学生报告团　陈丹霞
(2015年11月3日)

【个人简介】陈丹霞,女,1994年生,中共党员,同济大学法学院2012级本科生。曾获"国家励志奖学金""社会活动奖学金""法学院院长奖学金"及"同济大学励志之星"称号等荣誉。带领团队运营的公益项目获"上海市百强公益项目"、第二届"海峡两岸社团活动策划大赛三等奖"等奖项。本科期间,曾多次参与暑期夏令营、暑期支教、义务家教、无偿献血、社区法律咨询等志愿服务活动。2015年9月,入选同济大学第十八届研究生支教团,赴云南省大理白族自治州云龙县团结乡团结中学进行为期一年的支教。

很荣幸今天能够有机会在这里和大家分享一些我自己对于志愿服务的理解。首先,我想先问大家一个问题:在你心中,志愿服务是什么?或者说志愿服务意味着什么?相信就像是"有一千个读者就有一千个哈姆雷特"一样,每个人对于志愿服务都会有不同的理解。

今年,是我来到同济的第四年,也是从18岁进入大学开始真正去接触和了解志愿服务的第四年。在过去的几年里,因为参加各类志愿服务活动,我有幸走过了祖国的很多城市,从在家乡贵州大山支教到在上海和小伙伴们一起开展运营社区

同济大学2015年优秀大学生报告会宣传海报

公益项目……这一路上，我幸运地收获了很多珍贵的友谊，也收获了很多特别的体验。而今天，我想和大家分享的是，这一路走来，此时此刻的我心中对于志愿服务的两种理解。第一，志愿服务并不需要惊天动地，可以只是一件件平凡的小事；第二，志愿服务是一种心态的选择，它可以很自然地成为你生活的一部分。

我的家乡位于贵州省西南部，在离开那里之前我一直以为自己很了解那片土地。直到2012年，一个很偶然的机会我读到了一本书——《中国留守儿童日记》，读到最后的时候我几乎是有些愣住了，因为我发现这本书中写的竟是我的家乡，那个我生活了十八年，对此却一无所知的地方。是的，我很爱我的家乡，但也就是在那一刻我知道了，其实，我并不了解它。于是，假期里我和小伙伴们一起回到了大山的深处支教，想要最近距离地去感受和了解那片土地，了解那片土地上人们的生活。山里的孩子们基础大都不是很好，也正是因为学不会、跟不上，便慢慢丧失了对于学习的兴趣。很多孩子在念完初中甚至是小学以后就会选择辍学外出打工，然后早早地结婚生子，回到大山重复着和父辈们几乎相同的生活。我们知道支教能够带来的影响是短暂的，于是思考着有没有什么可以更长久地鼓励和支撑他们。于是我们开始去回想，是什么支撑着我们走出大山？是什么让我们想要走得更远，去感受和选择生命的更多可能？想了很久，答案是——阅读。是阅读告诉了我人的一生可以有不同的选择，是阅读告诉了我，我的人生轨迹不必要去复制周围人的生活。如果孩子们能够因为阅读而爱上学习，会不会多几个人在我们离开后继续坚持求学？会不会多几个人能够通过高考走出大山？会不会有更多的孩子可以站在更高的起点去选择生活？于是在整个支教过程中，我们总是在有意或是无意地和孩子们分享阅读带给我们的点点滴滴，我看到了他们眼中对于阅读越来越多的渴望，但同时也伴随着一种说不出的茫然。之前，我一直不理解那种茫然，后来才知道对于这些孩子来说，除了教科书再没有其他的书。让我印象很深刻的是，有一次一个小女孩很羞涩地轻轻拉着我的衣角说："陈老师，你可不可以帮我向校长借一本书？"我本以为会是一本很特别的书，后来才知道其实只是一本已经很旧很旧了的教辅书。那一刻，心中突然有一种说不出来的滋味。相信很多女生小时候都会有一个梦想，那就是成为童话故事里的公主。可是，如果一个孩子从来没有听过童话故事,从来没有看过童话书,这一切又从何而起?每一个孩子的童年都值得有一本童话书,这是我那时心中暗暗许下的承诺。于是支教结束之后,我们开始奔走,从各处收集适合孩子们阅读的书籍,建起了一个小小的阅览室。回到上海之后,我

2013年赴贵州参加暑期支教

也开始去向一些正在运营相关项目的公益组织请教经验和寻求帮助。其实我们知道,哪怕建起了小小的阅览室,还是会有很多孩子早早放弃学业外出打工,还是会有很多孩子也许这一生也不能见到上海这座"魔都"的霓虹。但如果某一个渴望阅读的孩子因为某一本书中的某一句话而找到了坚持梦想的力量,如果他们没有父母陪伴的孤独能够因为五彩的图画而得到一些些慰藉,如果童话故事的美好能够让他们小小的心中充满爱,愿意去相信爱和学会爱,这就已经足够了,不是吗?是的,公益、志愿服务从不需要惊天动地,哪怕只是一件小事,去做就好了。

接下来,我想再问大家一个问题:志愿服务,离我们很远吗?我想答案是否定的。来到同济的第一份学生工作是在勤工助学管理办公室下属的社会服务部,这是一个负责同济所有校内外勤工助学岗位的部门,除了校内勤助岗位的管理外,我们也常常会外出走访公司为同学们寻求更好的勤工助学机会。因为知道很多家庭经济情况并不是很乐观的同学们需要这样一个机会去贴补家用,去锻炼自己,就像

组织策划同济大学2014年暑期勤工助学招聘会

组织开展校园健康跑

30年前我的父亲一样。因为知道他们比任何人更渴望在跨出这第一步的时候能够感受到温暖和支持,所以觉得最幸福的事情莫过于每次在学生事务中心的2号柜台用最真诚的微笑迎接每一个前来咨询的同学,热情地为他们寻找到最适合的勤工助学岗位。是的,这是一份学生工作,但对于我来说,这又不仅仅是一份学生工作。相信一份认真、一份负责、一份热情在创造着机会、创造着温暖。这难道不能够成为一种志愿服务吗?有时我们会去抱怨为什么自己总是在做着重复而简单的事情,但我们其实不知道的是,这份重复可能对于很多人来说意义非凡。常怀感恩,带着同理和服务的心,真正地去爱你所做的事情,爱你身边的人,志愿服务自然变成了生活的一部分。

"同心同德同舟楫,济人济事济天下"。我知道,当冥冥中来到了同济后,便是选择了与这份"同舟共济"的情怀相随。于是从大一开始,我每年都坚持无偿献血,期待着这些血液在某一刻能够挽救另一个人的生命；会在时间允许的情况下参加学校以及学院组织的各种志愿者活动；会有意无意地关注着春晖社、"彩云支南"等与志愿服务有关联的学生组织，从内心尊敬并钦佩着这些真正热爱志愿服务，也真正在行动的同济人；会作为一名学生干部去帮助和带领身边的同学共同成长。今年9月，我大四了，在这个面临人生选择的重要节点，我做出了一个很重要的决定，放弃了学术直推研究生的机会选择前往西部支教一年，希望用一年的时间最近距离地去感受我深爱的那片土地，了解它的需求，未来去做更多更有意义的事情。

我想，志愿服务就像是不同生命间很奇妙的一种相遇和缘分，你永远不知道你一个简单的微笑，一个小小的行动，一个真诚的祝福会温暖谁、鼓舞谁。这就像，一个多月前大家在踏入同济时可能因为小红帽们的一个微笑、一句问候、一份热情而开始放下初到这座陌生城市的不安，忘记长途跋涉的疲惫，而开始有了一份归属感，爱上同济。是的，这，便是公益和志愿服务的力量。我们可以，相信你也可以。我在这里等待着，等待着你们和我们一起，在志愿服务中去遇见更好的自己，去感受更加美好的生命。

"跟我上"！吾辈青年有担当

同济大学2015年优秀大学生报告团　刘佳煊
(2015年11月3日)

【个人简介】刘佳煊，1994年生，中共党员，同济大学外国语学院英语系2013级本科生，在读期间任外国语学院学生会主席、学生团委副书记、班长。曾获同济大学首届"同济好班长""优秀学生标兵""优秀学生干部标兵""优秀学生一等奖学金"，中国日报社"21世纪杯全国大学生英语演讲比赛上海赛区决赛一等奖"等荣誉。

今天很荣幸能够作为优秀大学生报告团的一员上台与大家分享我做学生干部过程中的一些心得和体会。在我看来，作为一名学生干部，最重要的信念就是"陷入泥潭先走出，遇见彩虹先让步"，即拥有带头作用和奉献精神。

中国空军飞行员有个沿袭已久的传统，那就是一线指挥官始终坚持"看我的"和"跟我上"。无论是多难的科目、多险要的战场环境，甚至冒着第一个牺牲的危险，只要祖国一声令下，他们一定第一个驾机冲上云霄，无所畏惧，从而激励其他飞行员前仆后继。受到这些英雄人物的感染，身先士卒的工作态度也成为我当学生干部秉持的信念。在我看来，当班长和当飞行

参加同济大学2015年优秀大学生报告会宣传海报

员其实是一样的,自身都必须拥有过硬的本领,有勇于奉献、不怕牺牲的态度才能带领身边的同学实现追求卓越的最终目的。

三年的大学班长经历告诉我,如果班级是一艘航行的船,那么班长就是船长。船长的职责告诉我,必须爱护我的船员,带领他们向着正确的方向,精诚团结,密切合作,克服航行中的一切困难。因安全到达彼岸而欢呼雀跃时,我要记得把缆绳系好;发生灾难时,我必须第一个站出来坚守岗位,最后一个逃生。如果我向在座的男同学说一下这艘船船员的组成,可能下次航行你们就要争着和我一起走了。没错,2013级英语系1班有10名女生,1名男生。我就是那个"1"。所以我也戏称这艘船是名副其实的"航空母舰"。

鉴于班级同学性别构成的特殊性,班里打扫教室、提前打开专教门、领书发书、转发学院通知、邮件、统计各类信息等各种日常琐事我全部主动承担。除了这样的"保姆"身份,我还积极担当了"业余驾校教练",在我的"指导"下,考驾照的同学一次通过率百分之百。闲暇时候我强迫自己多了解韩剧、美剧等同学们关注的事,这样和她们就有了充足的聊天内容。其实累的时候也想有个男生能够一起聊聊

与班级同学合影

NBA,聊聊Macbook,但看到班级同学开开心心、积极向上的样子,也依然会感到很满足。

然而,装备再精良的航空母舰也难免会经历风浪的洗礼。记得那是大一时候我校第四届英文戏剧节,我们经历了艰难的剧本选择,最终敲定《泰坦尼克号》作为比赛节目。紧接着便是紧张的排练。11月的寒冬,女同学穿着薄裙子拍摄宣传片,编剧一个又一个通宵挑战着自己的英文水平极限,场务同学一遍遍把道具搬上搬下,演员们各自把台词都背得滚瓜烂熟。我们拥有了最逼真的舞台效果、最优秀的演员、最尽职尽责的场务……就在我们满心欢喜以为第一名非我们莫属时,三等奖的最终名次却给了我们全班上下一记闷棍。那个夜晚,冰雪交加,大家久久不愿散去,没有一个人说话,我的情绪也低落到了极点,径直走回了宿舍。可随后几天同学的上课情况引起了我的警觉,大家明显心不在焉,目光无神。我意识到,这次比赛结果的影响远远超出了我的预期,已经成为不解决就要对大家大学生活产生重大影响的事情。在这个时候,尽管我承受着巨大的心理落差,但我知道,我是班长,我必须第一个从这片"泥潭"中走出来。于是,我整晚编辑着宽慰他们的微信,一连开了几次班委会,要求班委带头表率,先从困惑中走出。通过这些努力,渐渐地,班里的同学有了笑容,后面的几次聚餐也终于将班级气氛带回了正轨。直到今年的第五届比赛,我们班一举夺下第一名。事实证明,没有一个良好的班级氛围,经受打击后不能及时调整,都会成为班级前进路上的定时炸弹。

参加英语剧《泰坦尼克号》拍摄剧照

在学习方面,由于外语教学的特殊性,采取小班化教学,班级人数较少。因此我不断改进自己的工作方法,引领大家创新学习方法。例如,利用班级规模小的特点采取大型考试前"分组复习、集中讨论"的方法,分专题、内容对考试内容进行切割,减少复习压力,之后进行集体汇总,共享成果。专四考题由听力、阅读、完形填空等内容组成,根据考题特点,各组各司其职,在夯实自己的基础上,共享自己的经验,提高全体成员的复习效率。这样取得的效果非常显著,专业四级通过率达到了百分之百。针对外语学习,要特别强化氛围的重要性。班级设定了语料分享组、课堂展示评估组、阅读强化组、听力帮带组和口语风暴组,以小组形式进行示范、分享、帮带和评价,极大程度上避免了英语学习中闭门造车的误区,用科学方法进行专业课学习。

参加中国日报社"21世纪杯"全国大学生英语演讲比赛

组织赴李庄暑期实践支教活动

今天,我作为主讲人,和大家分享了做学生干部的许多个人的经历和想法。但我想说,我的演讲面对的不只是学生干部,更是所有同济学子,因为带头作用和奉献精神不仅是一个学生干部对自己的要求,也是同学们应该秉持和追求的态度。"同舟领航,追求卓越",在座的新生朋友们,我们就是要有敢为天下先的豪情壮志,遇到挑战第一个面对,遇到困难第一个克服,始终引领社会前进的方向;在座的所有新生朋友们,我们就是要有奉献精神,为了学术上的不断进步,为了让那些条件艰苦的孩子们依然可以看到更好的未来,我们需要做好甘于奉献、不求回报的准备。因为,我们是同济人!

今日有幸所取得的成果,完全出于老师和同学的信任。他们就是我的基石,是我赖以生存的土壤。作为一名学生干部,唯有严格要求自己,对同学诚诚恳恳,加倍关爱,用自己的努力、汗水和热情回报他们,吃苦在前,享乐在后,才能不辜负他们的信任,不辜负自己的初心。

美丽乡愁——我与公益共成长

同济大学 2018 年优秀大学生报告团　郭姿鹬
(2018 年 12 月 4 日)

【个人简介】郭姿鹬,女,1994 年生,中共党员,同济大学电子与信息工程学院 2017 级硕士研究生。在校期间曾获"中国研究生数学建模竞赛三等奖""'创青春'大学生创业大赛全国银奖""'知行杯'上海市大学生社会实践大赛特等奖""'互联网+'大学生创新创业大赛上海市铜奖""'挑战杯'上海市大学生课外学科竞赛二等奖",荣获"上海市普通高等学校优秀毕业生",同济大学"优秀学生干部""优秀学生"荣誉称号,多次获得同济大学"优秀学生奖学金""社会活动奖学金"等荣誉。

这里是云南省大理白族自治州云龙县千年白族村——诺邓,因《舌尖上的中国》介绍了诺邓火腿才"火"了起来,美丽乡愁公益团队的故事从这座静谧古朴的小村开始。

2013 年夏天,当时大家都还在读初中呢,美丽乡愁第一次到诺邓短期支教。调研时,我们遇到了这位老人,年近 80 的他,每天都坐在家门口给来往的路人讲述诺邓的历史文化故事。我们听到这些非常惊喜,远方大山的小村里,原来有这么丰富的文化。可当志愿者兴奋地和课堂上的孩子们分享时,却发现他们对自己的家乡竟然一无所知。

震惊之余,我们也问自己,问同学、朋友:你对自己

在同济大学 2018 年优秀大学生报告会上的演讲

诺邓村

诺邓村文化讲述者李文茂老人

的家乡了解多少呢？大家沉默了。这样的情况是普遍存在的吗？带着忧虑和疑问，我们对30个古村进行了调查，结果没有一个村落在乡土知识测评中"及格"。留守老人痛心于技艺、文化的失传，当地孩子不知道如何认识自己的家乡，没有归属感，难以建立自我认同。原来，不仅是李庄、诺邓，无根的村庄遍布脚下土地。我们感到痛心，也感到无力……

因为当时直面现状的我们，也都只是大一、大二的学生，我们不知道能去改变什么，可是不做点什么就一定会后悔。于是2014年美丽乡愁第二次来到诺邓，开展乡土文化夏令营，带孩子们学历史、画建筑，乡土知识测评显示孩子们对家乡的了解大大增加。我们从教育中看到了方法和希望，期待着去为更多村落带来更大更长久的改变。

于是，返校后，我们发起了美丽乡愁古村传承培养计划的公益项目，号召更多人加入我们的队伍，为古村挖掘乡土文化，编写乡土教材，让古村留得住青山绿水，记得住美丽乡愁。

诺邓乡土文化夏令营

怀着满腔热情，我们开始为诺邓编写乡土教材。没有经验，缺乏专业知识，大家只能拼命学习，翻遍了图书馆的相关资料，分析了所有市面上乡土教材,发送了数不清的请教邮件。经常晚上赶完作业,又赶教材,努力地去平衡学业和公益事业,但我们全都争取到了奖学金和保研资格,平息了关于"不务正业"的担忧与质疑。不记得多少次,我们在深夜聊人生,泪流满面,又互相安慰着打鸡血去迎接新一天。

诺邓乡土文化读本

终于,2016年,我们的《诺邓乡土文化读本》在学校的支持下出版,同时我们还收获了上海市知行杯特等奖、"创青春"创业赛金奖,阿克苏诺贝尔全国大学生实践奖金奖等肯定,创始人彭婧获选福布斯中国30位30岁以下教育精英。

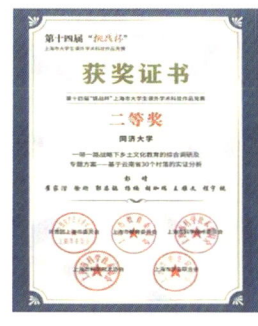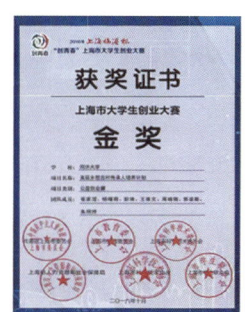
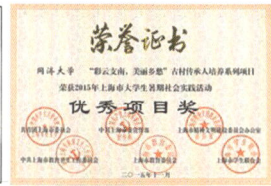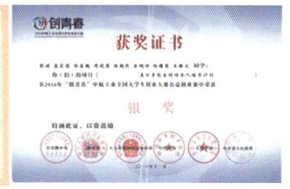

获奖证书

诺邓乡土文化冬令营

但我们没有止步，为了使教材落地发挥效用，2017年寒假我们带着教材第三次回到诺邓。准备工作撞上春节，有的小伙伴回老家村里爬两座山只为找信号参加团队会议。最终，我们领着孩子们做小导游为路人引路介绍，做主人翁为古村发展出谋划策，看着小小的身影穿梭在村子里忙上忙下，我们热泪盈眶，多年坚持终于让这个村子有了变化。

可是，乡土文化的传承和发展，只有志愿者和孩子们就够了吗？这本就需要当地人自发努力，社会力量去关注和支持。

2018年，美丽乡愁第四次前往诺邓，准备做一个大胆的尝试：九天内，带领古村孩子举办一场乡土文化展览，目标是吸引一万人。听起来，很疯狂吧？很多古村孩子刚开始连"展览"是什么都不知道。孩子们每天学习乡土知识，并通过绘画、诗歌、话剧等方式去充实展览和表演，回家时一路宣传活动邀请人来看展，借了家里的板凳草帽搭观众席。而我们不断宣传和外联去引入社会资源，长长的清单，划掉一项又写上几项。当时我因蚊虫叮咬全身过敏痒得不行，却不敢吃让人昏睡的抗敏药，生怕扯团队后腿。策展前一天，美丽乡愁团队通宵作战，一早带领学生们布置现场，每个人都不约而同地在场地上逛了一圈，百感交集，手叠在了一起，喊着："加油，加油，加油！"

空旷的场地令人忐忑，渐渐地，村民开始汇聚，一些游客专程过来，教育集团和基金会来捐赠书籍、建立远程

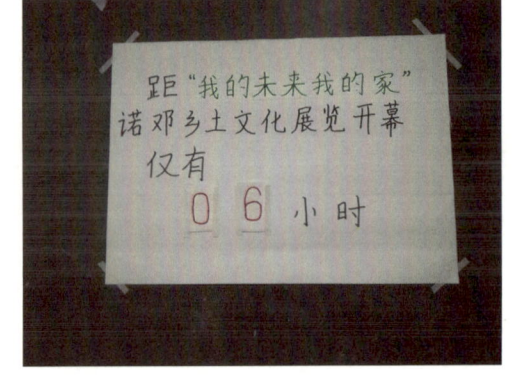

诺邓乡土文化展览倒计时

诺邓乡土文化展览现场

课程，共青团云龙县委来设立了美丽乡愁红领巾服务队。展板上签下一个个名字，直播间留下许多评论和点赞。最终，活动有 915 人到场，获得了近 5 万人的线上支持，我们通过儿童行动打通了乡土文化传承的任督二脉。

这也是孩子们创造的奇迹，从不知展览是什么到能够激活村落、宣传家乡，我们看到村里的孩子也能做丰富的活动，他们也值得拥有优质的教育资源。

五年了，美丽乡愁团队从无到有，做了很多看似不可能做成的事情。别人说，开始太难，我们去尝试；别人说，没希望放弃吧，我们选择坚持；别人说，你很棒了可以了，我们要更进一步。我们始终不忘初心，不断拓宽行迹，在诺邓、祥云，在桐庐、径山，想要在祖国大地上插满"美丽乡愁"的小红旗。

在这里，我们也真诚地邀请优秀的同济新生们加入我们的队伍，收获成长收获友谊。用教育唤醒乡土，随乡愁寻根中国，追随和超越一代代同济人的步伐，让青春在实践中闪光！

青春在西部闪光

同济大学2018年优秀大学生报告团　张曜麒
(2018年12月4日)

【个人简介】张曜麒,1994年生,中共党员,同济大学建筑与城市规划学院2018级研究生。2017年9月入选中国青年志愿者扶贫接力计划研究生支教团,担任同济大学第十九届研究生支教团团长,曾获"四川省优秀大学生志愿者""上海市青年五四奖章""上海市知行杯社会实践大赛一等奖"等荣誉。

曾经在四川省宜宾市李庄中学当过一年教师的我,也很期待台下也有我教过的学生。看过《同舟共济》舞台剧,大家都知道——李庄,是同济的第二故乡。我很幸运,在本科毕业后入选同济大学第19届研究生支教团,担任了一名乡村教师。

如果不是参加了支教团,我真的不知道一年的时间还可以这样难忘。再次回想起自己第一次走上讲台的样子,我想到的第一个词不是紧张,而是艰巨。几十双那样纯朴的大眼睛直勾勾地盯着你,那种对你的好奇,那种对乡村外面世界的好奇,很快让学生和我之间建立了一种奇妙的联系,这种联系让我意识到,从这一刻起,我不再是一个普通的学生,我成了一名教师,一个要为台下这五十几名学生遮风挡雨的人。

而这种联系让我们每一个去支教的人都不自觉地希望能承担更多。远在云南省大理白族自治州云龙县团结乡的支教团,在得知自己班

在同济大学2018年优秀大学生报告会上的演讲

同济研支团同学在李庄同济大学工学院旧址

上的学生因为身体残疾而辍学时,他们选择利用周末坐几个小时的车,爬了一个小时的山路,赶到海拔2 700米的村子里,为这名学生补习基本的初中文化课。本来以为身体残疾已经是生活带给这个学生的巨大不幸了,谁想到他家中还有一个卧病在床的母亲和一个正在读七年级的妹妹。由于简陋的土坯房里没有电,连像样的桌椅也没有,支教老师们坐在学生家门口前的空地上完成了授课。这样的空地课堂一上,便是一年。为了帮助李庄的孩子实现自己的大学梦,除了一周28节正课之外,李庄支教的几个老师利用周末的休息时间,轮流为高三学生开展培优补差课程,每天晚自习时间他们谁没有晚课谁便坐在办公室里等待回答同学们的问题,300多个日夜里,始终如一。一年,从一开始没人喜欢数学课,到期末考试年级数学前十名都来自同济支教老师的班级;从连26个英文字母都讲不全,到全市英语演讲比赛的三等奖。没人再敢说这些村里娃儿不行,这些小老师不行,他们一起讲了一个励志电影中才会出现的故事。

除了教学工作,我们更希望陪伴学生们成长。在乡村,留守儿童和老人是农村

支教地学生家访及送教下乡活动

人口的主体,家庭教育的缺失使学生们无助而困惑。成长的道路上他们不仅需要"传道授业解惑"的老师,还需要善于倾听陪伴的朋友。为了了解学生心中的想法,我们和学生之间开展了"联系本"的活动,每周一次让学生把最真实的心里话写在自己的本子上,我们耐心地一本一本去回复他们,回复的过程让我们不断感慨,原来他们真的想学唱英语歌,原来他们有的人真的一年才能见一次父母,原来他们真的很感谢同济每年派来的支教学生,给他们的生活带来了新的变化。

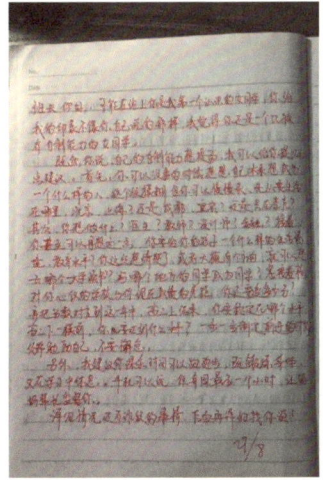 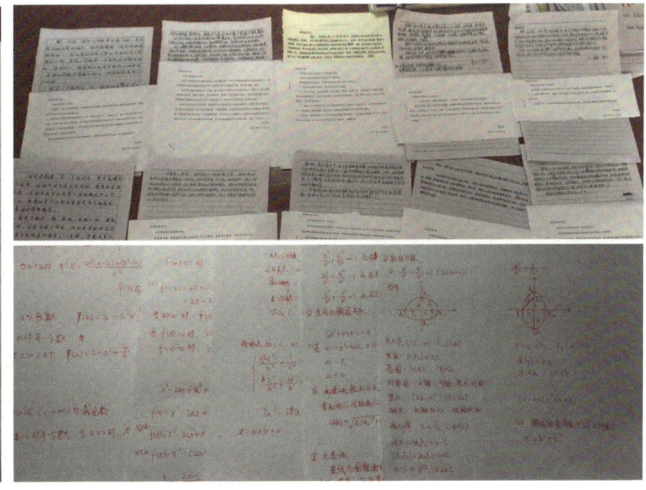

与学生交流的信件及撰写的补习班讲义

2018年梦想教室活动海报

20年，189人，从龙川江畔的云南元谋到群山绵延的云南云龙，从抗战西迁第二故乡的四川李庄到"陇中苦瘠甲于天下"的甘肃定西。这些同济青年们用自己的力量，改变着教育的器量。不驰于空想，不骛于虚声，用实际行动践行着"与祖国同行，以科教济世"的使命初心。

结束一年的支教工作之后，我总在想，留守儿童、"空心村"这样的现象究竟是个别情况，还是一种普遍现象呢？

是的，其实教育是不应该有选择对象的，无论是哪里的孩子，都值得拥有一份梦想，拥有一个了解和选择的权利。带着这样的想法，在今年暑假期间，我又带领团队重新回到李庄，开展梦想教室的营建工作。我们筹划起了"筑梦空间"学生社团，试图搭建教科书以外的课程体系去容纳孩子们的梦想。截至2018年9月，我们在全国七个地方搭建了七间梦想教室，进行了七次短期支教实践，开展了20余次远程课堂讲座。

听上去很简单的事情在实施过程中却遇到了巨大的困难，在贵州由于成本问题以及交通运输的不便，整个梦想教室木材的砍伐、搬运、打磨、木结构的搭建全部由队员们亲手完成，为了让项目效果达到最好，贵州分队的负责人与村民同吃同

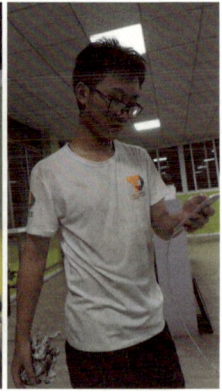

2018年筑梦空间学生社团同学参与梦想教室建设

2017.08 贵州六盘水　　2017.08 福建龙岩　　2018.08 江西瑞金　　2018.08 四川李庄

2018.08 云南元媒　　2018.08 贵州黔东南　　2018.08 贵州盘州　　2018.10 云南团结

2017—2018年梦想教室项目的开展情况

梦想课堂的开展情况

住,常驻了两个月的时间,直到看着孩子们顺利地使用上了梦想教室的各项功能,才放心地离开。我们从没有把它视为一个简单的建筑,而是给孩子们的梦想礼物。

同时,我们也在思考,空间已经很"酷"了,能不能设计一些"酷酷的"课程。于是,我们为他们设计了"乡土文化导读""设计启蒙""科普认知"等系列课程,同时也吸引他们一起推进教材的使用。

梦想教室项目还很年轻,还需要我们不断思考和努力。但最重要的是,我们始终如一地坚持和热爱,始终坚信每一个孩子都值得一份梦想的礼物,始终有那么些人愿意努力尝试去改变孩子们的未来。

今天,我在这里作为支教团和梦想教室的负责人,向大家介绍这两件事情,不是希望讲我一个人的优秀事迹,而是希望大家可以看到这样一批同济青年的缩影。他们虽然可能不是学术先锋,不是体育达人,但他们勇于尝试、勇于奉献,有一分热,便发一分光。他们都是平凡的大学生,却通过不断锐意进取、躬行实践,成长为不平庸的同济青年。我们的支教团、梦想教室项目也在不断地发展,欢迎大家的加入。

小村庄,大舞台

同济大学 2019 年优秀大学生报告团　滕秀秀

(2019 年 5 月 21 日)

【个人简介】滕秀秀,女,1989 年生,中共党员,同济大学经济与管理学院 2016 级博士研究生。2010 年组建公益支教团队,回家乡义务支教。2016 年至今,连续四年为家乡筹备春节联欢会。

大家好,我是同济大学经济与管理学院 2016 级博士研究生滕秀秀。我身边很多人经常会问我,你就一个村子里出来的大学生,为啥每次说起你们小村子,你都满脸的骄傲、满心的自豪呢?请让我跟大家分享我和我的小村庄的故事,听完之后,你们也就明白其中缘由了。

我的小村庄叫滕庄村,在山东省会济南的西北方向,跟华北平原上众多的村庄一样,它平平常常,普普通通。

第一个故事开始于 2010 年的暑假。我和九名大学同学组成"载梦翼方"公益支教团队,在我们小村庄和附近的张博士村进行支教活动。其实一开始我也报名了西部支教活动,一百多个人竞争十个名额,我开始问自己,为什么一定要去到远方?我们也可以回到自己的家乡啊!我们作为乡村走出来的大学生,应该成为孩子们看世界的窗口,并通过我们自己的方式,让更多的孩子走出乡村。

在同济大学 2019 年"青春在西部闪光"主题报告会上的演讲

滕庄村风景

为乡村孩子辅导功课

如今,当看到当年自己辅导的孩子考上大学,并在暑假接过手中的接力棒,也成为一个反哺家乡教育的人时,我感觉找到了自己生活的意义,更感觉我们可以为乡村做更多的事情。

转眼到了2016年的冬天,这也是我到同济的第一个寒假。在我们的记忆中,每逢春节,村里异常的热闹,大街小巷随处可见嬉戏打闹的孩子们和道着家长里短的乡亲们。可随着乡村人口的外流,年味儿越来越淡。我很想为他们的童年留下些回忆,于是就萌发出想办一个家庭联欢会的想法。思前想后,独乐乐不如众乐乐,小村子应该热闹下,村里的人应该开心下,就这样,便有了小村庄的春节联欢会。二十几天的筹划,十几天的排练,终于在2017年1月28日,大年初一这天,滕庄村第一届春节联欢会正式开始。锣鼓喧天,秧歌起舞,烟花飞扬,广场上熙熙攘攘、人头攒动,寂寥多年的小村子终于又热闹起来了。

春节联欢会之后,我们收到了很多反馈。

卫生婶笑呵呵地告诉我们,自己家的小孙子,连续两年登台

举办滕庄村春节联欢会

表演后,主动要求学习架子鼓,要为下一届"村晚"表演做足准备;春林叔,一个种地,打零工的普通村民,此前在村子里默默无闻,自从在联欢会登台以后,成了村里的公众人物,他信誓旦旦地对我们说:"以后我再也不打牌了,我要时刻注意自己的形象。"

小朋友在村晚上表演架子鼓

村西头的刘奶奶反复对我们念叨:"我年轻的时候就想登台,但是那个时候生产队解散了,一直没有机会。没想到七老八十了,终于实现了自己登台的梦想。"

这样的故事还有很多,很多……

最难忘的是,在年后聚会上,村支书带着几位村民反复地说:"感谢你们大学生为我们滕庄村做出的贡献。"

感谢我们? 是村庄孕育着我们成长,我们是从村子里走出来的大学生,这些事本来就是我们应该做并可以做到的。如果早几年这样做,不是更好吗?

就这样,滕庄村人找到了与传统的新的联结。三年时间,参与"村晚"策划的人员由6人到20人,赞助商由12个累计目前为止29个,小学生17人到30人,演员72人到85人,现场观众由300人到600多人,节目形式从唱歌、跳舞、朗诵到小品以及古筝、架子鼓、葫芦丝等乐器表演。

"村晚"只是个载体,是把滕庄村人凝聚到一起,追

过年期间张灯结彩的滕庄村

村晚演职策划人员大合影

寻村庄文化传统,树立乡村文化自信的载体。去年,我们成立了属于小村庄自己的公众号——滕庄故事。我们合计着,以后要继续为小村庄做一些事情。把"村晚"的担子传给年轻人,为每个家庭拍一张全家福,建一个乡村图书馆。

三年"村晚",每年寒假后我依旧回到上海,回到学校,但我发现,我的生活发生了很大的改变。故乡,对我而言,不再是李健歌中的他乡,故乡变成了一个鲜活的存在。学习累了,压力大了,我会翻看村晚的视频和照片,也会时不时地和天南海北的滕庄人聊天。而这,让我觉得我不再是一个独自行走在上海这个大城市的外乡人。逐渐地,我不会在人群中手足无措,我觉得我的内心有了一个安放的地方。我的精神得到了一股力量的支持,这种支持让我能够更坚定和更乐观地去面对生活上遇到的所有困难。

现在我在上海读书,在同济学习。我更理解,"把论文写在祖国大地上"是同济人的无愧担当,每一个同济人身上都有着浓浓的家国情怀。走进基层,服务基层,无论是回乡支教还是搭建乡村舞台,我都希望用自己的坚持和信仰,唤醒每个人心中那个或近或远的故乡,希望每个人都能为美丽乡村建设贡献自己的力量!

逐梦青春,志愿添彩

同济大学 2019 年优秀大学生报告团　鲍　晴
(2019 年 12 月 10 日)

【个人简介】鲍晴,女,1994 年生,中共党员,同济大学经济与管理学院 2017 级硕士研究生。2018 年 6 月成为首届中国国际进口博览会首批长期管理岗位志愿者,服务事迹被《青年报》《上海日报》等媒体报道。在校期间曾获得"上海市优秀共青团员""上海市优秀毕业生",同济大学"优秀学生干部""十佳杰出青年志愿者""国家奖学金",同济大学"立林—渝祥奖学金"等荣誉。

2018 年 5 月的一天,我在朋友圈刷到这样一则通知:首届中国国际进口博览会首批长期管理岗位志愿者招募。要知道,全市有超过 1 600 人报名参选,而首批长期管理岗位志愿者,一共才招 25 人,也就是 64 个人里面挑选一个。选拔分为笔试和面试,包括无领导小组面试、心理测试和英文口试。虽然书到用时方恨少,不过凭借积极乐观的心态和坚持不懈的努力,很快,我接到录用通知。

得知自己被派往现场医疗保障组服务让我既兴奋又忐忑。接受这项任务,我就能亲身参与这场国际盛会,可接受这项任务,我就要花整整五个月的时间在我从来没有接触过的领域工作,我能胜任吗?

场馆内设立的医疗站点是我对医疗保障组工作最初的设想。可随着工作的开展,我才发现医疗保障的工

在同济大学 2019 年优秀大学生报告会上的演讲

在首批长期管理岗志愿者培训结业仪式上
向全市青年志愿者发出倡议

作远不止在场馆内设立几个医疗站点这么简单,这是我参加首次城市保障综合演练后才知道的。作为志愿者,这场演练中我的任务是及时发现场馆内游客的突发状况并迅速上报指挥部。

"指挥部,指挥部,6.1号化妆品馆7号门有游客不适倒地,请速派救护车前往救治。"拿着对讲机喊完这句话后,我屏息等待,仿佛可以听到自己的心跳声。即使知道这只是一场演练,可拿着对讲机的手仍忍不住出汗。时间一秒、两秒、三秒地过去,对讲机仍无应答,是我按错了键没有呼叫成功吗?终于,对讲机里传来应答,"指挥部收到,已派救护车赶往现场。"短短的几十秒,就好像过去了几分钟。可就是短短的几十秒,由志愿者到指挥部到急救系统的医疗应急网络全面铺开,迅速响应。在那一刻,我突然明白了伤者倒地时的令人揪心,明白了人群围观等待时的惶然无措,也明白了医疗保障组的责任之重。

虽然首届进博会只有短短六天,但有来自172个国家、3 600多家企业参展,有超过40万名境内外采购商参与盛会。我们要24小时

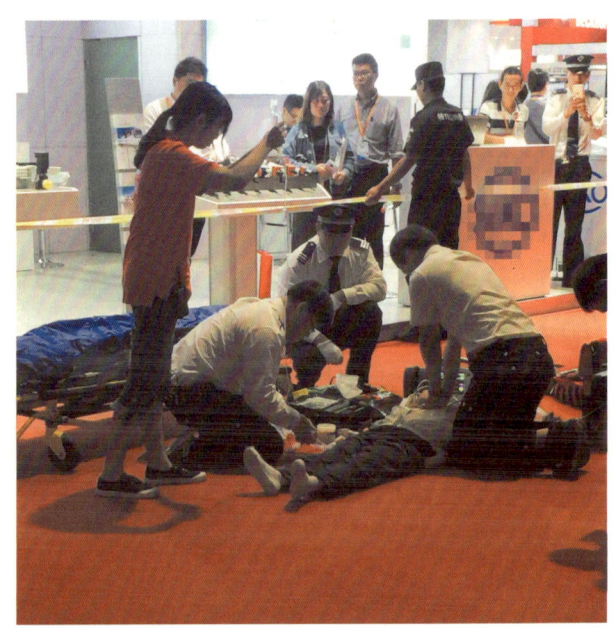

作为志愿者代表参与首届进博会首次城市保障综合演练

做好场馆内人员的生命安全保障工作,任务的艰巨可想而知。

所以在前4个月里,我们奔赴华山医院、同仁医院、肺科医院等全市18家定点保障医院,调度专家团队一遍又一遍地推演医疗保障急救转运方案、设立绿色通道、组织相关医护人员进行培训和演练,跟进场馆内医疗站点的搭建和物资准备情况。我们制作了一张指挥作战图,将七大类任务细化成共135项具体任务,每完成一项就贴上一枚红旗。每一枚红旗,也展示着我们100多天从早到晚的奔波。

在最后一个月,我们更是没有双休日地连续工作了20多天,日行万步、每天工作超过10小时……成了场馆中"最早入驻,最晚撤离"的那批人。即使晚上离开场馆,我们还要住在华山西院值班。我记得最后撤展那天晚上,10点多钟,我们刚回到华山西院安顿下来,一个电话打来——一名撤展工人的脚板踩入了长钉。非常疲惫、困顿的我们立马紧张起来,急救医生开着急救车回到场馆处理伤情,等再回

首届进博会全体现场医疗保障工作人员合影

到医院值守已是次日凌晨。医疗保障工作者的日常,我真切地感受着,佩服他们,也心疼他们。

令我特别自豪的是,我们同济有三名长期岗位志愿者、116名会期志愿者奋战在"四叶草"里,而且进博会用的是我们同济自主研发的室内导航定位系统。国家会展中心,是世界上规模最大、辐射最广的单体建筑和辐射综合体,有些展厅高达32米,屋顶太高,很多定位辅助设备无法布上去,我们同济的DWELT高精度室内定位技术,在没有Wi-Fi、蓝牙等硬件支持的情况下,也可以替参观者规划室内路线。为了这一切,电子与信息工程学院的博士生翟昕宇为参与研发该室内外导航系统几年如一日地熬夜奋战,最后两度夺得微软室内定位大赛国际金奖。为了这一切,几十名同济"小叶子",每天用自己的脚步去丈量近三万平方米场馆的每一个角落,一遍又一遍地测试以提升定位系统的精度,每个人的步数每天都是两三万起步。

首届进博会同济大学志愿者合影

经济与管理学院的研究生罗凡同学,因为住在沪北校区,要在进博会开展期间凌晨 3 点起床先赶往四平路校区,然后统一乘大巴前往国家会展中心。她说:"清晨 4 点,四平的停车场上每天有两辆车的车灯亮着,车旁是给大家准备的热气腾腾的早点;清晨 4 点,109 名同济"小叶子",即使他们中有人因为准备期末考试彻夜未眠,也没有一个人请假,没有一个人迟到。"问讯处的志愿者,常常被一层又一层的参观者包围,直到中午被同学拉到旁边强制休息,随即就体力不支地瘫坐在地上,大口大口地喝水。进博会上,同济人的故事还有很多……

有同学问我,这么辛苦,你们为什么还要去?我作为研二的学生,其实也有很大的课业压力。但是为了既不落下课业,也不放弃志愿服务工作,我经常会在下班后继续在办公室,挑灯夜战赶论文。因为往返同济和虹桥一趟就需要坐 40 站地铁,实在太花时间,所以我自费在附近租房。从我住的地方走到办公室大概需要 15 分钟,但每天的这 15 分钟,是我在进博会的 135 天,3 240 个小时,194 400 分钟里最满足的时候,因为每天在路上,我看到马路一点一点被拓宽,路灯一排一排被点亮,展馆逐渐焕然一新。我知道,因为我们所有人的努力,我们的家园正变得更美好。同学们,我们每个人的一生都由时间组成,最有意义的地方也许不在于它的长短,而在于我们每个人做出的选择,你选择把你的时间花在什么样的地方,让平凡的点滴成就不平凡的一生呢?

"把论文写在祖国大地上"是同济人的坚守,愿大家都能守护这一份初心,树理想、爱祖国、敢担当、练本领、炼品德,勇做新时代的奋斗者、开拓者和奉献者。

征途化归途，他乡亦故乡

同济大学 2020 年优秀大学生报告团　陈丹霞
（2020 年 6 月 9 日）

【个人简介】陈丹霞，女，1994 年生，中共党员，同济大学法学院 2012 级本科生，2017 级硕士研究生。在校期间入选同济大学第十八届研究生支教团，2016 年 8 月至 2017 年 8 月间任教于云南省大理白族自治州云龙县团结乡团结中学，支教期间，获"云龙县优秀支教教师""团结乡教学突出奖"等荣誉。

大家好，我是来自法学院的陈丹霞，当我刚刚从家乡贵州来到同济时，我发现自己对于家乡其实知之甚少，说不清楚她的过去，也讲不出她现在的发展和变化。原来，家乡已是心底最熟悉的陌生地。这种陌生感让我开始感到不安，于是，我想要去做点什么让自己更了解西部的土地。

在本科毕业时，本可以选择直接学术推免保研，也曾获得一个跨校、跨学科优先录取的机会，但我放弃了前面两者，几乎是没有犹豫地选择加入支教团。当时想，如果我现在不去圆心底做了很久很久的支教梦，这一辈子可能都没有机会了。于是，我选择了听从自己内心的声音，把人生的进度条放慢一点，先去做自己想做的事情。

"用一年的时间，做一件终生难忘的事情。"支教的一年里，我们观察发现，

在同济大学 2020 年"小我融入大我，青春献给祖国"
主题报告会上的演讲

组织开展"第三届兴义八中百校联合宣讲会"

学校里有非常聪明但不肯用功读书的学生,也有因为先天原因特别努力但学习成绩就是不理想的学生,还有一些心思早已不在课堂盼着早点毕业外出务工的学生。于是,我们开始去思考,在这里,除了做一名传授知识的老师外,还应该做些什么才不辜负这一程的陪伴。我们开始去整理大学生活的点滴,听过的讲座、参与过的社团活动、拍下的同济四季、走过的国内、国外的城市足迹……我们把这些关于大学生活的种种美好分享给孩子们,慢慢发现那些聪明却不愿学习的学生开始有了改变,他们心中点燃的那份期待成为了最好也是最长久的鼓励。我们利用课余时间,在学校里举办了许多丰富多彩的校园活动,和学生们一起去探索团队合作,用真心和实际行动教会他们善与爱,慢慢发现那些平日里很调皮的学生们的眼神里多了一份温柔,少了一些锋芒。

一年时间很快,2017年8月我们结束支教重返同济读研,到今天,也已快三年。我们曾支教的学校发生了翻天覆地的变化,崭新的教学楼、宽阔的新操场、先进的多媒体设备、漂亮的音乐教室,就连同济的梦想教室也走进了团结中学。那里的孩子们能够在更好更舒适的环境里接受教育,一切都在向着更好的方向发

同济大学第十八届研究生支教团合照

为云龙一中高三学生讲述学习心得

翻新过后的团结中学操场

同济大学第十八届研究生支教团团结小分队与团结中学学生合影

展。但我们仍然需要看到,西部基础教育仍然面临着师资短缺、家庭教育观念落后、学生学习动力不足等问题,而这一切,仍然需要许许多多人的努力,需要长期的思想引导和熏陶才可能转变。

"征途变为归途,他乡终成故乡。"作为一名曾经在云龙支教生活的同济人,我们都拥有一个新的身份,叫作同济云龙人。 年的时间,我们有了自己的第二故乡,也收获了一份牵挂。无论未来走到哪里,总有一个地方可以回去走一走、看一看。而那里,也承载了我们青春年华里最美好的记忆,有我们的勇敢、有我们的坚持,也有我们的成长。

亲爱的学弟学妹们,你是否也和我们一样,想用一年的时间做一件终生难忘的事情呢?如果有,请为自己勇敢一次吧。22 载,三个省,五所中学,221 名志愿者,这是同济大学研究生支教团的故事,而我们也希望,这个故事里,能够有你。

祖国需要处,皆是我故乡

同济大学 2020 年优秀大学生报告团　李芸舟
(2020 年 11 月 24 日)

【个人简介】李芸舟,女,1997年生,入党积极分子,共青团员,同济大学法学院2019级硕士研究生。2018年8月入选中国青年志愿者扶贫接力计划研究生支教团赴云南支教一年,组织同济青年参与疫情防控、进博会等志愿服务。曾获"上海市青年五四奖章""上海市优秀志愿者"等荣誉。

大家好,我是来自法学院的李芸舟。刚刚大家看到的,是十天前我服务于第三届中国国际进口博览会的场景。再一次站在"四叶草"向世界微笑,在全球疫情蔓延、国际经贸形势复杂严峻的情况下,体验这场"永不落幕"的盛会,我更加体会到中国敞开大门拥抱世界的胸怀,也更加坚定了在服务大局中参与国家战略、融入城市发展的信念,而这样的奉献情怀与家国责任,要从两年前开始说起。

本科毕业那年,在班级同学们面临升学和就业的选择时,我看到了研究生支教团的选拔通知。我决定趁着年轻去脚踏实地地做点什么,选择在云南省元谋县支教318天,成了337个孩子的"舟舟老师"。

刚到元谋,很多学生告诉我,父母没有念完小学照样赚钱,不读书也可以;也有人问我,老师,你们上海很远吗?难道比昆明还要远吗?

我逐渐感受到,孩子们缺乏的是远比物质更为可贵

在同济大学 2020 年优秀大学生报告会上的演讲

入选同济大学第二十届研究生支教团

的东西。于是这一年里,我征集了来自不同城市和高校的179张明信片,337封各不相同的手书信,开展讲座覆盖超2 000名学生,参与控辍保学、遍访贫困户、宣传党的农村政策和助学政策,告诉那些孩子们——未来有无限可能。越来越多的孩子告诉我:"舟舟老师,我以后想走出元谋,去看看外面的世界,成为像你一样的支教老师。"

在云南这一年,尽力用教育阻断贫困的代际传播,在脱贫攻坚一线留下个人的足迹,我更加懂得了那句"祖国需要处,皆是我故乡"的真正含义。

而对爱国主义的最好诠释,就是要在每一个"祖国需要处",用行动去交出自己的答卷。今年年初,新冠肺炎疫情暴发,虽然因防疫要求隔离在家,但我想,在举国上下众志成城、共克难关之时,无论身处何处,我一定能做些力所能及的事。于是我便第一时间动员同济青年参与疫情防控,发起"同济逆行者"后端保障突击队,招募135名志愿者,对接10家附属医院的165位援鄂医疗队员,为他们的家庭提供学业辅导、物资采买、亲情陪伴等服务,与医护人员共克时艰。

支教一年,临别与学生合影

一名方舱医院医疗队员告诉我:"看到朋友圈都在晒辅导孩子的时间表,我很着急。感谢你们帮我解决了后顾之忧,家人好,我在这里更能安心地战斗!"疫情面前,人人都是战士。这种举国同心、守望相助的壮丽画卷背后,是只有中国才有的动员力和战斗力。

我想也正因如此,中国得以率先控制住疫情并推动经济复苏发展,如期举办举世瞩目的第三届进口博览会。今年是我第二次带队服务保障进博会,去年九月,我带着202名同济志愿者比其他高校提前一个月进入场馆,看到空荡的国家会展中心在短短一个月的时间内汇集了五湖四海的展厅,不禁惊叹集中力量办大事的中国速度。最终,我们负责保障

守护战"疫"后方,组织同济逆行者后端保障突击队

在第二届中国国际进口博览会上被《新闻联播》报道

的室内定位导航系统使用人次超30万,受到央视新闻联播、《中国教育报》等主流媒体报道。

而今年,在疫情的大背景下,我带着4名保障人员、91名志愿者一起在学校干训楼集中住宿、闭环管理,保障大家的衣食住行。我们一日三次测量体温,佩戴监测手环和纳米级防毒口罩,完成三次核酸检测和一次抗体检测。我们也每日占据微信步数排行榜前列,日均暴走三万步,校准定位信息,爬上爬下上百次,部署信标设备。即使如此,能够亲身体会这样宏大的盛会,在国际舞台上展示同济人的风采,每一名志愿者都感到无比的自豪。

身为青年,我们处在中华民族发展的最好时期,面临着难得的人生机遇和伟大

连续两年带队服务保障中国国际进口博览会

的时代使命。过去一年,同济志愿者在多元志愿服务中厚植家国情怀、服务广大人民,参与志愿服务超5万人次,服务时长达12万小时,奉献、友爱、互助、进步的志愿精神成为越来越多同济学子乐于追求的精神风尚。

在你们的心目中,什么是一个大学生活的标准模型呢?是发表了多少篇论文吗?是获得了多少次奖学金吗?还是站上了多大的舞台呢?对我而言,回忆起大学生活里那些印象最深的瞬间,我想可能是收到学生来信里的那句"学不下去的时候想到以后可以考到上海去见你,我就会努力努力再努力";也可能是在进博会发起"我和我的祖国"快闪时,很多不同国籍、不同肤色的人们主动过来拿起一面面五星国旗,和我们一起哼唱。

我相信,有一分热,发一分光,用青年的力量去发声、去影响、去传播,就是一个当代大学生应有的模样。也期待你我一起,把个人理想追求融入国家和民族事业中,从一个人到一群人,汇聚起明亮又炽热的青年力量。

不负时代：练就过硬本领

广大青年一定要练就过硬本领。学习是成长进步的阶梯，实践是提高本领的途径。青年的素质和本领直接影响着实现中国梦的进程。古人说："学如弓弩，才如箭镞。"说的是学问的根基好比弓弩，才能好比箭头，只要依靠厚实的见识来引导，就可以让才能很好发挥作用。青年人正处于学习的黄金时期，应该把学习作为首要任务，作为一种责任、一种精神追求、一种生活方式，树立梦想从学习开始、事业靠本领成就的观念，让勤奋学习成为青春远航的动力，让增长本领成为青春搏击的能量。

广大青年要坚持面向现代化、面向世界、面向未来，增强知识更新的紧迫感，如饥似渴学习，既扎实打牢基础知识又及时更新知识，既刻苦钻研理论又积极掌握技能，不断提高与时代发展和事业要求相适应的素质和能力。要坚持学以致用，深入基层、深入群众，在改革开放和社会主义现代化建设的大熔炉中，在社会的大学校里，掌握真才实学，增益其所不能，努力成为可堪大用、能担重任的栋梁之材。

——习近平在同各界优秀青年代表座谈时的讲话

（2013年05月04日）

在校园文化的滋养中成长

同济大学2011年优秀大学生报告团　匡　蓓
(2011年11月8日)

【个人简介】匡蓓,女,1990年生,共青团员,同济大学政治与国际关系学院政治学与行政学2009级本科生。曾担任同济大学社团品牌发展中心副主任、校辩论队队长、辩论与演讲协会第十任会长。荣获"全国大学生辩论挑战赛冠军""长三角名校辩论邀请赛亚军""上海市国际人道法辩论赛亚军"及"长三角名校辩论邀请赛最佳风采奖""第二十一届青年杯全程最佳辩手"等多项荣誉。

能够站在这里,首先要感谢我们的校园提供了绚烂、丰富的平台,让我从一名校园文化的感知者转变为校园文化的推动者。其次,与我自身的不断努力也是分不开的。接下来我愿意与各位学弟学妹说说自己来到同济大学的三年里,有幸经历的校园活动。正是这些宝贵的活动经验让我更加直观地感受到了同济大学繁荣与多样的校园文化,并在其中茁壮成长。希望我的经验能给大家帮助,能够为同学们提供更加多元的信息。

相信各位进入同济以来,曾多次在不同场合听到"仰望星空"的寄语,但也许在座的各位之中,有许多人还在迷茫地询问:"星空究竟在何处?"在这里先和大家讲一个小小的故事:某一天的晚上,我和室友在校园里散步,偶然间我抬头望了眼天

在辩论赛上做总结发言

空,发现一片漆黑,我就告诉室友今夜没有星星,然后我们驻足凝望,惊喜地发现了一两颗,之后,三颗、四颗、五颗,无数的星星渐渐出现在我们的视野中。不知道各位有没有类似的经历,如果有,你会发现,星空,是越看越璀璨的。其实,同济的校园文化也如同黑夜中的星空一般,也许深沉,但璀璨依然。

校园文化的表现形式有很多,社团就是其独特的呈现方式之一,它叙述着过去,畅想着未来,呈现给我们活泼快乐的生活氛围,也给我们带来了丰富的校园文化生活,带领我们体验无法复制的校园人生。

灿若星河的社团文化给了我们最美好的校园生活,但同时也给我们带来了些许甜蜜的负担。面对多姿多彩的校园活动、形形色色的社团组织,到底应该怎样选择,这大概是很多刚刚入学的同学希望马上得到答案的问题。两年前,我也和在座的各位一样,怀着憧憬的心情,听着学长姐给我介绍他们眼中的大学生活,兴奋过后却也茫然不知所措,不懂得如何安排自己的大学生活、如何利用丰富的校园信息。但是,当我经过了三年的成长,一点一点地摸索和观察后,我想告诉大家,每个人都有属于自己的价值标准。不论什么样的学生,我们自身都具有这个或那个别人所没有的闪光点,但对于自己来说,所谓最好的选择一定会是发自内心想要的那一个。我相信兴趣是最好的导师,也是获得成功的推动力,只有真心地、全心全意地付出,才会有最美好的回报。

即便你选择的是你最喜欢的事情或者是你最擅长的事情,也一定会出现各种你想都想不到的困难,让你思路混乱、倍感压力,甚至有时还会让你产生放弃的念头。有一个成语叫作"愈挫愈勇",有一句俗话叫作"阳光总在风雨后",困难让人成长,我们要始终相信,再难的事情,再忙碌的日子,都只是生活的一部分,在实践中不断摸索的路程,将给予我们在社团、校园活动中的最大收获。

我曾经切身经历过这样的阶段:在我刚刚开始接手辩论与演讲协会的时候,辩协的影响力还不够广,无论是和各个组织洽谈合作,还是和其他高校的交流沟通都显得非常困难。记得在第二十一届"青年杯"辩论赛的筹划阶段,我需要和十六支学院辩论队沟通参赛意向,但是苦于没有各个学院相关负责人的联系方式,我只能通过私人关系向各学院的同学打听,自下而上地收集联系方式。经历了许多波折才好不容易集齐了十六支院队的联系人信息。之后再由我一个一个地打电话与他们沟通参赛意向。由于大家对辩论协会知之甚少,我在沟通的过程中常常受到误解,遭到冷遇。当时真的觉得自己受尽了委屈,但每次当我没有勇气继续走下去的时

日常参加辩论赛

候,我就告诉自己,既然路是自己选的,那么,爬也要爬到终点。就是在这样的过程中,我一点一点地积累着运作学生社团的技巧与经验,也积累着坚持梦想的勇气和信心。经过几任协会成员的共同努力,我们看到辩论协会一步步在正轨上前进,体制越来越完善,活动越来越精彩,无数的欢笑和泪水成就了今天的辩论与演讲协会。看到辩协成了现今同济数一数二的明星社团,我也终于可以骄傲地说,我无愧于最初的选择,也无悔于最初的梦想。时至今日,当我回看自己经历的所有酸甜苦辣,我只是淡淡一笑。因为我发现坚定选择,坚守梦想,勇敢前行,必会成就一颗无比强大的心。所以我希望大家了解、选择自己想要的。听起来很简单,做起来,可能有些无奈,选择是需要智慧的,而选择之后的坚持可能要比选择本身更加重要。很多时候我们会因为责任和义务无法选择自己想要的,但如果可以选,我希望你们能听听自己内心的声音。同时,当你肩头背负着不同的压力时,也别忘记了心中怀揣着的不同的梦想。我相信

辩论赛获奖留念

人生因快乐而成功,而不是因成功而快乐的。对于年轻的我们而言,奋斗的道路很崎岖,很漫长,但无论走多远,都不要忘了头顶上那片最美的星空。

成长在同济,大家可以获得丰富多彩的校园文化资源。社团作为校园文化的载体,给同学们提供了多种多样的选择,在同济,文艺类、体育类、学术类、实践类、科技类、公益服务类等社团目前有70多个。各个社团每学期都会自行组织各具特色的活动,充分发挥了它们的自主性、能动性,极大地丰富了同学的课余生活,为校园文化建设增添了五彩斑斓的篇章。同学们可以根据自己的兴趣爱好来选择一些社团,加入并积极参与。相信凭借兴趣这位最好的老师,再加上同学们自己的付出与努力,一定可以在社团活动中脱颖而出、有所建树。

作为同济人,我们信仰"独立的思考,自由的表达",我们信仰"宁鸣而死,不默而生",我们信仰"同舟共济,自强不息"。我们信仰虽经历百年,却依然薪火相传的同济精神。

高调做事,低调做人

同济大学2011年优秀大学生报告团　祁晓婉
(2011年11月8日)

【个人简介】祁晓婉,女,1989年生,中共党员,同济大学土木工程学院2008级本科生。曾任校学生会主席,获多项奖学金;积极参加社会实践,获评上海市最佳团队和先进个人称号。

曾经很有幸和一些老校友、老师聊起他们的大学时光,他们无不感叹这段时间是他们最轻松、最美好、最值得珍惜的一段时光。回首我这大学三年多,真的收获到了很多很多,希望我的分享能够对在座各位的学习生活有所帮助。

日常生活照

首先想和大家分享的是我热爱的学生会工作。2008年秋天,当我还是一个懵懂无知的小女孩时,对大学生活充满向往,和很多新生一样,热切地想要加入学生组织,但是面对那么多的选择却又变得很无措。特别迷茫的时候,突然看到了那句招新宣言,它深深地吸引了我,"如果有翅膀,请记得飞翔",于是我毅然选择了学生会。经过笔试、面试,我顺利地成了学生会的一员。殊不知它慢慢地会成为我大学生活最重要的一部分,可以说影响了我的人生。

从一名小干事,到组长,到处长,到部长,到主席助理,再到现在的主席,这条路走得很长很辛苦,却也精彩无比!烈日下,我在学院食堂前空着肚子发过传单;瓢泼大雨中,我一个一个寝室贴过海报;好多深夜,听着舍友们均匀的呼吸声,只能强撑着对着电脑赶文件,做一会儿趴一会,直到天明;为了跑一个场地,我可能会在大活、行政楼、保卫处之间奔波一个下午;好不容易熬到暑假,想着可以回家清凉了,同学一个个都回家了,但我还得留在这里筹备论坛,面对的只有闷笼似的寝室和肆意的蟑螂……这样的事例举不胜举,可以说,学生会的工作让我失去了太多,因为它占用了我很大部分的时间和精力。朋友们讨论着周六周日去哪里逛街的时候,我不用想,因为我有工作;放假了,大家琢磨着去哪儿玩的时候,我不用想,因为我有工作;甚至是期末复习迎考的时候,我也还有零散的工作要去完成。

说到这里,大家可能觉得这样的生活简直暗无天日,这样的组织就是"坑爹"。对,它是让我失去了很多放松娱乐的时间,但是我要说,我从这些工作当中收获的比失去的多太多。一个活动,大多数人看到的都只是它最后成形的光鲜,不知道后面筹备的庞大的工作量。我跟过很多活动,毕业晚会、十大歌手、饮食文化节、女生节、国际狂想曲等,写策划、做宣传品、跑场地、弄道具、想方案、找节目,要考虑到可行性、安全性,涉及的东西非常多。这一次又一次的过程,让我从粗心大意变得谨

同济大学学生代表大会合影

慎细致,我学会了有效沟通,学会了统筹规划,学会了团队合作,我知道了该怎样把一件事情从无变有,怎么做,要注意什么,会有哪些问题要提前预防,等等。总而言之,学生会把我变成了一个能够真正做事的人。所以,各位,一定要高调做事,低调做人!

除了对自身能力的提升,我还收获了珍贵的友谊。有这么一批人,我们有共同的目标,有共同的信仰,我们携手奋斗在第一线,学校的每一个角落都有TJSU的脚印。不知道在座的同学有没有这种感觉,和自己的团队在一起,即使忙得只能啃馒头,即使不眠不休好几夜,也觉得很美好很感动,每当累得要撑不下去了,看到周围的战友们还在为目标努力,就自然而然地有一股力量,擦擦眼泪,擦擦汗水,坚定地继续!同享乐的朋友很好找,共甘苦的却不多,所以,我很珍惜这帮一起笑一起哭的人们,在学习和生活上都给了我莫大的支持。所以,各位,请务必珍惜身边的战友。

学生会的工作也让我有机会能够站在更高的平台上看到更广阔的世界,曾经有幸去北京参加全国大学生骨干培训班,也去过澳门参加澳门大学主办的主题论坛,包括2010年同济和学生会办的世博青年论坛,邀请到了全国50所高校的主席和外国友人一起参加。参加这样高规格的活动,首先肯定是能够通过活动内容对某方面的知识有更全面的了解,撇开这个不说,单单接触的人群,他们的思维方式、独到见解,各方面的能力就值得我学习。所以,各位,有机会一定要走出去看世界,会有不一样的感觉。

说了这么多,给人的感觉我的大学生活只有学生会,其实不然,我还很喜欢参加社会实践,在某种程度上,这弥补了我上面提到的没时间出游的遗憾。2009年暑假,我去了甘肃定西的一个县城进行新农村青少年精神

甘肃社会实践合影留念

世博会志愿者合影

文明建设的实践;2010年夏天,我去了广西百色的华润希望小镇;2011年本来已经把去天津的社会实践安排在日程上了,后因各种原因没有去成。因为我去的都是经济水平相对落后的地方,那里民风淳朴,生活状况却很艰苦。没有干净的水喝,没有充足的电用,交通极其不方便,去个市集都要徒步走好几个小时,更不用说电视、电脑、空调什么的了。这些虽说在电视里边可能也有看到过,但真正展现在你眼前,甚至和他们一起生活时,还是深深震撼到了我。这精神上的刺激,不仅让我懂得珍惜现在的美好生活,更是对投身祖国建设的一种激励。

我还做过2010年的世博会志愿者,当时是在AB片区气象馆那边的交通站点服务,在这里我就不详细阐述了。

最后讲讲我的学习,虽然我的绩点也还可以,但还有很多很多比我成绩优秀的人,所以我在这儿也就不多说学习经验,只谈谈如何平衡学习和工作。毋庸置疑,学习是学生的本职工作,学习弄不好那什么都不要谈。平衡学习和工作有两个关键点,一是利用一切空余时间去图书馆看书,因为中午一般都要做事,晚上要开会,所以早上的时间就可以利用好,没有课的时间也可以好好利用。第二是静心,在工作的时候不要想学习,在学习的时候不要想工作,全身心地投入,这样才能提高效率。

以上呢,我给大家大致介绍了我的大学生活的几个主要方面,我并不是最优秀的一个,说得也不一定完全都对,只希望能够给大家带来一点小小的收获。最后我想说,大学的路是自己走的,迷茫的时候问问自己,到底要的是什么,不时回头,看看原点时的自己,不要忘记最初的目标和理想。希望大家能够有一个充实美好的大学生活。

全面发展,我的大学我做主

同济大学 2012 年优秀大学生报告团　张　琪
(2012 年 10 月 23 日)

【个人简介】张琪,1989 年生,中共党员,同济大学土木工程学院 2007 级本科生、土木工程学院结构工程专业 2011 级博士研究生。在校期间,积极参加志愿服务、社区管理、朋辈教育等学生工作,获同济大学"优秀学生标兵""优秀学生干部""上海市优秀毕业生"等称号。

我是张琪,2007 年我进入同济大学土木工程学院读本科,现在在土木工程学院结构工程与防灾研究所攻读博士学位。

在开始今天的发言前,请允许我代表同济大学所有的学长学姐道一声:"欢迎你们来到同济!"因为你们的到来,同济享誉全国的校园文化将更加丰富多彩;因为你们的到来,同舟共济、自强不息的精神得以传承;因为你们的到来,将会让同济人积极进取、追求卓越的斗志更加激昂。

在同济学习的五年时间里,我获得过国家奖学金、保送直接攻读博士;曾代表同济去美国参加全美土木工程比赛;也曾担任过校团委世博志愿者工作站学生负责人、土木工程学院"星光志愿者"中队队长,组织开展了一系列志愿服务活动;还曾担

在同济大学 2012 年优秀大学生报告会上的演讲

任2007级6班班长,带领班级获得同济大学先进集体标兵等众多荣誉,现在,我担任同济大学社区辅导员。在老师和同学眼中,我的确时常出现在校园的各个角落,算得上一位"校园达人",今天,我十分高兴能从学习、寝室、科技创新、学生工作和社区辅导员这五个方面,和大家分享一下我在同济这五年的故事。

相信在座大部分同学在高中时听老师或家长说过这么一句话:"高中拼命三年,考上大学就可以好好放松了。"很遗憾,来到同济,你会发现曾经这句鼓励过很多同学的话只是望梅止渴式的欺骗。因为在同济,学习成绩依旧是每位同学的头等大事,优良的成绩是同学们申请奖学金、参加其他各类活动的最大保证,因此同学们需要花时间花心思静下心好好学习。

来到同济的第一个学期,我对大学的学习还知之甚少,还在沿用高中的学习模式,课前预习,上课笔记,下课买了好几本练习题做,第一学期学得很累,我的绩点是4.5,一个中等偏上的成绩。看到年级前几名同学平时并没有那么费劲就考了4.9以上,我也开始试着更加有效率地学习,课前依旧预习,但课后不再用题海战术武装自己,开始更多地归纳总结,把握重点。第二学期,多了几门功课,我的平均绩点反而达到了4.8。之后的三年,我的成绩一直稳定在4.7左右,也曾经当过两次"5哥",凭借自己的成绩获得过一次国家奖学金,两次一等奖学金,我认为这一切是因为我找到了一个适合自己的学习方法。

初入大学,相信大部分的同学都还保持着高中学习的习惯,或许已经有同学开始在社团工作中忙碌起来,或许已经有同学进入游戏状态,我想说,大学并不是要求每个同学都像高中那样每天苦读十几个小时,但按时

"校园达人"宣传照

上课、认真听课、完成作业是同学们必须坚守的底线,找到适合自己的学习方法,付出努力,取得令自己满意的成绩并不难。

同济要求同学们在大学期间至少要参加一次创新活动。同学们不必感到有压力,在同济我们可以有很多申请参加创新活动的机会,比如今年在我校举办的"挑战杯"、土木工程学院的结构与模型制作竞赛、建筑与城市城规学院一年一度的"建造节"等应用型的创新活动,还会有全国大学生英语竞赛、物理竞赛、数学建模大赛等竞赛类的创新活动。参加各类创新活动,不但能够培养大家的创新意识,更能够增进与老师、同学之间的交流,打开眼界。

我曾作为项目成员参加了 2008 年上海市创新项目,参加过三次同济大学结构与模型制作竞赛,但要说最难忘的,那一定是 2010 年 3 月份代表同济大学赴美国参加全美土木工程竞赛。为了准备这场比赛,2010 年的春节我们只与家人团聚了六天便回学校继续准备,最终在 3 月份的正式比赛中与 24 个美国高校同台竞技,14 项比赛中取得了三个分项第一名,两个第二名和一个第三名,总成绩排在第七。让我欣慰的是,在我们之后,2011 年同济大学代表队总成绩上升到第三,并成了美国土木工程协会国际学生分会的正式会员。而 2012 年同济大学改为参加太平洋赛区的比赛,总成绩为分赛区第一名,战胜了伯克利、斯坦福等世界级名校,钢桥项目更是进入了全美的总决赛。成绩仅仅是一部分,参加美国土木工程竞赛给我的最大收获是一次全面的历练,从赛前与组织方的联系、题目公布后的反复交涉答疑,到研究赛题购买材料制作模型,再到确定行程、购买机票预订住宿,这些通通由我们同学自己来完成,而在与美国人同台竞技的过程中,我们也切身感受到了美国大学教育的不同,拓宽了眼界。只要同学们敢想敢做,一定有机会在各种创新活动中获奖为同济争光。

进入大学,同学们都希望能够通过加入社团展现自己的能力,结交更多的朋友,我的社团生活用两个字概括,便是"服务"。

大一和室友创建土木工程学院星光志愿者中队,我为敬老院的孤寡老人和人民广场的行人服务;大二加入校团委共青志愿服务大队,我为各类场馆和全校的同学服务;大三调到世博志愿者工作站,我们为全校近 6 000 名世博志愿者服务;大

在土木工程学院前留影

四负责筹备土木工程学院文明离校系列活动,我为 600 名即将毕业的本科同学服务。

在我看来,无论是什么学生社团,最重要的就是服务的意识和认真的态度,把自己看成社团的一份子,积极参与,这样才可能真正融入社团,收获友情,取得成绩。每个人的精力是有限的,同学们切不可贪多,一次加入好几个社团,这样往往会顾此失彼,反倒不好。

本科毕业,开始了我的研究生生涯。我依旧热爱着各类学生工作,更有幸通过选拔,成了一名社区辅导员。所谓社区辅导员,是同济大学在学生工作、社区管理和辅导员队伍建设上的一个特色职位,由在读研究生中的优秀党员住进本科生宿舍,与大家同吃同住,在学习、生活等方面为同学们提供帮助,并配合楼长对寝室楼进行管理。

我在西南七楼担任社区辅导员,过去一年的辅导员工作里,我与楼长、值班阿姨和楼管会成员一道,共同管理楼内事务、服务同学;安全方面严格监督,生活学习主动关心,课余时间开展活动,这就是我的工作。辅导员的工作是琐碎的,每晚十点在寝室,等待同学上门咨询;每天与楼长开碰头会,通报楼内工作;每周与楼管会成员巡楼,查找安全隐患;每月出一期黑板报,通报时事热点和楼内公告。

西南七楼里,我们设置了健身角,购进健身器材供同学们锻炼;我们定下了《楼报》《党报》制度,每月更新一期《七楼月报》通报楼内活动情况和工作计划,更新一期《七楼党报》讲述党史上的今天,罗列党和国家的大事以丰富同学们的组织生活;我们每个学期会举行特色活动"德风议事厅",用讨论发言会的形式针对时事热点畅所欲言;我们也会和其他宿舍楼合作,举行全校范围的党建、文体活动,譬如上学期的"火红青春新跨越"同济大学社区文化节。

一颗真心,诠释责任,事无巨细,服务同学,成为一名优秀称职的社区辅导员是我努力的目标。课程学习、寝室建设、科技创新、学生工作、社区服务,一路走来,我付出了青春和热情,也收获了友谊和成长。

学弟学妹们,来到同济,我们便成了兄弟姐妹。我们同济人一贯秉承脚踏实地、低调谦逊的作风,在保持这一传统的同时,我们也要做出一些改变。我们要逐步转变"小富即安"的思想,多些"舍我其谁"的豪迈;少些"能过就好"的敷衍,多些"精益求精"的钻研;少些"只做不说"的木讷,多些"能做敢说"的风采。大学的时光弥足珍贵,愿同学们树立主人公意识和责任意识,对自己负责,对家人、学校和社会负责,合理地安排好自己的时间,在保证学习成绩的同时,积极地开阔视野,培养广泛的兴趣爱好,多看书、多思考、多创新、多合作,祝愿大家都能够成为全面发展的卓越人才。

积极参加校园创新实践,体验研究型学习生活

同济大学2012年优秀大学生报告团　梅　静
(2012年10月23日)

【个人简介】梅静,女,1990年生,共青团员,同济大学海洋与地球科学学院2008级本科、2012级研究生。在校期间多次获得学术类及社会活动类奖学金,本科阶段即以一作身份发表学术论文。2012年获得同济大学"优秀毕业生",毕业论文被评为"优秀毕业论文"。2014年7月至9月,代表同济大学,作为科考人员乘"雪龙"号参与中国第六次北极科学考察,在北冰洋区域开展地质采样工作。

"科创能手"宣传照

我是来自海洋与地球科学学院的梅静。2008年的9月我和在座的各位一样,满怀着对大学的向往来到同济。我所学习的是海洋地质学专业。女孩子学地质?这听起来似乎让人觉得有点"不靠谱"。那我大学的四年是怎样度过的呢?

第一,我确立了目标,走出迷茫。

我经常和别人说,我是一开始就爱着同济的,来这学什么我都愿意。就像是你有一个非常喜欢的人,你在"他"身边无论做什么都能让你欣喜不已。可是"地质学"还是让我心里没底。

大一的时光,既是快乐的,也让我郁闷。在流连于五花八门的社团、交到很多新朋友的同时,我也深深地感觉到差距。首先,广西作为不是那么发达的地区,教育水平和江浙沪、北京等发达的地区还是不太好比的。再者,就是我这"非典型"普

与同济校友叶黎明在北极冰上

通话让我很是头疼,平翘舌分不出来,前后鼻音也分不出来,这使我在很长的一段时间里面不喜欢在大家面前说话。那时候,我甚至有些悲观,觉得自己也就这样了,学习也不好,也没有什么目标,虽然我就在我爱的同济。

正当我为大学生活苦恼的时候,一次偶然的机会,我在迎接北极英雄的交流会上认识了一位师兄,那时候他刚完成第三次北极科学考察,返航归来。在报告厅面向全校师生,做有关那次北极科考的情况介绍时他说,他们停船作业的时候,有时会连带打上好多海鲜,船上的大厨立马就将他们变成一顿盛宴;傍晚的时候,坐在后甲板上,看远处的天,北极熊慵懒趴在浮冰上看着你,好不浪漫!

这是我第一次知道那么神秘的北极,似乎也可以离我们很近。"我也要去北极!"这个想法在心里慢慢滋生开来。随后的日子里,我经常可以在学院里面遇见这位师兄,他在给我讲北极的故事之余,也会带我参观学院的实验室。那时候念研究生对我来说是很遥远的事,没想过,也不敢想。只是单纯地想去北极。

在雪龙号上脚架操作中

第二，勇敢敲开导师的门，遨游在科学的海洋。

学校很多学院都有导师制的传统。我们这些"小朋友"可以随意地敲开各个教授办公室的门，与他们探讨、交流。也可以申请成为这些"大牛"的学生，随即进入实验室，动手操作。我就是那个时候开始跟随王汝建教授学习。

王老师从事极地研究很多年，南、北极他都去过，在业内很有声望。我记得我去找他谈，表达我极大的兴趣，想要加入他的团队。当时我问老师，你会不会嫌弃学习不好，也不聪明的学生？老师的话给了我很大的鼓励。他说："我从来没有觉得学生会分为聪明和不聪明，只有勤奋不勤奋。只要学生还来找我，我就一定会教下去！"

我想大家都知道万事开头难的道理。而做科研这个东西，不仅需要勇气、毅力，还要学会总结和思考。那时候我每天跟在师兄后面学做实验，动动手，自然是有趣味的，但是做这些实验是为了什么，有什么用？我就是一头雾水。在老师那边拷来了一大堆的文献，好歹也得知道个原理啥的，可是文献有中文，还有英文。中文文献大致读个一遍，不知所以然，那就更别说英文的了。好长一段时间，我都不愿意打开文献，每天做做实验，也似乎很勤奋的样子。可是，这怎么能行？去北极的科考船上容不下滥竽充数的人。后来，我还是一咬牙，一句一句地读，遇到重点的地方标注出来，看不懂的也做好记号，把问题列在小本子上。这么一遍下来有时要几个小时，却还是云里雾里的。过几天，我再读一遍，理解的角度又不大一样。跑去骚扰师兄、老师，把小本子上的问题逐一解决后，我又读它，竟然也慢慢读出趣味来。

有时候，实验的操作并不是很难，但实际上有可能每个步骤很费时，让你很容易产生厌烦心理。比如，样品上离心机 10~15 分钟一次，一次 6~8 个样品，几百个样品下来，中间的那些"15 分钟"闲着很浪费，真要去做点什么时间又不够。再比如，我要做氧、碳同位素、AMS^{14}C 测年或者镁钙比值，我就要在显微镜下挑出有孔虫。有孔虫是一种肉眼几乎看不见的微体古生物，我们要在显微镜下才能看清它，它还有很多属种，每个属种所能指示的意义也不同，为了达到我们的研究目的，我们要选取特定的属种、特定的大小。样品不好的时候可能一个小时也做不了一个样,会让人感到烦躁和挫败。

我经常这样鼓励自己,比如说,我计划一个小时做三个样,实际做了四个,我就很有成就感。比如,我会在间歇的15分钟里面,磨磨样品,做点前期准备。比如,当一天实验结束后,我就想想今天的实验流程中哪些步骤是可以将时间套用的。如此种种,我竟也改良了一些实验方法,效率提高了很多。

第三,积极参加创新项目,体验研究型学习生活。

学弟学妹们,听了我的介绍,相信在座的你们很多人也想在大学里体验、参与科研实践活动。同济大学为大家提供了非常广阔的平台来提升大家的创新能力。从各个学院的创新基地到团委负责组织开展的大学生创新实践训练计划,也就是我们常说的SITP;从上海市级大学生创新项目到国家级项目。同学们拥有很多机会自主参加、开展创新实践活动。

这些项目将大家的学习过程与参与创新性科研项目结合在了一起,鼓励同学们在本科期间寻找项目导师,在导师的指导下完成课题内容,更鼓励同学们在创新项目中做出成果,发表论文。除此之外,有些学院所属的创新基地还设立基金,资助参与项目的同学,尽可能地满足同学们参与科研的需求。例如我所在的学院,每年都会召开立项答辩会,对近20个立项申请进行考核。其中,将创新点十分独特、项目可行性高的优秀项目推荐为国创、上创或SITP项目。对于一般性的项目,特别是缺少基础知识与专业技能的低年级学生申请的项目,学院也不予否定,并给予一定经费支持,从而让更多低年级同学体验科研的过程,积累经验,为今后更好地参与创新实践活动做好准备。

大三的时候我也申请了上海市科技创新项目,作为负责人,每三个月就要面临一次答辩,压力不小,我准备答辩的时候,我经常在想老师会问我们什么问题,然后逐个去寻找答案。但是这么多次在讲台上参加答辩,得到的锻炼非常大,至少我很从容地应对了毕业答辩。由于参加创新项目,付出了很多精力,记忆中很深刻的是大三下学期,考试周的时候,我连着一周每天睡觉不超过两小时,但是这种充实的经历,让我受益匪浅。

有句话说,每天叫醒你的不是闹钟,是梦想! 我有一个支持着我前进的想法,想和大家分享,那就是,我不能和别人比什么,我甚至不那么聪明,但是我可以比坚持,我一定要做坚持到最后的那个人。

正如我爱着同济那样,同济也爱着我,她给予了我很多。

2008年,同济接纳了我;2009年,我在同济收获了爱情;2010年,我的大学生科技创新项目被推荐至上海项目;2011年,我拿了第一个满绩点、获得了继续攻读研究生的机会、被评为优秀学生干部,还获得上海市奖学金;2012年,我的毕业设计被推荐为校优秀毕业设计、被评为优秀毕业生,也很骄傲地有了一篇核心刊物的小文章。从一个满怀欣喜的迷茫"少女",到秦皇岛实习的"酱油帝",再到巢湖老师眼中的"女小伙儿",我想要说的是,如果我不在同济,没有"坚韧不拔"的地质精神,我不会有这样的转变。

最后,我想告诉大家,由我这个活生生的例子就可以看出,只要是想做的事,只要你去做,就能做好。希望我的经历对大家有所帮助,也希望大家在毕业的时候,回顾自己的本科生涯,也像我一样自豪满满。

小细节，大文章

同济大学2013年优秀大学生报告团　祁小龙
(2013年10月8日)

【个人简介】祁小龙，1988年生，中共党员，同济大学医学院2007级本科生。曾获"第八届中国青少年科技创新奖""第九届中国大学生年度人物候选人""国家奖学金"，同济大学"特等奖学金""一等奖学金"等荣誉。

我是来自医学院的祁小龙。2007年9月，还记得自己刚踏进同济校园时，怀着为患者消除病痛的一腔热血，带着对白衣天使的崇敬之情，我以复试第一名的成绩进入临床医学专业，成了一名医学生。

在大一和大二的学习生活中，繁重的医学课程几乎占据了我所有的课余时间。然而，正是在这每天忙碌的"教室、寝室、图书馆"三点一线奔波中，我打下了扎实的医学基础，专业成绩也多次位于年级第一，获得了同济大学"特等奖学金""一等奖学金"和"国家励志奖学金"等，还获得了同济大学"优秀学生"和"十大励志之星"等称号。然而，对于这些辛苦换来的成绩和荣誉，我保留有自己的看法：循规蹈矩的学习虽然拓宽了我的知识面，但在理论深度上还远远不够，这给我带来了越来越多的疑问和困惑。面对生命的奥妙和疾病的复杂，面对

在麻省总医院前留影

国内外临床诊断和治疗的诸多局限,我对临床科研工作产生愈加了浓厚的兴趣。我始终认为,小到同济大学四万名大学生,大到全国3 000万名大学生,如何才能让自己的努力被大家所了解?如何才能让自己的成果获得别人的认可?答案只有两个字:创新。其实这个词对我们都不陌生,我们每天都会通过各种媒介听到"培养创新型人才是国家、民族发展的长远大计"。但是,作为一名普通的大学生,我们如何才能"创新"呢?接下来,我很高兴能够跟大家分享自己的体会。

"思考"是创新的源泉,爱迪生小时候是个"发明迷",到处捡瓶瓶罐罐做实验;高斯很小就痴迷于解数学难题;茅以升少年时立志造永不坍塌的大桥。因此,只有成为一个懂得思考的人,才不会满足于现状,而是去努力地探索未知。

记得从大二开始,我便会抓住每一个课堂提问的机会,询问老师关于疾病诊断和治疗的最新进展。当然,最能勾起我兴趣的,恰恰是这些诊治技术的缺陷,因为"只有现在的不好,才能催生将来的更好"。记得有一次,在课堂学习完白内障治疗手段的局限性后,我主动找到了学院的眼科教授并申请跟随其从事"年龄相关性白内障"的研究,希望能够为目前药物治疗提供新的思路。在随后的一年,作为项目负责人我申请到了"上海市大学生创新计划",并获得了上海市创新论坛"十佳项目"。这对于一个在科研道路上刚刚起步的大二学生来讲,是一种莫大的鼓励与肯定,这也更加让我坚定了"笃学善思"的科研态度。

"千里马需要伯乐赏识""种子需要土壤培育",同样,一个创新想法的实施也需要一个合适的时机和平台。同济大学在这方面为我们提供

在人民大会堂参加"第八届中国青少年科技创新奖"颁奖

了足够的空间。首先,在创新项目方面,包括"国家大学生创新性实验计划""上海大学生创新性实验计划""同济大学生创新训练计划"和"各学院学术节"等。优秀的创新项目每年会经选拔后参加"全国大学生创新论坛"和"上海市大学生创新论坛"。经过两年的实践,如果我们的创新项目有了不错的成绩(论文和专利),可以凭借该项目参加一系列的科技创新竞赛,包括全国性的"挑战杯"学术科技作品竞赛("大挑")和"挑战杯"创业计划大赛("小挑"),上海市科技创新"上汽教育杯"和上海市创造发明"科技创业杯"竞赛等。在参加竞赛的同时,我们可以进一步与不同专业、不同学校、不同地区的大学生相互交流、相互沟通,擦出创新的"火花"。

汪中求曾说过"细节决定成败",这句话不仅适用于企业管理,同样适用于科研创新。事实上,大多数的科技创新都是基于现有事物,再进行细节上的改进的。因此,"注重细节"也成为我们寻找创新点的最佳途径。

2011年9月,在完成基础医学课程后,我进入同济大学附属同济医院进行临床轮转,在消化科实习时,我发现,对于占据科室绝大部分比例的肝硬化门脉高压疾病,其诊断存在很大的滞后性。换句话说,这种疾病往往是通过肝硬化失代偿期的各种并发症来明确诊断的,然而对于多数治疗来说,此时已经错失了"最佳时机"。通过查阅大量的国内外文献、掌握该疾病的诊断现状后,我再一次利用休息时间,主动找到了消化科主任杨长青教授,表达了自己对这一领域的强烈兴趣以及自己对该问题猜想的解决方案。

创新是对未知的探索,更需要长期艰辛的付出。华罗庚曾说过,"科学的灵感绝不是坐等可以等来的,科学发现的'偶然机遇'只会能给那些学有素养的人,给那些善于独立思考的人,给那些具有锲而不舍精神的人。"要努力创新,我们就应当有"咬定青山不放松,任尔东西南北风"的决心。

在自己的创新项目开始的一年半中,我和来自临床医学、应用数学、土木力学的小伙伴们,始终坚持着对该问题的探索。对课题理解不深入,我会通宵达旦地检索英文文献一篇篇地细读;对软件应用不熟练,我和土木系的朋友会借来软件书籍一项项地自学;对方案推理不全面,我和数学系的朋友会推导公式一步步地验证。每次从同济医院赶回学校讨论课题,来回差不多两个小时的车程,这样的日子虽然辛苦，但每次开完组会，项目总能向前迈进一步。每次乘坐从医院回大学的末班公交车，虽然空荡荡的没有几个人，但我心里却有一种无以言表的释然。这样的日子持续了一年多，在这段时间中，我全身心倾注于课题，没有周末、没有节假日，每天凌晨两点入睡，七点半起床，六个小时的睡眠，在那段日子里竟成了一件奢侈的事情。每晚躺在床上时，身体是累的，心却是轻松的。

对于做科研，虽然要脚踏实地，但绝不能忽略了"善于交际"的重要性。如果没有很好的宣传，四大发明不会传颂至今，诺贝尔奖不会世人皆知，iphone/ipad 不会竞相争宠。这些"大发明、大创新"尚且需要很好的宣传，我们的"小创新"则要更加注重展示和交流。

对于自己的创新项目，我们提出了"一种运用体外三维模型重建、有限元分析和流体力学模拟"的方法，来解决临床肝硬化门静脉高压的早期诊断技术难题。在全国"挑战杯"科技作品竞赛、上海市"上汽教育杯"和"科技创业杯"中，我们每次都要通过校赛、市赛和国赛的层层筛选，其间广泛的交际和良好的表达显得尤为重要。凭借着该研究的创新性和学科交叉优势，本人也应邀在曼谷诗丽吉皇后会议中心举行的"Asia-Pacific Digestive Disease Week 2012"、在香港会展中心举行的"International Digestive Disease Forum 2013"、在上海世博中心举行的"2012 中国消化病学大会"等国内外重要学术会议中做了大会报告，积极地宣传并推广该技术，促使其临床转化。在这里，我很高兴跟大家简单分享下自己因科技创新取得的一些成绩。

- 2013 年 6 月 2 日，我所负责的项目"一种基于三维血管数值模型的新型无创性压力检测技术及临床应用"获得了上海市第十三届"挑战杯"学术科技作品竞赛一等奖。
- 2013 年 6 月 8 日，我应邀在香港会展中心举办的国际学术会议"The International Digestive Disease Forum"中做大会报告，与来自新加坡、澳大利亚、日本、韩国等 20 个国家的青年科研学者同台竞争，最终获得了大会唯一的"年轻学者奖"。
- 2013 年 8 月 22 日，我与复旦大学任东、上海中医药大学邬咲博作为上海地区

在国际学术会议中获得大会唯一的"年轻学者奖"

的三位获奖大学生,在人民大会堂获颁了"第八届中国青少年科技创新奖"。

参加第八届青少年科技创新竞赛获奖合影

● 目前,本人发表学术论文28篇,包括第一作者SCI论文13篇;成功申请到哈佛大学医学院为期两年的联合培养博士,将跟随美国科学院和工程院院士Rakesh K. Jain进一步深造。

爱因斯坦曾说过"兴趣是最好的老师"。一个人一旦对某事物有了浓厚的兴趣，就会主动去求知、去探索、去实践，并在求知、探索、实践中产生愉快的情绪和体验。因此，我们要想创新，首先就得和它培养感情；只有这样，我们才会在兴趣的驱动下解开真正的科学谜题。我坚信，只要做到"笃学善思、把握时机、注重细节、锲而不舍、善于交际"，你我在创新的道路上便不会觉得孤立无援。结合自身的创新经历来讲，创新能力的培养并非一个"灵感"或一次"偶遇"，更重要的是一段"积累"和一份"坚持"。而在这冗长且枯燥的研究过程中，我们要始终留心身边的每一处"小细节"。只有这样，我们才会真正获得创新的"源泉"，书写生命中的一篇"大文章"。

享受同济

同济大学2013年优秀大学生报告团　齐梦瑶
(2013年10月8日)

【个人简介】齐梦瑶,女,1992年生,中共党员,同济大学政治与国际关系学院2010级本科生。2013年5月至2014年4月任同济大学学生会副主席,曾获本科生"国家奖学金"、同济大学"优秀学生干部"、同济大学"优秀毕业生"等荣誉。

各位老师,各位同学,大家好,我是来自政治与国际关系学院的大四本科生,我叫齐梦瑶,现任同济大学学生会副主席,很高兴今天有机会能和这么多的新同学们一起分享我的同济生活。我将这次演讲的题目定为"享受同济",是因为我知道新生们都还对大学生活很迷茫,而同济的各种资源又十分丰富,因此我想要与大家分享我的经历,也希望你们都能够好好地享受属于自己的同济生活。

不知道大家刚进入大学时有没有被各种组织的招新信息弄得眼花缭乱?同济大学有许多的学生组织,我在大学生活刚开始时就加入了四个不同组织,整理过档案、拉过赞助、写过新闻稿、举办过讲座。而最终我留在了同济大学学生会,从人力资源部调任到权益保障与生活福利部,直至今天成了同济大学学生会副主席。在学生会的这几年我经历了许多难忘的事,包括协商后给寝室楼安装了空调,包括每年组织"十大""毕晚",也包括今年三月火爆网络的"翻牌子"(其实它是权益部主办的

在同济大学校史馆讲述校史

女生节系列活动之一——"心愿卡")。我有过很多成就,也受过很多打击。在今年五月召开的同济大学第三十八届学代会上,我在竞选演讲中说道,学生组织让我成了一个"三心二意"的人。"三心"是指信心、耐心、责任心,"二意"则是友谊和毅力。我想我也不必多说,大家都能理解这些对一个人的成长是多么重要。

学生组织真的让人受益匪浅,但在我的经历中有两点想特别说明:第一,我同时加入了四个组织,但是我认真完成了每一项工作。也希望大家都愿意真心为之投入和付出。"打酱油"能够让你得到的最多是简历上的一行字,我想,大家真正想要获得的绝不只是这行字吧。第二,我经过选择最终退出了其他组织,留在了学生会。想要在不同的组织中长久地付出大量的时间、精力和热情其实是一件非常难的事。所以希望大家能够选择最适合自己的,然后坚持下去。

"聚似一团火,散若满天星"其实是同济大学学生会的工作宗旨,我也希望大家无论参与哪个学生组织,都能与整个组织融为一体,能与其他同学合作时团结、融洽似一团火;也能够让自己的能力得到提升,能在独立学习工作时果敢、智慧如一颗星。我想,参与学生组织绝对是大家在同济能享受到的一大福利。

作为一名学生,学习就是我们的"源头活水"。大家刚刚经历过高考,对这句话的理解肯定比我更深刻。在这里讲学习,虽然我不如台上其他几位优秀的同学,但是我还是想要简单谈谈。

首先说说我的变化。我大一时绩点很低,两个学期分别是3.9和3.78,这让我感到挫败,也让我开始反思。我发现期末前才开始背书是行不通的,想要获得好成绩,就要在平时的学习中下功夫。所以从大二开始,我再也不会逃课、偷懒。当然结果很好,我获得了国家奖学金和校级一等奖学金,直至现在我的绩点排名也是专业

在时代新人研习营上演讲

第一。我想,理工科和文科也许学习方法不同,但是有一点是相同的,就是平时的学习态度。

其次说说我的方法。一定有同学要问,你不是在学生会工作很忙吗,你怎么平衡?我的回答是三个词:"计划""效率"和"责任"。我会对自己的工作和学习有一个提前的计划,拒绝拖延症,这样就能在时间节点前留出时间去调整。同时一心一意,专心致志,提高效率。还有就是,有的时候事情太多,那么我宁可牺牲自己的睡眠时间,也会把工作和学习的任务完成。还记得有一次我抱怨自己太疲惫,朋友问我:"学生会是你的事吧?"我说是。她又问:"学习是你的事吧?"我说是。她说:"既然都是你的事,那你就只有去把它们都做好。"这件事让我印象很深刻。我也希望大家在今后无论选择什么课余活动,都不要忘记学习是我们的主要责任。

还有一点,"纸上得来终觉浅,绝知此事要躬行"。在大三前我只是做过一些短期的实习,直到今年暑假我参与了"新型城镇化研究"苏南分队,在实践活动中我发现自己收获了很多,包括与其他不同学科的学长学姐的交流,包括将实际与理论做了对比,也包括对学科有了新的认识。所以无论是文科还是理科,我都鼓励大家要参与更多的实践,因为实践是对自己学习的一种检验、反思和强化。

我相信只要愿意,每个人都能成为"学霸"。也相信丰富的学习资源、平衡学习和其他事情的能力,都是大家能在同济享受到的另一福利。

在这一板块中我想讲讲大家在大学的规划。不知道我算不算是一个典型,我在大一大二时从来没有考虑过自己未来应该做什么,直到大三刚开始时听到一个学姐留在了国政学院做专职辅导员,我才感觉找到了自己的方向。我先解释一下,专职辅导员是学校在每年报名的本科毕业生中选择 10 名比较优秀的同学留校担任的,同时获得免试保送研究生的资格,这个政策我们俗称"行政保研"。从我个人的角度讲,学业上,我可以继续读书;事业上,我能够获得自己喜欢的工作;生活上,我可以留在我所深爱的同济大学,因此在大三一整年的时间,我都在为此而努力。今年九月我通过层层考核,正式成了同济大学 2014 届本科留校的专职辅导员。

回想起这一年的努力,我很感谢那位学姐让我知道了有这样的一种留校途径,也很庆幸自己在去年九月就有了明确的目标。因为我也见到许多同学羡慕别人在

在同济大学樱花大道留影

大四之初就确定了毕业去向,却忘了他们在之前三年的付出和努力。以我自己为例,如果没有丰富的学生工作的经历,老师们不会认为我能胜任专职辅导员的工作,如果没有较好的成绩作为基础,老师们也不会认为我能同时完成研究生学习和辅导员工作。

　　如果大家也羡慕这样的学长学姐,不妨早些开始规划。在进入大学的前一两年,大家可以在享受大学生活的过程中,逐渐定下目标并为之努力:想出国深造,那可以早些学习雅思课程;对工作感兴趣,那可以早些开始实习;想要继续读研,可以了解下考研流程……凡事预则立,也包括前途。我相信每一名同济学子只要尽早对未来有一个规划,就会享受到作为同济人的光明的前途。

　　除了学生工作、学习经验和未来规划,其实还有许多来不及说的部分,同济的美景美食,同济的科研成果、同济的师资力量、同济的团结精神、同济的文化积淀……同济的方方面面都让我觉得享受和难忘,这也就是我愿意一直留在同济、为之付出的原因。我相信大家在逐渐了解同济大学后,一定会深深地爱上我们美丽的母校,也相信大家都能够成为非常优秀的同济学子。最后,祝愿大家能够享受同济,在同济留下一段不悔的、难忘的回忆。

让思考成为一种习惯,在创新中寻找乐趣

同济大学2014年优秀大学生报告团 钟秉灼
(2014年11月18日)

【个人简介】钟秉灼,1993年生,中共党员,同济大学铁道与城市轨道交通研究院2012级本科生。本科期间曾获同济大学"追求卓越学生奖(提名奖)""上海市优秀毕业生"等荣誉。

我是来自铁道与城市轨道交通研究院车辆工程(轨道交通)专业的大三学生,我叫钟秉灼。很高兴今天能在这里跟大家分享我在科技创新方面的一些经验和感想。你们觉得创新都很高大上吗?是的,有的时候会有那么一点高大上,但绝大多数的创新都可以追溯到我们生活中的某个细节。所以只要我们找到自己的兴趣所在,学会观察和思考,我们每个人都有机会践行创新,从创新中寻找到乐趣。兴趣、思考、能力、勇气,是我今天想跟大家谈的四个方面。

第一点我想说,兴趣是指明方向的导师。我参加的第一个课题是上海市大学生创新活动计划"一种可旋转式的内窥镜活检钳"课题,于是在不同的场合我都被问过同一个问题:"你这个搞轨道、搞火车的怎么跑去做医学的课题呢?"乍一听的确是有点奇怪。实际上这是一个跨学科的课题,我在团队里完成的是新型活检钳的结构设计工作,而我觉得通过自己掌握的知识去创造一些新的

与同济大学2014年优秀大学生报告会宣传海报合影留念

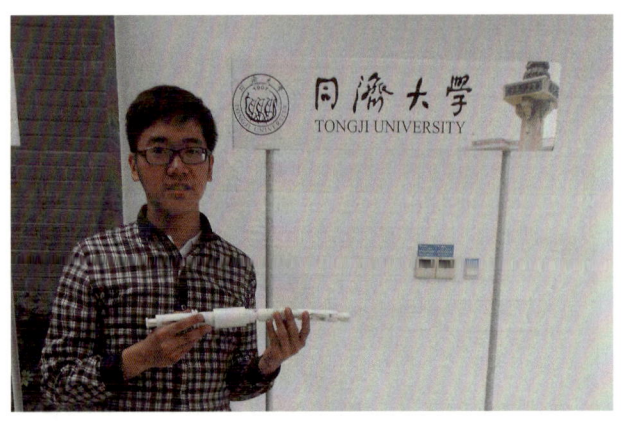

2014年参加第八届"上汽教育杯"上海市高校学生
科技创新作品展示评优活动

东西是一件很有意思的事情。回顾自己的经历,正是我的兴趣指引我来到我现在所在的专业,指引着我参与符合自己兴趣的课题,让我到今天能有所成绩。凭借该课题我已获得国家实用新型专利一项、上汽教育杯上海市高校大学生科技创新作品展示评优活动二等奖、上海市高校学生创造发明"科技创业杯二等奖"等奖项。俗话说,兴趣是最好的老师,我想我自己切身的经历也恰好能说明这一点。

所以现在大家问一下自己:我知道自己感兴趣的东西是什么吗?我们的梦想可以由于现实的缘故暂时无法实现,但是如果连自己想要什么,热爱什么都说不出来,那么谈何奋斗,谈何改变呢?

第二点我想说,思考是获得灵感的源泉。凭借着一腔热血不足以让我们在创新的路上走得很远。由于创新往往与我们生活息息相关,所以当我们找到自己的兴趣所在以后,需要多观察生活中的细节,习惯去思考里面存在的规律和不足之处。

观察的角度可以很细,例如说我们观察到中午下课的时候食堂里总是有很多人,我们怎么样才能快速地打到饭呢? 一个可行的做法是:观察每条队伍的疏密程度和队伍长度减小的速度,最后得出排哪一条队才能较快地吃上饭。我的经历告诉我,这种对生活的观察和思考,往往很重要,所谓功在平时。正是因为我自小有观察、思考机构运动原理的习惯,所以当医学院的同学提出活检钳的取样盲区的问题时,我能够将曲柄滑块机构融入新的设计;正是因为我平时比较关注节能方面的资讯,常常思考各种方法的利弊,今年4月我和我的同学成功申请到了国家大学生创新项目"基于服务的轨道交通能耗评价方法研究"。

在今天的报告会结束以后,大家不妨开始尝试去关注自己周边的事物,遇到不方便不合理的东西的时候,不要只会去抱怨,试着去搞清楚其中的原因,多想想解决方案。那么当我们真正需要创新性地解决一个问题的时候,我们才能比较快地调动自己学过的东西,找到解决的方法,创造性地解决问题。无法解决问题,很多时候不是因为情况不让你有想法,而是根本就没有想法。

2014年参加第二十届上海高校学生创造发明"科创杯"颁奖典礼

第三点我想说,能力是实现梦想的基础。善于思考使我们更容易有自己的想法,有了想法我们就有了方向。至于想法的实现,是需要我们的能力去支撑的。而能力的养成,需要我们积极地去学习新的东西。

学习新的东西,一方面指自己的专业知识。所以在参加学生活动和创新项目的同时,我十分注重自己的学习成绩,连续两年获得学校奖学金和企业奖学金。我觉得扎实的专业知识是我们能力的保证。

然而,如果你只想在自己专业的范围内做一个安静的"学霸",那么你的能力是远远不够的。现在的问题,尤其是跨学科的问题,基本上都不能通过单一学科的知识去解决,你应该广泛地了解专业以外的知识。两年来广泛的阅读对我的能力和思维产生了深刻影响。例如,我会尝试通过编程模块化的思路去描述能源消耗过程,进而获得对能耗过程更加深刻的理解。通过实践我越来越相信,解决问题需要的不仅是知识的深度,还有知识的广度。所以,大家既要做到术业专攻,也要学会博采众长。

关于能力我还有一点想提醒大家,能力固然重要,但是不要总因为对自己能力的不自信而不敢去尝试。我常常能听到有同学说自己学的东西还不多,感觉自己

参加2014年上海市科技展

做不了什么。首先,能清晰地认识自己的知识水平是一件值得肯定的事情,但是迈出步子去尝试,会有一种新的学习体验。实践过程中层出不穷的问题会逼着你去学习很多新的东西。所以遇到这种机会的时候,不妨大胆地接受任务,尝试去突破所谓的"界限"。很多时候,能力就是这样练出来的。

最后一点我想提醒大家的是,勇气是坚持践行的动力。兴趣找到,想法有了,能力具备了,但很多人往往没能把事情办成。共同的原因是没能坚持做下去,或是自己觉得时间匀不过来了,或是觉得压力太大了,或是自己觉得找到了更加喜欢的事情。总之一旦找到了一个理由,就堂而皇之心安理得地半途而废。大学有太多东西需要兼顾,我一方面要学好自己的专业课,每周六还要从嘉定到上海外国语大学辅修德语,另一方面要做好学生工作,手头上还有两个课题要开展。

关于如何平衡学习、工作、科研三者的关系的问题,我觉得每个人都应该根据自己的特点寻找到一个属于自己的平衡点。而今天我想提醒大家的是,困难是常在的,生活本来就是不简单的。任何一件事情,想做好都是要付出代价的。你没有认识到困难是做每一件事情必须面对的,所以你会有一万个理

2013年参加领导力培养与提升工作坊活动总结,赴新加坡考察

由去放弃。怎么样才能坚持下去呢？那就是告诉自己要有勇气去面对这些困难，然后像史铁生说的那样："对困境说'是'，接纳它，然后试着跟它周旋。"所谓的坚持，就是当你觉得不能再坚持下去的时候，告诉自己，再坚持一下。

我常常会问自己现在所坚持的一切意义何在，但当我看到满载乘客的地铁在线路上奔驰的时候，我想如果把它们都放到地面交通系统，这将是我们城市所无法承受的。于是我知道，这份坚持是轨交人的责任，更是同济人的责任。在同济，我学会了坚持，学会了在创新中寻找自己未来的方向。我相信，你们也可以。

脚踏实地,天道酬勤

同济大学 2015 年优秀大学生报告团 蒋 涛
(2015 年 11 月 3 日)

【个人简介】蒋涛,1991 年生,中共党员,同济大学医学院 2010 级本科生。入学起就主动申请加入医学院肿瘤研究所从事肺癌精准诊疗方面的基础—转化—临床研究,研究成果发表于国际胸部肿瘤顶尖杂志,并被相关临床指南所引用,同年荣获国际肺癌研究学会"杰出青年研究者奖"。

很荣幸能站在这里与大家一起分享在同济五年里发生的点点滴滴和心得体会。

2010 年 9 月,我独自拖着两个大行李箱来到同济。坐在毛主席雕像旁边的长凳上呆呆地看着沐浴着午后阳光的校园。坦白说,面对这种静谧又温馨的画面,我那时的心情并不怎么舒畅。原因很简单,我被调剂到了医学院临床医学系。我很想问大家一个问题:当你的朋友家人知道你在同济上学,他们的第一反应会是什么?我想大多数人会问:"你是不是学医的?"同济的确和医学有着很深的渊源。同济建校之初就是以医学起家,老的医学院在新中国成立后的院系调整中划给了华中科技大学。而我们学校现在的医学院,是 2000 年合并了原上海铁道医学院后建立的,那时的医学院无论在专业排名还是科研实力上在国内都只

在同济大学 2015 年优秀大学生报告会上的演讲

是属于中等水平。那时候你要是问我在同济学的什么专业,我会很腼腆地说:"你猜?"但是现在你要问我,我可以非常自信地告诉你:"我是同济大学医学院的学生!"那么当时我的态度是如何转变的呢?有很多故事在里面,其中最重要的一件是在大一第二学期,认识了我在本科阶段的导师赵培林老师。赵老师当时带我们组织胚胎学的实验课。一次他在课堂上谈起了自己的研究方向——肿瘤的免疫治疗。他语重心长地告诉大家:"未来几十年,肿瘤治疗领域里面最有可能出现重大突破的就是免疫治疗。"这话对于一年级学生来说,并没有很强的刺激作用,然而天性敏感的我觉察到了。课后我翻阅了赵老师发表的文章,就去找了他。赵老师见了我非常激动,我也很激动,那一晚我们聊了很多。谈及专业问题时,赵老师的一句话让我至今铭记:"你来同济选择学习如何造车、建房固然很好,但学习如何治病救人未尝不是一种更好的选择,因为同济培养的学生都应该有'济人济世济天下'的情怀。"从此我也坚定了自己学医的信念。跟着赵老师做研究,一干就是五年。

时常有人问我:"医学本科阶段不是有很多课程吗,你为什么在本科阶段就能发表十几篇学术论文?"我想和大家分享一下五年科研之路的几个小故事。

第一个小故事

我初进实验室的那几个月,只能做一些别人看来是勤杂工的工作,比如清洗试管、收拾实验台、打扫细胞房……这些工作单调而琐碎,没有成就感,还会花费很多时间和精力。但那时我就告诉自己,这都是科学研究中最基础的工作。如果不屑于做这些工作,做不好这些工作,那么梦想就永远只能是梦想。要把美好的梦想变成美好的现实,必须脚踏实地,从每一项具体的工作做起,从最基础的做起。因此,当时我告诉自己不要抱怨什么,

与导师赵培林教授沟通课题进展

而要认真地完成每一项导师交给我的工作,有时甚至比导师的要求更苛刻地完成。半年之后,赵老师决定让我担任他的某个课题的小组长。后来我问赵老师,为什么选择我当那个课题的小组长,赵老师说:"选择你是因为之前半年的时间里,你的一举一动我都看在眼里,你那踏实肯干、认真负责和从不抱怨的工作态度最终打动了我。"这就是我想和大家分享的第一点:脚踏实地,从不抱怨。

第二个小故事

当上小组长之后,我的工作量比平时多了几倍,而且很多实验方案和细节都要我自己设计。那时,医学的课程也进入专业基础课阶段,周一到周五全天满课。为了既不耽误课程,又不耽误实验进程,那段时间,白天上课,晚上读文献,夜里做实验,也没有周末和假期可言。大二大三近两年的时间里,我几乎每天都在实验待到凌晨一两点。记得有位科学家曾说:"有时,个别优秀科学家在回答学生或媒体的问题时,轻描淡写地说自己的成功凭借的是运气,不是苦干。这种回答其实不够客观,也有些不负责任,因为他们有意忽略了自己在时间上的大量付出,而只是强调成功过程中的一个偶然因素,这样说的效果常常对年轻学生造成很大的误导。"所以站在这里我想告诉每一位同济学子:"天下没有免费的午餐。想要得到一分收获,你就要付出一百分的努力。"这就是我想分享的第二点:天道酬勤,不吝付出。

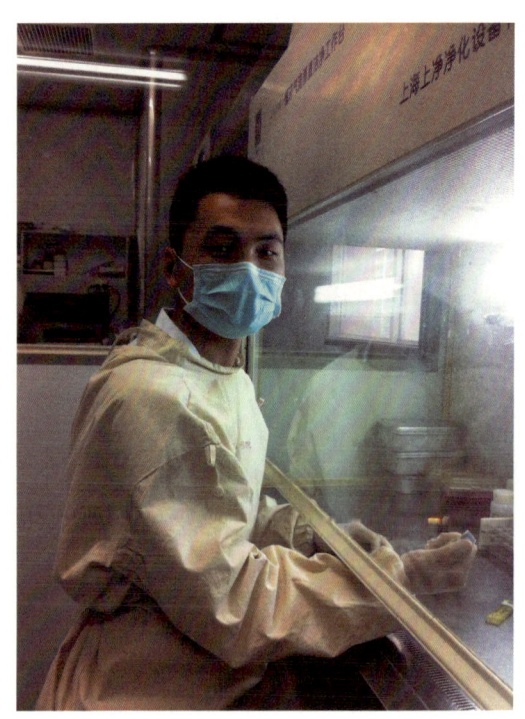

在实验室开展细胞学研究工作

第三个小故事

尽管如此努力、如此付出,失败还是像影子一样挥之不去。曾经一年多的时间里,我们的实验没有取得任何实质性的进展。对于一个从事科研的人来讲,衡量其优秀与否,关键看他面对失败时的态度,因为在探索未知世界的过程中,失败必然多于成功。如果不能理性对待失败,就不能保持长期的工作热情,更不要提最后的成功了。2014年5月,经过近三年的不懈努力,我们的研究终于取得了一些实质性的进展,而且在实验过程中我们观察到了我们设计的治疗方案可以使小鼠模型中的肿瘤近乎完全消失,这一结果对我们来说实在很震撼,课题组的成员也十分兴奋。于是,我们把实验数据整理以后,把研究论文投递到了国际肿瘤基础研究的顶尖杂志。很不幸,杂志方连外审的机会都没有给我们,说我们的实验设计存在很多缺陷。当时我们有一些抱怨,觉得这个杂志的编委可能没有仔细阅读我们的文章,后来我们把研究论文投递到了《肿瘤学年鉴》杂志,很快我们的文章被编辑送了外审。这让我们非常期待最后的结果。然而,三个多月以后,外审意见回来了,三个审稿人都给了消极评价,并且提了49条意见。说实话,刚接到审稿意见时我非常沮丧也非常气愤,甚至一度有想放弃的念头。然而,"不经一番寒彻骨,哪得梅花扑鼻香。"同样,"不经几番投拒稿,哪能轻易被接收。"我开始慢慢冷静下来,开始仔细阅读每一条审稿意见,并且对每一条审稿意见做了认真的回复,尽管最终杂志没接受我们的文章,却让我们的实验方案更加完善,实验结果更加具有可信度。2014年12月,我们参加了校团委举办的第一届"卓越杯"大学生课外科技创新竞赛。五个月的评审,四轮的答辩,终于在2015年青年节那天,我们获得了特等奖。同时我们再度将文章投递到肿瘤研究领域另一权威期刊,这一次,我们终于等来了振奋人心的消息。而这就是我想分享的第三点:一丝不苟,坚持不懈。

每当我回首五年走过的科研之

参加学术会议做报告和讨论

路时,都感慨万千。科学研究,是一个个失败累积起来的成功,是一个个错误叠加出来的正确。在这个充满汗水与苦涩、勤奋与执着的艰辛历程中,我们收获的不仅是知识和创新,更是成长和历练。2007年,同济百年校庆时,时任国务院总理的温家宝同志曾叮嘱我们"仰望星空,脚踏实地"。我想,这是我们所有同济人应该具有的品质,我们要有"仰望星空,追求卓越"的理想,也要有"脚踏实地,坚持不懈"的精神。最后,我想把我们团队在获得"挑战杯"上海市竞赛一等奖的那晚发在朋友圈的一句话送给大家:"没有机会也要努力争取,因为付出的总有回报。"谢谢老师和同学的一路相伴,谢谢医学院和学校的多年栽培。

且承文脉香，诗酒趁年华

同济大学2016年优秀大学生报告团　罗　晶
（2016年11月29日）

【个人简介】罗晶，女，1994年生，中共党员，同济大学土木工程学院建筑工程系2016级研究生。曾荣获"国家奖学金""上海市奖学金"，中央电视台"中国诗词大会"诗词达人、土木工程学院"卓越工程师先锋行动"先进个人、"上海市优秀毕业生"等荣誉。

"休对故人思故国，且将新火试新茶。诗酒趁年华。"尊敬的各位老师，亲爱的同学们，大家好！我是罗晶，担任同济古典诗社的社长，我记得我第一次组织古典诗社沙龙时，用了这句话作宣传语，现在回想起来，那意气风发的言谈，青衫年少的模样，正如在座的各位同学一般，着实令人羡慕和怀念。回想起四年来的前尘种种，诗歌于我可谓是不离不弃，肝胆相照。

听了这些，你也许会猜，罗晶可能是学文科的吧？受着专业的熏陶理所应当地成为一名文艺女青年？而答案是否定的，我其实来自土木工程学院建筑工程专业，是一名正宗的工科女。结构设计、数值模拟等才是我的日常。

那么工科生怎么会和诗词歌赋联系在一起呢？今天，就让我和大家聊聊我与传统文化的故事。

喜欢传统文化，是受初中好友的影响。儿时的我本是个爱玩泥巴的少年，后来她带我一起读书，武侠历史、侦探悬疑，诗歌小

生活照

"岁岁春光，永不相负"

说、古今中外，林林总总都是我们书架上不可缺少的食粮，其中我特别喜欢旧体诗，喜欢她的魏晋风骨；喜欢她的盛唐气度；喜欢她"枝南枝北，冷梦迢迢"的新娇旧怨；喜欢她"岁岁春光，永不相负"的廿四花风。

渐渐地，我发现，诗歌，可以让我更诗意地栖息和生活。

在诗歌里，我知道，"当想起一生中后悔的事情，梅花便落满了南山。"我看到，"这一夜明月低于屋檐，碧溪潮生两岸。"很喜欢海德格尔的一句话，"人生的本质是诗意的，人是诗意地栖息在大地上的。"雪花和花瓣、早春和微风、细沙和风暴，我们所见所闻，所触所感，哪一处不是自然带给我们的惊喜？

不瞒大家说，我还很喜欢武侠，小说里那衣袂飘飘的少年时常勾起我最美好的憧憬，我记得有首诗是："新丰美酒斗十千，咸阳游侠多少年。相逢意气为君饮，系马高楼垂柳边。"我便曾经臆想自己是一个踏马而来的少年侠客，在岁岁花锦，宿雨沾衿的时节与好友诗酒言欢。每每想到这些，我都觉得内心畅快洒脱，怡然自得。如果要说诗歌于我的独特意义，我想最大的意义便是让我多了一个属于自己的独特世界。

在这个世界里，我可以用诗歌讲述土木女的日常："一灯竹几书痕在，只是模型改。笔中寥落眼中身，那日搬砖为了、买砖人"；我可以为朋友送上生日祝福："我在低徊，我在写黄昏，我在榴花天气，忆汝正芳辰"；暮春的时候，和好友咏芍药赠别："为我生年长好，管他春已无多"；中秋的时候，回诗次韵遥寄"桐子飘零相念未，天若无霜，结作千年记"。我可以为我喜欢的电视剧《琅琊榜》写首《九张机》，可以携友分韵做《九九消寒诗》度过寥寥冬日，还可以落花时节每人小诗数十首以作送春书。

可以说，诗歌让我多了一种与外界对话的方式。

幸运的是，和我一样用诗歌与世界对话的人，不只我一个。诗歌让我在生活中多了很多知己。大学里，我最喜欢的社团组织便是同济诗社，我们不分年级和专业，围坐在一起举办沙龙，有时还会对对子，行酒令，还会在清明踏青。旧体诗社的部分诗被我集结整理成微信推送，作者都是土建一条线（土木和建筑）的，所以同学们，不管你们来自什么专业，诗歌是共通的，纵然你无法一边算着有限元，一边在林荫道上来回，看着落叶纷飞，但这份性情，这份怦然心动的欢喜，带我们解脱于世网尘劳，名缰利锁，带给了我们栖居之所和远方。

清明踏青

除了诗社沙龙事务，我主持了学校两年来文化集市的诗社活动，做了许多诗词小卡片，联句，等等，供大家玩耍。虽然每次做这些活动都熬夜准备到很晚，但看到大家都纷纷而来且受益颇多，我也非常满足和开心。大三的时候，我们与汉服社、古琴社、书画社一起向大家展示了重阳诗宴。在喧嚣的现代社会中，希望给大家带来一份诗意和美好。

如你所见，诗歌丰富了我的大学四年。如果说专业知识是科学殿堂的基石，那么人文情怀便是我打开世界的眼睛。

有人问为什么要读书，因为她教会我虚心，通达，不固陋，不偏执。让我在学业上一直努力和进步，从大一的懵懂、大二的彷徨到大三的满绩，从上海奖学金到国家奖学金、优秀学生、卓越土木工程师先进个人、上海市优秀毕业生。她伴随着我成长，也指引我前进的方向。文理思维是互补的，我可以没日没夜和木条、纸板、

502为伴,辗转于专教、综合楼、土木楼之间做着结构赛,并参加数学、物理、力学竞赛,我也可以发挥我在文学上的专长,非常荣幸地起拟了土木学院毕业季的主题标语——"土夯四载方能高台林立,木承一世为筑天下眉开",并负责毕业季文案的撰写宣传。

所以不是与专业无关的书就不需要读,看一些人文学的书籍,不仅是一种休憩,也是一种能力提升的过程,还是不断丰富对世界认知的过程。我是读土木的,是一名造物工匠,但我也知道每一个建筑,每一个结构,都是人性化的,这让我在设计时有了更多的思辨,让我在大量计算之前,先有个整体的概念,正如教研室马老师经常说的:"首先要通过一种哲学的眼光来把握这个设计。"

当然,不仅是诗歌,古建筑、老手艺、传统节日、村规民约这些传统文化,也是当今社会不可或缺的部分。

大家知不知道碧山?她坐落于安徽徽州黟县。那里山高田广,阡陌如绣。白墙黑瓦的明清古民居鳞次栉比。初次来到徽州农村的策展人欧宁和左靖就被这里

徽州黟县

深深吸引,他们邀约了国内外艺术家、乡建专家、作家以及致力于乡土文化研究的当地学者,在碧山搭立一个"共同生活的乌托邦艺术计划",简称"碧山计划"。他们通过保护当地手工艺、古建筑等形式,开辟了一条保护乡土文化的道路。也许这对大家来说都很陌生,但大家从五湖四海而来,在同济学习和嬉戏,是否体验过一份乡愁?我外婆家和奶奶家都在乡村。那份稻谷泥土的芬芳,那老房子上的夕阳是我永远不能忘怀的美好。我曾经也是个爱玩泥巴的少年啊,那木筑的古建,那旧日的戏腔,那斗草的游戏,那精湛的手艺,随着时日更迭,渐渐远去,传统文化不只是一个单纯的词汇,她的消逝是他乡游子彻骨铭心的痛啊。

现代社会越来越重视这一点,不仅有上文乡建工作者的执着,许多文娱活动也有此意。今年的央视诗词大会,我有幸通过笔试和面试,作为上海市七人之一进入百人团并登台。在那里,我认识了各行各业同样喜欢诗歌的人,并且认识了同济土木院的一位前辈祝溥程学长,他才思敏捷,文采飞扬,也并没有因为诗词这门兴趣荒废了自己的专业,他是一名出色的工程师。

亲爱的学弟学妹们,大学许多时间都是自己的,在学好专业之余,何不用来读书?有人说读书是为了将来能和你的爱人,不止讨论柴米油盐酱醋茶,还可以谈论琴棋书画诗酒花。虽然有些夸张,但读书确实可以让我们在快时代里,享受一刻慢生活。

苏轼有句:"虽抱文章,开口谁亲,且陶陶,乐尽天真。"这是我一直喜欢的一种状态。大学生活也许是这样吧,曾经无数次的不眠之夜,曾经为各种活动忙得焦头烂额,曾经与好友共同对过诗词歌赋,曾经在考试之前与大家一起学习的鼓励执着,只有回首时才会有热泪盈眶的感觉,真诚地祝福大家在未来的四年里,找到一件想要的坚持的事,有所收获,不虚此行。

谁还记得最初的自己

同济大学 2018 年优秀大学生报告团　何　睿
(2018 年 12 月 4 日)

【个人简介】何睿，女，1993 年生，中共党员，同济大学建筑与城市规划学院 2020 级博士研究生。连续四年专业排名第一，获"全国城乡规划学科专指委交通竞赛一等奖""全国专指委城市设计竞赛二等奖""上海市汇创青春作品展一等奖"，同济大学 2018 年"追求卓越奖"提名奖、"国家奖学金""宝钢奖学金""圣戈班奖学金特等奖"，同济大学"优秀学生标兵""优秀学生""上海市暑期实践先进个人"等荣誉，曾担任学院团学联主席、学院班长联合会主席、班级班长和学院本科生第三党支部副书记。

我与同济相伴的日子，要从 2012 年秋天的一个清晨算起，我从位于祖国东北的黑龙江出发，在 32 个小时、2 750 公里的行程后，初次与同济相见。

在同济大学 2018 年优秀大学生报告会上的演讲

我的家乡黑龙江鹤岗市萝北县凤翔镇,是一个靠近国境线的黑龙江边的小镇。

早在初中的时候,黑龙江新农村建设,我亲历了家乡的巨大变化,实实在在地体会到了规划的作用,从此,规划师便成为我的梦想。而全国最好的规划院校就在这里,就在同济。

但是当时,上海,对于出生成长在祖国东北边陲的我来说,是不曾涉足过的另一种生活的代名词;踩着同济黑龙江省招生分数线进校,我从高中的第一名变成了同济的最后一名。

踩着分数线进入同济,是幸运的;但也让我与想报考的理想专业擦肩而过。双重压力之下,刚进入大学的我,不敢想也不觉得自己有资格去制定一个远大的人生目标,那时候我的目标只有一个,那就是不要挂科。目标不挂科,是因为大学里,成绩依然很重要;目标不挂科,是因为这是转专业的最低标准;目标不挂科,更重要的原因是,那个自卑的我,心中隐约感觉到学习成绩或许是唯一可以靠自己的努力实现的。

整个第一学期,我没有睡过一个懒觉,只要是没课的早上还有周末,八点前,我一定会进图书馆,在六楼南找一个位置。晚上十点听着闭馆歌曲回宿舍。就这样,我坚持了一个学期。但是直到期末来临我依然很忐忑,我依然不确定这样是不是就可以,但是当时我唯一有的筹码和资本就是自己的努力。

考试结束之后我在选课网上查成绩,第一门,体育,成绩良,没有挂科。我想,这或许就是我这学期最好的成绩。所以又开始担心其他专业课。之后就是两周等成绩的日子,内心的那份焦虑和不安很难用语言描述,只是我每次点开选课网,指尖都在颤抖。第二门高数成绩优、第三门英语成绩优、第四门、第五门……往后的每一门全部都是优。就这样,目标不挂科,预计3.0的我,拿到了4.97的绩点。入学时的最后一名,在经过四个月的努力之后成了专业的第一名。4.97,这个数字本身并没有什么意义。但是它的出现,告诉了我:何睿,你可以。4.97带给我的不仅是自信心的建立,还有下面这个改变了我未来人生轨迹的故事。

2013年5月,我在转专业报名系统里填上了城市规划。半个月的转专业备考,一方面不能落下每周四十多节的课程,另一方面还要挤出时间去练习素描、手绘、立体构成。2013年城乡规划转专业报名人数很多，竞争很激烈，那段时间我像又经历了一次加强版高考。

2013年6月10日，周一高数课间我在同学发来的转专业录取名单上找到了自己，沉浸在喜悦中的我给父母打了电话报了喜讯。放下电话，高数老师走了过来，直到今天我依然清楚地记得，高数老师对我说："虽然每周只有两次课，我也不能认出你们每一个人，但是我看得出你学习很认真，是一个有梦想的女孩子，建筑学院转专业很难，祝贺你转专业成功。"

2013年9月，我进入了新学院新专业，我的同班同学，他们大多是同济在各省招生的前几名。开学初给自己定目标时，我在心里偷偷地想，没有像同学们一样辉煌的高中历史，我能不能自己努努力，等到毕业的时候，成为专业最优秀的毕业生？

这张照片是我大一上空间采集课程作业的过程模型。但其实对于这个作业来说，专业课老师并不强求模型，每次上课只需要讲述一个设计方案。但我通常会带着三个方案，图纸以及模型。班级同学经常会惊讶，短短两天时间里，如何能够完成三个方案。其实道理很简单——投入更多的时间。同济规划人惜时不惜命，为了能够有一份自己满意的方案，经常熬夜赶图做方案到后半夜。五年里，无数次地见过了凌晨一二三四五六点的同济校园。我知道我不是天赋异禀的，那就要更勤奋一些。

但是，每天最多不过24小时，终究时间有限，想要做更多，想要做更好，这就需要做到：提高效率。从西南二经过食堂到规划学院B楼，0.9公里，8分钟，是我可以计划好自己一天安排、听完一段单词讲解，或者在心里构思设计方案的时间。从彰武二号楼走到学院文远楼1.6公里，14分钟，是我可以思考接下来论文写作方向，

空间采集过程模型

获奖证书

或是在手机上改好一份活动策划的时间。

正是勤奋、高效这两个词,让很多不可能的事情变成了可能,让我实现了连续四年排名第一,平均绩点4.9,也收获了30余项各类奖学金、竞赛获奖。

听到这里,很多同学会在心里想,并不希望自己大学里只有学习。同济培养的是学习能力和思维能力,这种能力不应该仅仅体现在绩点上。是的,我也不希望自己只有学习好这一个优点。

因此,从入学开始我便先后加入了校学生会、团学联、校友会、各种兴趣社团里,或组织或策划各种活动。在大三那年,我同时担任了团学联主席、班级班长、班联会负责人、学院校友会副团长。这一年是专业课最忙的一年,也是学生工作最多的一年。正是这一年,让我真正练就了时间管控的能力。

在这个过程中,我经历了同学们对我的标签,从"学渣"到"学霸",再到每天都在搞活动还能保持成绩的"学神"。

丰富多彩的校园生活

如果完全按照个人喜好,我也更愿意在朋友圈里晒活动后庆功的照片,而不是活动过程中遇到的各种委屈;我更愿意冷不丁地晒出自己的证书,而不是告诉大家为了成长自己做了多少努力。这张照片是学院教授经过规划院时在窗外拍到的我,但实际上每个周末、跨年夜、圣诞夜、五年来的小长假,我大都选择在专教里独自度过。

独自对峙孤独,才能寻到,曾经看不见的风景;五年保持对专业的满腔热忱,才能守候,永远不灭的梦想之光。

来到同济,我记住的第一句话,就是大礼堂两侧的这个标语:"同心同德同舟楫,济人济世济天下。"这是同济人的精神,更是同济规划人永恒的信念。在规划学

学院老师拍下努力奋斗的瞬间

院,我们身边都是这样的故事:30年前,阮仪三教授推土机下只身救平遥,保住了古城古建筑,留住了乡愁;十年前汶川地震,吴志强、夏南凯等教授第一时间赶赴灾区第一线,连夜在临时搭建的简陋帐篷里绘制重建规划方案。同济前辈们将论文写在大地上的故事数不胜数,他们的社会责任、家国情怀就像一座灯塔,一座丰碑,激励着后来人。

我暗下决心,不仅要在学校里学习读万卷书,更要行万里路。在这里我真的特别感谢同济,为我们学生提供了参与社会实践、科研项目的机会,正是在这些项目的支持下,我才有机会先后去到了全国二十多个省、自治区、直辖市,并完成了"少数民族聚居区空间模式""口岸小城镇空间结构"等社会调查和研究,更让我能够走出国门,前往欧洲、美洲,学习国际大都市的规划经验。2016年村庄调研,顶着40 ℃的高温,在嘉善长生村调研用地,采访居民诉求。发烧39 ℃,早上起来吞下感冒药,继续干。作为新一代同济规划人,哪怕不能与前辈们的成绩比肩,也总想能够靠近一些,更近一些。

参加各类社会实践和科研项目活动

从 2018 年起，我跟随导师吴志强院士参与了北京副中心城市设计、海南三沙市民广场城市设计、长三角 G60 科创走廊战略规划等实际项目。在北京副中心大运河城市设计实际项目里，我切实感受到了规划对于一座大城市高效运行的重要性，不仅要疏解中心城区压力，更要展现首都北京的城市精神，体现中国特色。作为 90 后，我们看到了浦东新区、深圳特区建成后的雄伟。2018 年，我的本科毕业设计以雄安新区智能规划为题，参与、见证了雄安作为面向未来的千年之城的起步与发展，也见证了一场基于人工智能的"规划革命"正在雄安上演。对我影响最深的是三沙市民广场规划项目，在项目开始之初，导师就告诉我们，在南海争端的大背景下，要用规划方案向世界宣告南海是中国的！

如今，很多人认识的我，是本科曾经连续排名第一的我；是那个收获了各类奖学金、竞赛获奖的我；是那个曾经同时承担着多项学生工作的我；是那个有机会跟随导师参与全国重要规划项目的我。

谁还记得最初的何睿？当初那个最后一名，那个自卑、不想挂科的何睿？

2012 年入学时我就是 4 000 多名新生中最普普通通的那一个，让我成长的不仅是时间，更是同济的培养，同济赋予我的机会，以及自己不断努力不断拼搏的经历。这段经历也教会了我：没有天赋，那就更勤奋一些；没有机遇，那就再坚持一下；没有传奇的过往，就让未来充满希望。

滚滚时代潮流激励着同济人，激励着我们青年规划师奋勇向前，在未来的人生旅途中，我将最初的自己放在心底，在大国崛起之路上，我将加倍努力，以同济天下的精神，坚守同济人的家国情怀，在城乡规划领域不断突破，追求卓越，铸造未来智能城市。

无论任何事,我都坚信付出与回报成正比

同济大学2018年优秀大学生报告团 代海斌
(2018年12月4日)

【个人简介】代海斌,1995年生,中共党员,同济大学机械与能源工程学院2013级本科生。曾服役于海军某基地,获优秀士兵、嘉奖等荣誉。返校后获"二等奖学金""社会活动奖学金",同济大学"体育单项二等奖学金"及同济大学"优秀学生干部""优秀共产党员"等荣誉称号,并获得本校推免保研。在校期间曾担任同济大学赛艇队队长,与队友先后多次参加中国赛艇公开赛并获奖,曾获全国大学生赛艇锦标赛第五名。

我是来自机械与能源工程学院的大四学生代海斌,同济赛艇队队长。我向大

在同济大学2018年优秀大学生报告会上的演讲

清晨训练

家介绍的,是同济赛艇俱乐部——"530俱乐部"。我们成立于母校百十华诞之际,在亚洲赛艇联合会主席王石、同济校友陈劲松的捐赠下,成立了"同济赛艇专项基金"。

为什么叫"530",因为我们是这样一群人:每周二、三、四早上5点30分准时集合,抬船、上艇、下水、训练,用桨声划破寂静的黎明,而这样的训练我们已经坚持了一年多。

有人说,我们虽是初创,但"系出名门":有雄厚的资金、有优秀的教练、有优越的场地。而我们深知,条件越好,压力越大。因此同济赛艇人从一开始便下定了决心,同济赛艇要向成为国内赛艇高校第一梯队迈进。然而,所谓第一梯队是怎样的规模呢?建队九年,10个院队,参与赛艇运动的人数达上千人。

目标远大,必然伴随着艰辛的过程。从陆上划船器到上艇训练,一切都是从零开始。教练要求,在上艇之前划船器里程必须达到100公里。为了尽早上艇,全队所有队员拼了命地拉划船器。专业队员每天的划船器训练量是10公里,而我们每天训练15公里甚至20~30公里,若白天满课就晚上去拉。这100公里,我们会为1公里快了1秒而兴奋,会为10公里终于破40分钟而狂喜。每天训练下来,手指、掌心都会磨出血泡,划得更狠一点的同学更是跳过了血泡直接破皮。

这些,是新成员必然经历的过程。第一次上艇摸桨,手指和掌心磨破,然后结痂;第二天又磨破,又结痂,再磨破,连续几天都得套塑料袋才能洗澡。后来我们也分析过,为何赛艇队的训练强度如此大,时间如此苛刻,却从未有人因此离开。这是因为同德楼下存放的桨上,有我们在一起流的汗和血,赛艇队是我们一起痛过、一起战斗过的地方,我们,早已离不开彼此。

经过三个月集训后,我们前往哈尔滨参加中国赛艇公开赛,这是我们的首秀,但以最后一名收官。通过比赛,我们感受到了对手的强大,巨大的心理落差直到返校后还难以排遣。再后来,扬州、泰州、昆明……每参加一次比赛,我们便会增加一次倒数。但我们明白,"输不丢人,放弃才丢人"。吃过那么多苦,我们不甘心就这样结束。

在上虞的比赛结束后,获奖队伍在台上庆祝,我们和庆祝完的他们说:"Hello, may I invite you to take a photo with us?"这样的请求我们已经重复了很多次。当我不服气地问旁边高我一个半头的教练:"老师,我们什么时候才能登上领奖台啊?"教练问我:"人家划了多久,你们才划了多久。"我哑口无言,但从那一刻起,我立下了总有一天带着同济赛艇队登上颁奖台的决心。他们能做到的,我们也能。他们用了九年,而九年太长,我们不愿等,所以得更努力。

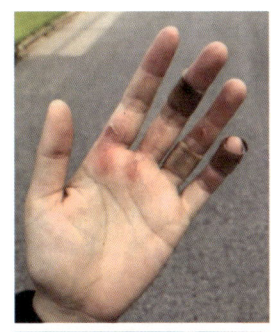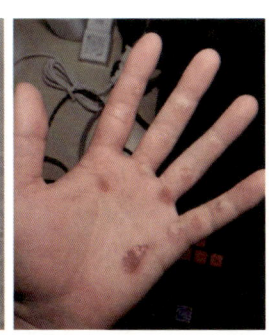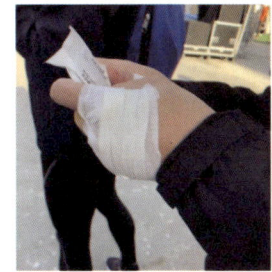

日复一日,艰苦训练

"风里雨里,530等你",是对这张照片最好的诠释。自赛艇队成立以来,无论寒冬酷暑,清晨5:30同德楼车库门口见是周老师与我们的约定。周老师曾说过一段话,我们至今难忘:"作为赛艇运动员的生涯已经结束了,但作为同济人的新征程却刚刚启航。赛艇曾是我的职业,也是我的执念。如何让更多的人了解赛艇,并被我所深爱的运动吸引,我愿意为此付出年华,去同舟共济,去自强不息。"

目睹过赛艇比赛的人,会感叹真酷。参与赛艇训练的人,会感叹真苦。暑期集训备战美国查尔斯河比赛,从最晚5:30集合到最早的4:30起床,从每周3次的早起训练到每周6次,越来越频繁和高强度的训练让许多旁观者望而却步。从1公里,5公里,8公里,12公里,一直到32公里,42公里,54公里……要求的里程像疯

风雨无阻

了一样往上涨,手上的茧一层嵌了一层,看不到终点在哪里,不知道还要划多久。内心的煎熬在长距离的轰炸下慢慢转成了淡然。痛苦,原来真的可以被接受。

随后的苏州赛,我们这支时常垫底的队伍怀着忐忑的心情再次出征了。为何忐忑,因为虽然经历了集训,但仍然怕"见光死"。直到裁判喊出"同济大学",全艇答"到"的时候心里才有了底。最终,我们改写了历史,摘得亚军,力挫西安交大队。那一刻我们知道,我们成长起来了,垫底已成为过去时。再后来的千岛湖赛,32公里的赛程,我们作为最后一条艇出发,1公里超第一条,4公里第二条,6~7公里第三四条、13公里第五条,最终

获奖合影

以领先第二名 1 分 28 秒的成绩完赛。这也正式宣告我们完成了从无名之辈到冠军的跨越。

而我,也有了新的梦想——用三年时间,让同济赛艇队成为国内赛艇第一梯队,创立"同济"高校赛艇挑战赛。在赛艇队里,我们每个人付出了

带领同学参与晨练

时间与汗水,同时也收获了自律与那份不服输的劲。在我们中间有满绩同学、一半以上同学获得二等以上奖学金,并有 3 名同学在今年获得推免保研资格。而我自己,多次获得奖学金、优秀学生干部、优秀共产党员等奖励,并成功保研。加入赛艇队前后,队员们最突出的变化便是身体。身板更宽、倒三角、胸肌更坚挺、肱二肱三更壮实、腿部肌肉更结实了,跑 1 公里再也不是那么煎熬。而我,在赛艇队这段时间,1 公里最快也达到了 2 分 59 秒。

每一个赛艇队员,都是同济的普通学生。我们也很崇拜 17 级行政管理专业的 4 名同济学子能够作为上港队球员中超夺冠,但我们并非专业运动员,我们只是因赛艇而结缘的一群学生。

除了自身的发展,赛艇队也致力于推广赛艇文化,带领更多的同学参与锻炼。今年 10 月,我们以周一、周五的陆上早训的方式带领嘉定的同学们晨练,推出晨练打卡、划船器挑战赛等活动,致力于推动嘉定校区体育活动的发展和锻炼意识的提高。

一年时间里,很多人摸着自己粗糙的手掌,摇摇头走了。还有很多人摩拳擦掌,期待着下一次痛并快乐的训练。总有人心甘情愿地留下,就算划到"抽筋剥骨",也想在一次次黎明中见证破晓时刻。

有志者，事竟成

同济大学 2019 年优秀大学生报告团　冯超博
（2019 年 12 月 10 日）

【个人简介】冯超博，1996 年生，医学院 2019 级博士研究生。本科期间多次获得同济大学"优秀学生""国家励志奖学金"等荣誉，获国家级奖 1 项、市级奖 4 项。他参与研发的新型脊柱微创手术导航系统目前已在临床应用并已帮助了上万人。

我是来自医学院的 2019 级直博生冯超博。在这里和大家分享我大学本科的生活和科创经历，我想说三个关键词。

第一个关键词——目标

2014 年，也就是六年前，我和大家一样进入同济大学学习，不一样的是 2014 年的我不如在座的同学们优秀。我是通过同济大学筑梦计划，在高考成绩比专业录取分数线低了 25 分的情况下进入的同济大学。

能够被同济录取，我的内心充满了喜悦。但是短暂的兴奋很快被不安、焦虑替代。看着周围同学对大学生活得心应手，我更加迷茫了，我不知道该干什么，我觉得我什么都做不好。我抬头看看老师，低头看看课本，课本上第一句话我懂什么意思，第二句我好像也懂什么意思，但是连到一起我就完全搞不懂说的什么意思了。我

在同济大学 2019 年优秀大学生报告会上的演讲

的脑子里总有一个声音："这不是你该来的地方,你不配上这个大学。""25"这个数字像梦魇一样日日夜夜地缠绕着我,我甚至想过要不要退学。我浑浑噩噩地过了一周、两周、一个月、两个月。我看着期中考试一团糟的成绩,觉得自己不能再这样了。我问我自己连三年的起早贪黑的高三生活都挺过来了,怎么现在多花点时间看书就不行了？我连理综、数学都考过来了,同样是几门课程,我为什么不行？我一个高考大省出来的孩子,零点一分都能干掉千人,我可不能刚上大学就被干掉。

我问自己——到底想要什么？

我想要的不是大学的一片空白。我对大学憧憬了这么久,我不想以后回想起来没有任何闪光点。宅在宿舍是五年,泡在图书馆也是五年。刷完视频刷电影是五年,多翻几遍书也是五年。既然都是五年,为什么我不选择用汗水挥洒出的五年,充实的五年呢？

我又问我自己——还想不想学医？

当时筑梦计划只给我六个专业来选择,此刻我有了更多的选择。但我很享受治病救人的成就感,我很享受人们痛苦地来,开心回去的笑容。所以我坚定了学医的念头。我给自己定下了目标,好好学医,成为一名优秀的医生。无论我的成绩好不好,哪怕努力过后,我是整个学院的倒数第一,我都要把坚定学医这个目标走下去。

有目标很重要,但其实也很简单。每个人都需要有一个明确的努力方向,但更重要的是付诸行动、不懈努力。

第二个关键词——行动

我给自己定下了好好学医的目标以后,当时的想法很简单,那就是认真学习。经过宿舍、食堂、图书馆三点一线的学习生活,我渐渐地掌握了"医学僧"的节奏,绩点也逐渐从 4 到 4.5 再到 4.97,逐渐上升。但我也逐渐意识到想要成为一名优秀的医生仅仅靠专业知识是不够的,更要有创新的科研精神。刚刚跨过学习这个坎儿,创新这两个字对我而言实在是太遥远了,到底什么是创新、怎么创新我都不知道。于是为了"创新",我很戏精地给自己的生活加了点戏"萌新想成为一名科研大佬,但是没有"。

我想我先得混进这个圈子里才能开展下一步行动,所以我加入了学院的科技部。在科技部里我很快发现了一个"残酷"的现实:这个圈子靠脸不行。所以我就老老实实地从头干起,我参与了科创项目的组织活动,那个时候我站在答辩场地的角落里,抬头仰望学长学姐们的光芒,好夺目、好炫彩、好喜欢,我也很想成为他们那个样子。所以在参与几次创新活动的组织后,我就主动申请负责组织科创活动,这也让我有更多的机会接触了更多的"大佬"和各个专业的同学。

随着经验值的增加,我又开始"不安分"了。我也想有自己的创新项目。我找到了我目前的导师,这算是开始了我的科研道路。然后我发现,这又是一片新大陆,一切还得从头再来。我跟着老师上门诊,上手术,跟得多了就开始思考。在老师的帮助下,想法逐渐成形,我也找了医学院、机械学院、计算机学院等很多优秀的同学组成队伍。我先是参加了大学生国家创新项目,然后又参加了一些学院的、学校间的学术论坛、科创比赛、创业比赛等,偶尔还能成功地在一些舞台上占领"C位"。

通过这五年的不断摸索与尝试,我也逐渐从小角落里走出来,偶尔能够窥见科创这片大海的"冰山一角",偶尔还能因为捡到两个"贝壳"高兴地跳一跳。但是,沾沾自喜过后我也知道这条道路才刚刚开始,还有更大的风浪在等着我。但就像同济校歌中唱的,我们要有"迎风踏浪""奋力划桨""向着崭新的未来世纪"的信念和勇气。

第三个关键词——思考

我们团队的目标是研究脊柱外科的微创手术中存在的问题。这是我们设计出的第一代的器械。在还没有真正使用前,我们觉得这个器械实在太完美了。我们设计将器械固定在手术台上,使用起来会很灵活,我们把手术路径固定下来以后可以一步到位,实在是太厉害了。但是当我们真正使用的时候,问题就太多了。把器械固定在手术台上太碍事了,调整移动的过程很有可能增加感染的风险……

为了解决这些问题,我们绞尽脑汁寻找解决策略。不同专业的同学不断地利用自己所学的知识进行修改试验。给大家举个例子:器械的材料。大家可能会觉得这有什么难的,换个材料不就行了吗。但是,换什么材料,到哪里换材料,这些都是问题。我们要考虑材料的实用性、经济型和稳定性。太重了,整个仪器使用起来就很繁琐;太贵了,整个仪器的成本就太高了就不适合临床推广;太容易受到周围

在第六届世界微创脊柱外科大会上做报告

环境的影响,精确度就不能保证。为此我们花了三个月,找了上海的上百家器械制造商家。大的厂家觉得我们这个太小儿科,没有意义。小的厂家我们又不放心,觉得达不到我们的要求。最后上海一个大厂家的好心经理推荐给我们一个杭州的厂家。但是,这个杭州的厂家也婉拒了。还好,杭州的厂家又推荐给我们苏州的厂家,在苏州的厂家这里我们又花了一个月的时间软磨硬泡,终于让我们的产品找到了生产地。随后,我们的器械进行了两代的升级,基本满足了我们所有的设想,目前也已经实现了工厂生产和临床应用。

付出终有回报,我们的项目获得了"挑战杯"校级赛的特等奖、上海市一等奖、国家赛二等奖、上海市科技创造杯创新创业金奖等荣誉,而我也发表了三篇学术论文。目前,我们的项目在临床的应用已经帮助了上万人。我们也在重新思考第四代的改进和应用。

目标、行动和思考,今天我主要分享了这三个关键词,希望大家为自己树立目标,去行动,去思考。最后送给大家我的座右铭:有志者事竟成,未来可期!

知行合一,情系乡村

同济大学2019年优秀大学生报告团　徐浩文
(2019年12月10日)

【个人简介】徐浩文,女,1996年生,中共党员,建筑与城市规划学院2020级城乡规划专业硕士研究生。曾获全国第十六届"'挑战杯'大学生课外学术科技作品竞赛一等奖"、上海市"'互联网+'创新创业大赛金奖"、上海市"'挑战杯'大学生课外学术科技作品竞赛一等奖"、上海市"'知行杯'上海市大学生社会实践项目大赛一等奖"等奖项,个人荣获同济大学"追求卓越"奖学金提名奖、同济大学"学术之星"、同济大学"优秀共产党员"、同济大学"优秀学生干部标兵"等荣誉称号。

大家好！我是来自建筑与城市规划学院的徐浩文,很高兴能有机会站在这里和大家分享我的大学生活。

我的家乡是一个普通的小镇,从小见证了城市和乡村发展的巨大差距,更切身体会过规划的力量给家乡带来的巨大变化,所以成为一名优秀的城乡规划师成为了我的梦想。

不过理想和现实总是差距很大,真正的建院生活并不像我想象中那么完美,常常会熬夜通宵。毫无基础的我在一些从小学习绘画、极具设计天赋的同学中显得十分普通,虽然踌躇满志,但是力不从心,大多数课程都以

在同济大学2019年优秀大学生报告会上的演讲

"良"草草收尾,这也令我很沮丧:我的选择真的是正确的吗?我到底适不适合这个专业?

2017年暑假,一个很偶然的机会,当时我的班主任陈晨老师手头正好有一个乡村研究的项目,出于好奇,我申请加入了调研团队,尝试着去了解乡村。

参与浙江省农村社会实践工作营

当地的村主任自豪地向我们介绍着这些年村里的变化,村民们也都非常热情地回答我们的各种问题。当时的天气非常热,一天的几十次访谈做下来,大家都十分疲惫,但晚上回去的时候走在乡间的小路上,看到村里升起的炊烟、远处若隐若现的山,听着田里的蛙声,就觉得乡村真是太美好了,我也希望可以为这样美好的地方做些什么。

这是同济大学"布袋教授"杨贵庆老师的团队在浙江黄岩拍摄的照片。八年前,怀揣着乡村梦想的杨老师来到浙江黄岩,决定以沙滩村作为第一个实践案例,探索一条符合当地发展的乡村振兴之道。八年来,"布袋教授"的日程好像是被无数次复制、粘贴一样,一月两次,一次三天。就这样,往返于上海、黄岩两地的火车票攒了厚厚一叠,而过去陈旧、破败的沙滩村如今也是旧貌换新颜。

在建院,在我们的身边,不乏这样为乡村振兴事业四处奔走的老师,我有幸随吴

浙江黄岩乡村调研

同济大学乡村振兴研习社

志强院士在德清的东衡村、五四村考察,为当地的村庄建设出谋划策,我很清晰地记得当时"利奇马"过境,吴院士在台风天顾不上打伞,顾不上裤脚和鞋子上的泥渍,奔走在第一线,指导村干部进行村庄节点设计。

老师们的身体力行深深地感染了我,让我意识到当代大学生应该为乡村振兴战略贡献出自己的力量。

那么,作为青年学子的我们,到底可以为乡村做什么?

2018年4月,我和几个志同道合的小伙伴在黄岩,也就是杨贵庆老师八年实践的地方,正式成立了乡村振兴研习社。杨教授挽起裤脚,拿着竹竿,如数家珍地为同学们介绍着村里焕然一新的活动室和广场。杨教授说:"我所做的一切,寄托着我对理想乡村的梦想,不是我帮村民,而是他们在帮我圆梦。"他的那种自豪感和使命感,真的让我很感动。

为走进真实的乡土中国,为乡村振兴提供数据支撑,自去年4月成立至今,乡村振兴研习社先后有23支实践团队分赴浙江、福建、云南、四川等地18个县市

100余个乡村进行田野调查。

相较于城市,乡村一如"数据荒漠",因此每次调研至少持续一周。每次调研都是在寒暑假,基本上是在最热或最冷的时候,所以大家不是"满头大汗"就是"瑟瑟发抖"。

我们从"泥土中"挖出第一手数据,鲜活的案例和资料、几百份熬夜录入数据库的问卷构成了至关重要的乡村基础资料汇编,逐步建立起了类型丰富、模式多样的案例库,为进一步的比较研究、典例研究、类型研究打下了基础。

我们将乡村实践与学术研究相结合,以挑战杯为契机,继续探索如何以"产业振兴"带动乡村发展,探索从无到有、从有到优,再到高质量发展的乡村振兴之路,安吉溪龙乡、温岭泽国镇、诸暨山下湖等地政府部门纷纷致信感谢,与重庆、江苏的多个村庄达成合作。

当然比赛的道路也不是一帆风顺的,因为我们是跨专业参赛的团队,成员

挑战杯获奖现场合影

都是城乡规划专业的,但是参加的却是哲学社科类的经济赛道,要代表学校和其他大学经济专业的优秀学生同台竞技,赛前面临了很大的压力,受到了很多评委的质疑。

我们抓住各种机会咨询经济学专业的相关老师,从 0 开始学习经济学的知识,从学科交叉的视角找到突破性的解决办法,经历 531 天备赛,17 次答辩,8 轮生死选拔,40 多次文本修改,10 余次推翻重来。在宾馆一遍遍模拟答辩到深夜两三点,一遍遍修改讲稿和 PPT,最终在全国"挑战杯"获得了一等奖,在全国大学生的舞台上展示了同济学子乡村振兴的成果,实现了挑战杯经济赛道同济新的突破,也深刻体会到了不同专业之间的互通互融。不论一开始的专业如何,人生的赛道都有无限的可能。

在这个过程中,我和小伙伴们也欣喜地发现,越来越多的村庄开始修缮、改造村内废弃的房屋、社区中心、老年活动室,等等;更多的年轻人愿意回到乡村创业,这也给了我们很大的鼓舞。

2019 年 9 月,非常幸运,在新中国成立 70 周年之际,我代表乡村振兴研习社登上了《新闻联播》,讲述同济学子参与乡村振兴的实践成果和心路历程,作为莘莘学子的一员深情告白祖国。

快速工业化和城市化过程中乡村衰退的问题已成为全球趋势,发达国家的农村也面临着人口流失、老龄化等问题,"乡村振兴战略"的实施在逆转乡村衰败难题上起到了至关重要的作用,也为积极应对世界乡村问题提供了具有中国特色的回答。我很庆幸自己可以参与并见证祖国的乡村振兴事业,自己小小的梦想可以在国家乡村振兴的语境中不断

接受《新闻联播》采访

成长,彼此护航。

在这里,我也想呼吁同学们,一起加入到乡村振兴的队伍中来,做出哪怕是一点点微小的努力,让我们一起,记住这乡愁,留住更多人记忆中的绿水青山和美好家园!

助力大兴"金凤"展翅,用奋斗书写青春华章

同济大学2020年优秀大学生报告团　刘昱昊
(2020年6月9日)

【个人简介】刘昱昊,1996年生,共青团员,同济大学经济与管理学院2017级硕士研究生。2018年6月进入经济与管理学院机场进度管控课题组,在校期间先后参与了北京大兴国际机场、上海浦东国际机场三期扩建、青岛胶东国际机场等国家重大基础设施建设工程。

大家好,我叫刘昱昊,是经济与管理学院2017级管理科学与工程专业的一名硕士研究生,方向是建设工程管理。2019年1月17日,习总书记到南开大学考察调研,勉励师生们把学习奋斗的具体目标同民族复兴的伟大目标结合起来,把小我融入大我,立志做出这一代人的历史贡献。"小我?什么是小我?要做什么样的小我?什么又是大我?"不知道大家如何理解其中的深意?在大兴机场项目上工作的300多个日日夜夜,我也在不断地思考,对这句话也有了一些自己的理解。

那是在2018年3月的组会上,导师跟我们说:"机场课题组刚刚接到组织任务,要去大兴机场做进度管控,时间紧张,任务艰巨,使命光荣,你们要全力以赴!"那时的我入学不到一年,工程实践的经验近乎为零。接到这份任务,

工作现场

激动兴奋的同时也对自己产生了一个大大的问号:我,能行吗?

高强度的工作带来的是个人技能的飞速成长。最初,刚接到老师分配的任务时我一脸茫然:航站楼内有哪些关键系统？机场配套工程又有哪些？脑袋里一团糨糊。不仅是我自己,课题组的每一位同学都有类似的困难。从理论到实践,从问题到答案,一切都是从零开始,向导师请教,从网络课程中找资源,从专业书籍中找答案。随着不断学习积累,整个项目的各种细节也逐渐清晰,最后对每个工程的施工难点、各工程间的交叉施工问题大家都能信手拈来地解决。

这300多个日日夜夜,我们经历了无数个从0到1,也攻克了一个个项目难题。我想这就是成长的意义吧!

项目重要文件的平均修改次数超过20次,力求精准无误是课题组的基本要求。记得有一次凌晨零点多,我把月报"最终版"发给老师后准备休息,迷迷糊糊间听到手机响了,拿起来一看是老师打来的,原来是月报中某个数据有冲突,要和我确定,挂断电话后我一看时间,已是凌晨两点半!

一个个数据核验了一遍又一遍,一个个标点勘误了一次又一次,这一次又一次构成了我们的大多数日常。我想这一次又一次正是同济人的匠心精神所在,而这座巨型工程奇迹,正是由一个个小我的"匠心"铸造起来的。

历经数十次修改的项目重要文件

准备这次演讲的时候,我又去翻了电脑中足足有几十个 G 的项目资料,这一份份文件,一次次修改就好像我们成长的脚印。文件有容量,但我们的成长没有容量。只有知行合一,臻于至善,不断提升,才能成为经得住考验的"小我",勇立时代潮头。

2018 年上半年我们团队受邀入京,那时正是工程进展最关键、最紧迫的时刻,摆在我们团队面前最大的困难就是没有一份完整的、有效的、涵盖所有参与方的综合进度管控计划,大家各自为战,工程进度已经出现了严重的滞后,"630 竣工""930 投用"的最终目标迫在眉睫。在这种情况下,老师们马上带领我们开始对各单位、各项目进行一一摸底访谈。3 万多项工作,如何全面、完整覆盖?只有师生们通力合作,互相配合。你来负责航站楼、飞行区;我去跑东航、南航;他盯紧边检、海关;老师们统筹安排、关注重难点问题。最终我们梳理出 16 条关键路线,重点问题 41 个,提取出 366 个关键性控制节点,形成了长 3 米,高近 2 米的巨型思维导图。同济人用同舟共济构筑起这座包揽多项世界之最,彰显着"中国力量"的宏伟工程。

课题组先后在北京现场驻扎超过 500 天,时间最长的驻场超过 12 个月。在北京最冷的时候,我们依然登上了航站楼的屋顶进行现场踏勘,风很大,屋顶的玻璃很滑,大家互相搀扶才能站稳脚跟,记录工程进展。老师们年纪也大了,却坚持和我们一起站上来,并且鼓励我们要不畏艰险,勇攀高峰。空旷的机场,寒风凛冽,却吹散不走我们同济人心中的热情。

北京大兴国际机场的顺利竣工创造了多项世界之最:世界最大的单体航站楼,世界最大的机场钢屋盖,世界首个"双进双出"航站楼,

北京大兴国际机场正式建成通航

全球首座高铁下穿的航站楼。大兴机场是中国工程的高光时刻,也是同济人的高光时刻。它代表了我国基础设施建设的最新水平,同时也为世界航空港建设树立了新的标尺,无愧于"现代世界新七大奇迹之首"的称号。

当今中国已不是百年前那个羸弱中国了。新一代载人飞船顺利返航,港珠澳大桥顺利通车,中国高铁继续领跑全球,这无数的实践成就更加坚定了我们的四个自信。无数"小我"的力量成就了当今富强中国的"大我",而"大我"又是每一个"小我"背后最坚强的支撑。

在经历大兴机场这个项目后,我想我更坚定了初心。建成社会主义现代化强国,实现中华民族伟大复兴,是一场接力跑。我们的父母、老师、长辈已基本完成第一个百年目标,现在轮到我们来为第二个百年目标努力了。今天我们站在同济舞台的中央,未来我们一定会站在世界的中央,时代的中央。用不忘初心、砥砺前行去讲述我们的高光时刻。

以舞逐梦,艺路前行

同济大学 2020 年优秀大学生报告团　侯昭薇
(2020 年 11 月 24 日)

【个人简介】侯昭薇,女,1996 年生,共青团员,同济大学建筑与城市规划学院景观学系 2019 级硕士研究生。2014 年 9 月加入同济大学学生舞蹈团,曾任学生舞蹈团团长,被授予同济大学"优秀团员标兵""优秀学生干部"称号。

各位同学,下午好！我是侯昭薇,来自同济大学建筑与城市规划学院,同时也是同济大学学生舞蹈团的一员。说起我和同济的故事,离不开的是那一方舞台。

回想起第一次站在大礼堂舞台的场景,还历历在目。那是一个开场节目,要从观众席两侧的门跑进来,站在中间的过道上表演,虽然只有短短的一分钟,但能在属于自己的迎新晚会的舞台上表演,还是有一点小小的激动,也就是这样,一演就

在同济大学 2020 年优秀大学生报告会上的演讲

是五年。2019年的111周年校庆晚会,那是属于我的毕业典礼,作为表演者,遗憾的是五年来,自己几乎没有坐在观众席看过一场完整的演出。这场毕业晚会,我一定要当一次观众。但就在距离演出还有不到24小时的最后一次彩排中,舞蹈团一名同学不小心扭伤了脚腕。

111周年校庆晚会暨毕业典礼演出《芳华》

就这样阴错阳差,我"临危受命",咬牙接下了上场表演这个艰巨的任务。晚上十点彩排结束,我用一个小时学完所有动作,回到宿舍练习到凌晨三点。到上台前的最后一秒,我都一直戴着耳机,一遍遍地循环着音乐,重复、再重复。尽管我的舞台经验还算丰富,但我也清楚地知道,现场的灯光、音乐等任何一个要素发生变化,都会影响最后的呈现,只有形成完全的肌肉记忆,才能拥有"零失误"的舞台状态。直到现在,我都忘不了舞台灯光熄灭后的那一瞬间,伴随着观众的热烈掌声,我悬着的心终于放下了。

在舞团的七年里,两次大学生艺术展演比赛、50余场校内外演出、100多个舞蹈节目或片段,团员们都是来自土木、建筑、环境、医学、汽车等各个专业的同学,很多人从零基础开始,尽管这样我们也通过舞蹈的方式让越来越多的同济人感受到了艺术的魅力。从2015年开始,我有幸参与了同济大学原创舞台剧《同舟共济》的排练和演出。排演舞台剧对我来说是一个全新的体验。巧妙的舞美设计,大气、凝重的原创音乐、细腻的人物描摹创作,深深地吸引着我。作为一个非表演专业的学生,能有机会参与这样专业的排练演出,讲述同济的历史和故事,我感到很荣幸。舞台剧中会有很多摔倒、翻滚、挣扎的动作,所以排练第一天大家的膝盖都摔到发紫,脚背和胳膊肘被磨破,新伤叠旧伤、结痂又磨破。到演出的时候,女孩子们只好用创可贴和粉底把淤青和伤口盖住,男孩子们为了有足够的体力完成托举动作每天做300个俯卧撑。经过两年不断地丰富和打磨,最终在2017年同济110周年校庆完成了整部长两个小时的舞台剧。

我深知,作为一名大学生,首要的任务是完成好自己的学业。于是我加倍努力,在本科阶段连续四年获得同济大学优秀学生奖学金,专业排名保持在前10%,并顺利以全系专业第四名的成绩成功推免硕士研究生;参与手绘的上海豫园平面图被收录在《百年从周——陈从周先生诞辰百年纪念展》和相关书籍中。有人经常问我,你用那么多时间去排练,哪里还有时间去完成建筑学院那么繁重的课程?除了学会合理分配时间,提高学习的效率外,支持我走下去的是艺术,是艺术带给我的快乐和美的享受,是站在舞台上听见观众掌声的成就感,更是一次次团队磨合中收获的友谊。其实我和团员们更多地把舞蹈当作调节学习压力的一种方式,把所有课业压力在舞蹈中释放出来。当然如果在某一阶段占用了太多时间,我们会利用好排练演出中的每一个零碎时间来学习。现在,在演出后台学习已经成为舞蹈团的一个特色。当其他人拿着手机自拍、闲聊放松的时候,你可能会看见舞蹈团的

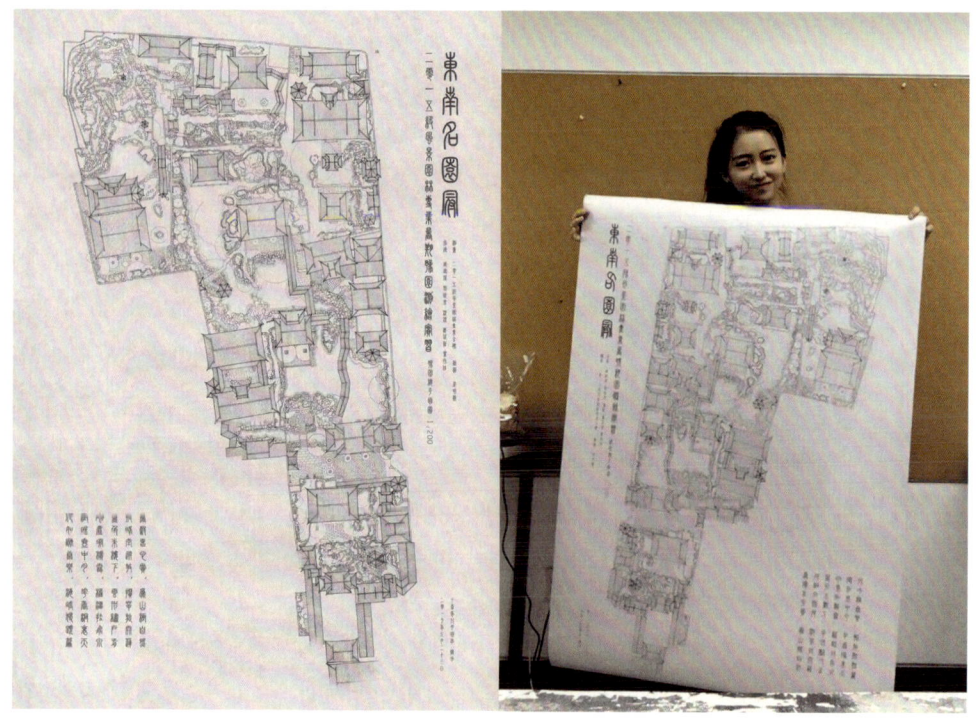

精于学业,手绘上海豫园平面图

传递能量,参加湖南卫视《神奇的汉字》第二季

女孩子摆着竖叉看着书。同济教会我用艺术的方式去生活,不仅心有猛虎,立身科研,也能拥抱艺术,细嗅蔷薇。

2018年,我们走进中央电视台五四晚会,和一大批青年榜样同台,展示同济学子的青春活力;2019年,我们在韩国和日本的高校展示中国传统艺术文化;2020年,我有机会代表高校青年学子走进湖南卫视、江苏卫视,和更多的人分享自己的经历。通过讲述自己的故事,我让大家看见同济的工科女孩子不仅拥有较强的专业能力和逻辑思维,也能落落大方地站在舞台上展示自己的艺术情怀和有趣灵魂,把正能量传递给更多的人。

我第一次走进同济大礼堂,就看到观众席悬挂着的这句话——"同心同德同舟楫,济人济事济天下。"七年来,正是这样一种同舟共济、自强不息的精神一直勉励鼓舞着

望吾辈传承"同舟共济"的同济精神

我,支持我奋勇前行。作为一名学生,其实我和大家一样,也是从大一的懵懂青涩一点点成长起来的。作为一名演员,我享受舞台给我的大学生活带来的多重色彩,享受艺术带给我的快乐和美的享受。我清晰地记得,在《同舟共济》舞台剧中有一幕叫"点名",讲述的是因抗战逃去四川李庄的同济学子想要放弃学业投身抗战的故事。这一幕的最后一段有这样一句话:"我辈同济学子,皆炎黄神胄,怀复兴国族之志,当同心同德同舟楫,济人济事济天下!"

不负韶华：勇于砥砺奋斗

广大青年要培养奋斗精神，做到理想坚定，信念执着，不怕困难，勇于开拓，顽强拼搏，永不气馁。幸福都是奋斗出来的，奋斗本身就是一种幸福。1939年5月，毛泽东同志在延安庆贺模范青年大会上说："中国的青年运动有很好的革命传统，这个传统就是'永久奋斗'。我们共产党是继承这个传统的，现在传下来了，以后更要继续传下去。"为实现中华民族伟大复兴的中国梦而奋斗，是我们人生难得的际遇。每个青年都应该珍惜这个伟大时代，做新时代的奋斗者。

——习近平在北京大学师生座谈会上的讲话

（2018年5月2日）

自强不息,永不言弃

同济大学 2011 年优秀大学生报告团　何　杰
(2011 年 11 月 8 日)

【个人简介】何杰,1988 年生,中共党员,同济大学汽车学院 2007 级本科生。曾获同济大学"优秀学生""优秀学生标兵""励志之星"称号,获第七届"中国青少年科技创新奖""国家奖学金",同济大学"优秀奖学金一等奖""社会活动奖学金""潍柴奖学金"等荣誉。

大学,大有可学,我们每个人对大学生活都有自己独特的理解,也各自以自己的方式演绎着自己的大学生活,目标不同,性格各异,让我们彼此的大学生活都充满自己的特色。大学的生活是丰富多彩的,我们可以选择不同的生活方式。对我而言,我觉得我们大学的生活应该是充实而快乐,丰富而多彩的。那么,我们应该如何来经营我们的大学生活,如何实现我们对大学的期望和憧憬呢?这是我们每一个人在踏进大学的那一刻起,都应该思考的问题。我认为,我们应该明确自己的目标,明确自己对大学生活的期望,为自己的目标做出计划,怀揣着梦想,自信而充实地度过每一天。现在我还清楚地记得,2007 年 8 月 28 日,我带着父母拼凑的生活费,第一次走出了广西,来到同济大学。从踏进大学校园的那一刻起,我就对我自己说,我首先要学会养活自

马来西亚参赛留影

己,刻苦学习,并在自己的专业领域内积极参加实践项目,做出自己的成绩。大学几年来,我的成绩一直比较优秀,曾两次获得国家奖学金,多次获得校外奖学金。为了减轻家庭经济负担,我还参加了不少兼职的工作。大学至今,我基本上凭着奖助学金和兼职所获解决了上大学的费用问题,并帮助大哥偿还了助学贷款。回头看看这几个的生活,让我明白,我们可以尝试不同的生活路线,但要明确主线的目标。只有明确了自己的目标,才能不慌乱,不迷茫。

大学里,能找到自己感兴趣的事情,并且坚持为之付出,我觉得很重要。很庆幸我找到了自己喜欢做的事,并有机会去为之付出,我花了三年时间跟我的队友一起打造了属于我们自己的节能赛车。节能创新是时代的主题,也是我们志远车队的梦想,对于热衷创新的我,在大学期间能用自己的所学,用自己的智慧和双手,在节能创新的道路上留下自己的足迹,做出自己的成绩,我感到非常幸运和满足。在加入车队的这三年时间里,发生了很多很多事情,既有创新取得成果和突破时的欢呼,也有尝试新技术受挫时的落寞;既有与伙伴共同努力的欢乐,也有独自奋斗的寂寞;既有在赛场上驰骋风云,勇夺冠军的喜悦,也有遭遇失败,在领奖台下黯然泪下的悲伤。

还记得去年5月备战前的忙碌劳累,由于是第一次参加壳牌汽车环保马拉松赛亚洲站比赛,我们都缺乏经验和指导,在前几个月的摸索与尝试中,终于赶在5月份将节能赛车设计加工完成,除去将赛车运到国外所需的时间,留给用于测试调试的时间已然不多了。

仍然记得那个差点让我们崩溃的夜晚。5月10日的晚上凌晨3点,我们在进行发动机调试过程中,发动机的曲轴由于机械结构的故障崩断了,这意味着我们之

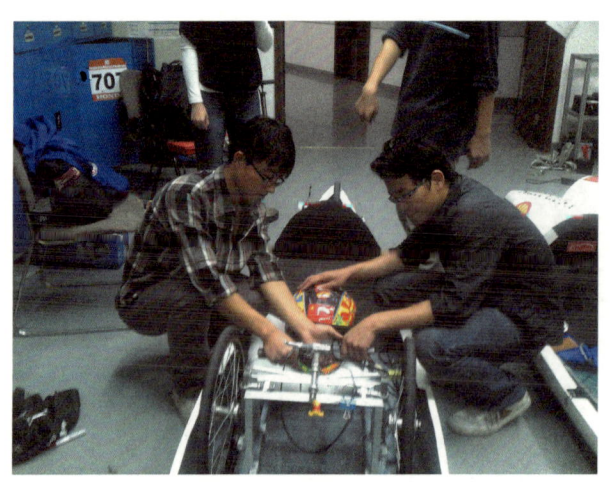

在实验室设计装配节能赛车

中国节能竞技大赛团队照

前的努力都付诸东流,因为我们没有相同型号的备用发动机。而重新从国外购买发动机在时间上已经不允许了,一时间我们都茫然无措,感觉就像是辛苦建造的高楼在一刹那倒塌了。现在还清晰地记得当时我们每个人的表情,悲伤略带绝望,最后我们沉默地离开了实验室。第二天一觉醒来,习惯性地往实验室跑去,却发现队长和其他队员早已在实验室中思考解决方案。最后,经过大家的讨论和综合考虑,采取了全新的发动机及传动机构,并在几天内加班加点,完成了新方案的设计。仍然记得那段艰辛的时间,每天在实验室忙碌,连饭都是在实验室吃的。还记得大家一连多天没有回过寝室,当蓬头垢面地完成赛车新方案时,我们相视而笑,彼此劳累的眼神中流露出的是欣慰和满足。

加入志远车队的三年时间里,我第一年做队员,第二年做组长,第三年做队长,最大的收获不是学到了多少专业知识,而是学会了静下心来坚持做自己感兴趣的事情,即使遇到了困难挫折,短暂的悲伤和迷茫后,能以更大的热情去尝试不同的解决方案。而且,在车队的日子,有一群志同道合的伙伴,一起熬夜,一起翘课,一起开心地笑,一起悲伤地哭,一起为共同的梦想而奋斗,这是最宝贵的财富。每一次比赛后,不管结果怎样,总会有一次庆功宴,或是喜庆,或是悲伤,所有人的感情会在这顿饭中释放。比赛顺利,大家则笑着哭,为这一年的努力,终于在赛场上得到了回报,终于用自己的双手打造了自己的梦想;比赛结果不尽如人意,大家则尽情地宣泄,哭着喊着接下来会更加努力。其实在这三年的时间里,我们遇到了很多困难,不管是技术上,资金上还是团队建设上。不少同学在一段时间后逐渐退出了车队,但我想说的是,留下来坚持到最后的,无不收获了很多很多,我们进一步培养了对自己专业的兴趣,提高了专业能力,并且有机会到国内外参加比赛,有机会跟国内外优秀的年轻人一起分享创新的经历和快乐,这一切都将是我们一生受用的财富。

在大学里,我们可以加入不同的社团,参加不同的项目,当我们根据自己兴趣爱好做出了选择,那就要用心付出,因为有很多东西是只有静下心来,坚持下来才能体会到的。遇到困难的时候恰恰是我们学到知识最多的时候,但很多人偏偏在这个时候放弃了,也就无法体会到跌倒后重新站起,摆脱困境,昂首前行的畅快淋漓。很多时候,其实我觉得有一个很好的评判标准,那就是做到让自己感动,自己为自己感动了,那别人也一定会为我们而感动。

本田宗一郎杯节能竞技大赛

生活方面,为了给家庭减轻经济负担,这几年来,在努力学习,积极参与创新活动之余,我选择兼职为自己挣取生活费。加入车队后,原本不轻松的生活就更加忙碌了,还记得一次次在烈日下外出加工零件后,来不及休息就去兼职。有一次忙碌了一个整个星期,周末的时候外出采购零件,骑着自行车奔波了十几里路,天公不作美,在采购完成前往兼职的路上下起了大雨,而自己忘了带雨伞,在大雨中骑着自行车艰难地往家教的地方赶去,心里不止一次地问自己,生活如此辛苦是否值得。每一次当自己松懈的时候,当自己意志不坚定的时候,总是告诫自己,趁着年轻的时候多吃些苦,才能把自己的厚度积累起来,如果我们的生命不为自己留下些让自己热泪满眶的日子,那生命就虚度了。回首过去的生活,寻找一个让自己骄傲和自豪的理由,并追随自己的心继续奋斗,我想,这算是这几年生活的感悟吧。

第七届中国青少年科技创新奖

大学生活因人而异,即使起点相同,在岔路口的不同选择也最终导致了终点不同,选择自强不息,为自己的目标奋斗不已,你的大学生活必将充实而精彩。我始终坚信,无论我们做什么事情,只要我们脚踏实地,用心付出,就一定会有所收获!

学习,大学生活的主旋律

同济大学2012年优秀大学生报告团　陈思慧
(2012年10月23日)

【个人简介】陈思慧,女,1990年生,中共党员,同济大学口腔医学院2008级本科生,毕业后免试保送本专业硕士研究生。在校期间曾获得"国家奖学金",同济大学"一等奖学金""优秀学生标兵"等荣誉。

我是陈思慧,目前就读于口腔医学院本科五年级。今天能够站在这里与各位一同分享自入大学以来的所见所想,我感到十分荣幸,我演讲的主题是:"学习,大学生活的主旋律"。

首先要跟大家分享的,是我们每一个人在大学阶段或者说任何阶段都逃不开的一个话题,就是学习。时间往前倒退四年,那个时候是怎么也想不到,今天的我会站在这里跟大家谈这个问题。初入大学时,青涩懵懂,一门心思地认为,大学,必须用尽了生命去感受美好,从社团到志愿服务再到学生工作,每一样都让我兴奋与激动,迫不及待地想要去尝试去体验。那时的我几乎很少为学习努力,甚至从内心的最深处给自己心理暗示:在大学里,学习并不那么重要的。但是事实是,在之后相当长的一段时间里,这样的想法和做法给我带来了极大的负面影响,从而导致我需要经

作研究前沿报告

历一个相对痛苦的过程,来弥补和挽回这段时间里我所落下的课程。

转折点发生在大一第一学期的期末,应该可以理解那种状态下的我一定是临时抱佛脚的,复习的时候明显觉得力不从心。当时的我看着桌上一本本厚厚的书,大脑一片空白,没有一本让我有哪怕一丁点的印象,所有的书都要从头开始看,而且上课不认真听讲的结果就是完全不知道哪些内容相对重要。最后卡着时间线勉强算是翻过了一遍。有些课程需要补考不说,单是低到触目惊心的绩点就给了我当头一棒。看到成绩那天我花了差不多整夜的时间反省与思考。我算了一笔账,我们医学生差不多每周四五十节课,每节课 45 分钟,一个礼拜浪费 2 000 分钟,一个学期下来就是 34 000 分钟,这样的数字着实吓了我一跳,人生短暂,我有多少时间可以这样浪费。

我承认有些人工作能力强、社交广,并且这对其日后的发展非常重要,但也不是说因此他们就可以不顾学习。反而,在我后来结识的大多数这方面相当优秀的人当中,很多人的学习也是很棒的。此二者并不相矛盾,反而大有相互促进的可能。

之后就发生了转变,我开始上课认真听讲,而后深刻体会到,高效率的上课时间可以省去课后一大部分的二次努力。千万不要抱怨课程无聊,或者老师讲得不好。调整好心态之后会发现大部分的课程都于己有利。我们有各自的专业,并且很大可能它之后就会成为我们赖以生存的事业,那就牵扯到了自我责任、家庭责任以及社会责任。于是,我开始有规划有思路地学习,一段时间的课程结束后,用自己的方法整理成笔记,经过思考,取精华记要点,用插图、符号帮助记忆,在这个过程中达到融会贯通。而在期末复习的时候,就能够事半功倍了。这样,我逐渐找到了属于自己的学习方法,因此之后的一等奖学金、国家奖学金也自然水到渠成。

再来就是辅修和选修课程,我以为,任何能够接触到专业领域以外知识的机会都是难能可贵的。我们在课后阅读、学习,总希望可以更多地拓宽自己的知识面和眼界。而辅修、选修则是让我们可以达到该目的的一个非常重要的途径,由更专业的老师更系统更完善地帮助我们打开一个又一个崭新的领域,以便我们更快更好地与成长,逐步成为有开拓性视野和跨学科能力的综合性人才。

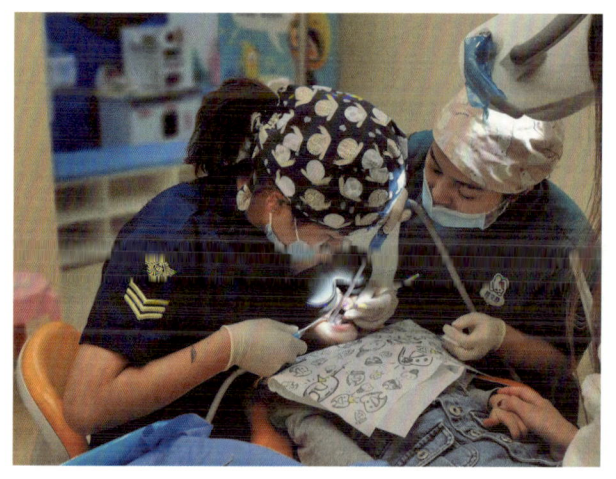

为儿童做口腔检查治疗

掌握了扎实的理论知识之后,我们就应该开始考虑,要如何学以致用。以后工作的事,现阶段的我暂时还没有过多的心得。我倒是认为我们正处于"一人吃饱全家不饿"的年纪,因此可以为一些我们认为值得的事情付出努力而不去计较太多的得失和回报,比如学生工作、比如志愿服务。

我和我的同学很乐意尽我们所能去做一些哪怕微小,但也让人觉得暖心的事。比如我们的公益义诊,我们会对参与者的口腔健康情况进行全面的检查,发现问题并提供详细的治疗方案和保健意见,以便在最大程度上保证参与者的健康。我们也会同时做一些健康宣教,比如:早期龋齿治疗的费用是 100 元左右,龋齿进一步发展到牙神经坏死,做个根管治疗的费用差不多是四五百元,若不治疗,那么到最后整个牙根都保存不了,拔掉镶牙的费用在 3 000 元以上,牵涉到种植就是上万元,权衡利弊怎么都是早预防早治疗来得划算。

在上海市第十人民医院内分泌科实习的时候,我们开展了一个有一定规模的宣讲活动。因为那里住着的大都是糖尿病患者,而糖尿病患者的一大并发症就是牙周病。若牙周情况糟糕,会反过来再

为儿童科普口腔健康知识

影响血糖控制,并增加心脑血管并发症比如心梗、脑梗的可能,而大多数病人不知道这点。我们几个同学,搜集了不少相关资料,并整理制作成深入浅出的宣传品,而后将病人和家属集中起来,进行宣教。另外我还教会了病人正确的刷牙方法,以及一些保持口腔卫生的小妙招,受到了病人的欢迎及好评。

医院里有些基础状况较差的老年病人,千万不能嫌他们脏嫌他们臭,因为这就是衰老,是人类必经的自然进程,我们的父母包括我们自己也将不可避免地走到这一步,想想那时的自己就能明白现在应该怎么做了。

最后我想要跟大家分享一下我个人对于医学专业的看法。大家都知道同济大学最初是从医学院发展而来的,但是我身边有这样一些同学,当得知被医学院录取就闷闷不乐。世俗的眼光下,他们认为从事医疗行业又辛苦又得不到相应的回报,因此他们甚至不愿意尝试,就一竿子打死了这个专业,一门心思地想要转专业,想要脱离所谓的苦海。

出于各种各样的原因,可能我们最终被录取的专业并不是自己最希望进入的那一个。但是亲爱的同学们,我们高考的成绩并不低,能力也并不差,所以我们完全有能力做得更好。不要给自己心理暗示,不要给自己一个默认的排名。我常常告诉自己"我就是最棒的医学生,我将来要成为最棒的医生",如果大家都用类似的信念鼓励自己,那么我坚信我们可以共同努力,做得更好!

说到投入和产出,在我目前还不算太长的人生经历中,我所能构想的任何一种情形下,我们付出的辛劳成本和获得的实质性的收益都是密切相关的。也许两者的比例有所差异,但这更多是因为我们处于利益链条的不同等级。我们都还在极低的等级时,就开始幻想付出极少的成本去获得极大的收益,就好比一个小孩子上来就

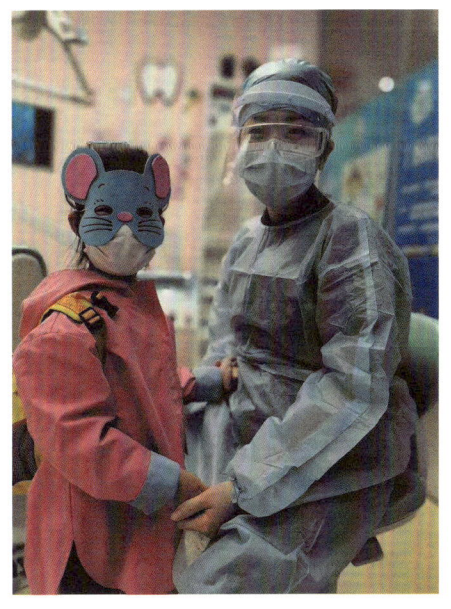

与治愈儿童患者合影

参加登山远足

想找一个轻松、赚钱、受尊重、自己喜欢的工作,这其实是非常不切实际的事。

与其在我们最值得珍惜最能够拼搏的年岁去想一些荒诞到有些可笑的事,倒不如抛开一切世俗,用你最本真的心灵去思考去感受,我正在做的和我将要做的,是不是我所热爱并且愿意为之奋斗终身的事业。于我而言,我可以非常坚定地跟大家说,我骄傲我可以成为一名医生,并为之奋斗终身!在我看来,找到一件我喜欢的工作,然后在这件工作上倾注心血,这是极其幸福的事情,中间换来的必要的钱财和名誉,只不过是附属品罢了。有多少付出就有多少收获,你的收获将以任何的你所想象不到的形式,回来找你。最后,用一句长久以来非常喜欢但不知出处的话来结尾:"曾经我以为自己很努力,其实我连努力的边都没看到。"与站在起跑线上的各位共勉。

同舟共济,张开自强不息的翅膀

同济大学2012年优秀大学生报告团 地丽格娜·地里夏提
(2012年10月23日)

【个人简介】地丽格娜·地里夏提,女,1989年生,中共党员,同济大学人文学院2008级本科生、法学院2012级硕士研究生,在校期间获得同济大学"学习奖学金""优秀学生"等荣誉。

我是地丽格娜·地里夏提,本科毕业于文化产业管理专业,现在是法学院研一的学生。因为民族文化的不同以及生活习惯的差异,不管是在生活上、学习上还是与人交流上,我都不是一帆风顺的。从小学开始,我就明白,如果想赶上别人,甚至想要超过别人,那么当别人迈出一步的同时我必须要迈出更多步才行。一路走来,有过泪水有过委屈也有过失败,但是我从来没有放弃过,我坚信只要不输给自己,那么还是有赢的机会。所以我今天站在这里,来跟你们分享我的故事。

首先从生活上来说。还记得四年前,我离开家,带着激动,带着骄傲来到这里,觉得离开家,离开爸爸妈妈,就可以自己做选择。但是事与愿违,我发现当自己面对众

"自强之星"宣传照

多的问题,总是感到茫然,不知所措,我意识到原来我已经习惯了依靠爸爸妈妈,原来我还是个没有长大的孩子。记得有一晚我高烧不退,一个人去医院,一个人挂号,一个人化验,一个人打点滴,这个时候我多希望有家人的陪伴与照顾。但是我只能默默地坚持着,并告诉自己,要坚强,要勇敢!既然选择离开家,就要学会一个人生活。

除了这些更让我觉得困扰的是饮食问题。作为少数民族,饮食习惯与内地不同,幸好学校很照顾我们,为我们设了专门的食堂,这让我们觉得方便很多,我周围的很多朋友也都非常尊重我的饮食习惯。我每个月最期待的事情,就是能和朋友出去吃一两次地道的新疆饭,这总让我有种家的感觉。让我印象最深的是,我们大学毕业时的聚餐,班长特意选择了价格不菲的新疆餐厅,事后我才得知,之所以这么做,是因为大家希望毕业那天所有人都在场,我很感动,因为大家都记得我,都照顾我,不管我们是哪个民族的,我们都是一家人。每当到了少数民族节日,学校也会为我们安排庆祝活动,让各民族同学欢聚一堂。在生活上,我的辅导员、老师以及身边的朋友给予了我很大的鼓励,也给了我很大的帮助,他们就像亲人一样呵护着我。

所以,我想说,虽然这四年来,我从未停止抱怨冬冷夏热的寝室,人满为患的澡堂……然而,比起这些让我印象更为深刻的是那些我骤然想起的大学生活:图书馆里占过的座,三好坞旁看过的鹅,樱花树下许下的愿以及月光下香味四溢的黑暗料理,这些或许好,或许不好,但是这是我们融入大学的过程,是我们最真实的大学生活。请珍惜它,好好地享受,因为大学生活或许是我们一生中最美

参加少数民族节日表演

好的篇章。

从学习上来说,中文的专业学习对我来说很吃力,由于语言关系,四书五经、水浒西游都是我比较陌生的,每天还要背诵大量诗词。语言对我来说是一个很大的难题,那样的环境让我有点无所适从,所以我就去找了老师,向老师说明我在学习上的困难后,他告诉我三个字——多读书。后来我每天只要一有空就会去图书馆读书,不懂的会记录下来向老师讨教。渐渐地,我读的书越来越多,我懂的也越来越多。正如去年人文学院毕业典礼上所言:"我们读过光荣的希腊,伟大的罗马,和普鲁斯特一起追忆似水的年华,领略过诸子百家,魏晋风度,和五四先锋一起呐喊民主与科学。"也正是这里告诉了我们"浴乎沂,风乎舞雩,咏而归"是何其的美好,也告诉我们"独立之人格,自由之思想"是何其的可贵!在座的每一位都是同济人,我们都爱同济,我们也许爱作为"985"名校的同济,也许爱正值工程教育百年大庆的同济,当然也会爱上这个人文的同济,它古老而内敛,庄重而亲切。

除了第一专业的学习,我在大二的时候在校外辅修了经济学专业。刚开始我没有想那么多,只是想学一点知识,经济专业对于一个文科生来说是比较吃力的,因为它总是会牵扯到数学问题、图表模型,需要更大程度地发散思维,但是从我对专业刚开始的兴趣,到后来对专业知识的汲取,再加上我一直坚持不放弃的信念,我顺利毕业,拿到第二学位。

所以,我想说,我一直看到那些成功人士身上的闪光点,却不知道他们到底付出了什么代价才

瞻仰人民英雄纪念碑

换取这样一个人生！作为一名少数民族学生，我在熟练掌握自己母语的前提下，又去融入新的文化，努力学习各种语言，融入社会，也许在未来，这才是我的优势。作为民族生的代表，我想告诉在座的你们，相信自己，然后踏踏实实地去做，总有一天，你可以得到你想要的。

最后说说我是如何处理人际交往中遇到的问题的。其实大学就是一个很小的社会，这里有形形色色的人，有难以表达的心情，也有棘手需等待解决的问题，所有的一切，都需要我们自己去思考，去选择，去面对。所以我认为交流上，以下两点很重要。

第一，多交朋友，学会沟通。

我们刚进大学的时候会结交各种朋友：室友、饭友、损友、图书馆之友等，当初我和她们没有像伯牙和子期那样一见如故，也没有像马克思和恩格斯那样的高尚情操，我们只是同屋睡过两三年，吵过四五次架，泡过五六十天图书馆，吃过七八百次饭，虽然成千上万次觉得受够了这个人的坏脾气，但是我们在最好的年华相遇，是何其幸运。试着站在别人的角度考虑问题，试着考虑别人的感受，也许在生活习惯上，我们有一些不同之处，但是我们不是敌人，我们彼此都是兄弟姐妹。多去找社区辅导员聊聊，也要及时和老师沟通，直视自己的问题，不要逃避。做到善于与人交流，主动寻求帮助，乐于帮助别人，及时解决矛盾。

第二，参加社团，挖掘自己的潜力。

因为从小学舞，希望在大学的时候能够将我们民族的舞蹈展现给更多的人，大一的时候我参加了舞团，舞蹈让我自信了很多。其实融入一个新的团体很简单，只要你够真诚，他们就会接纳你成为他们的一员，这很重

参加主题班会课

要。这样的经历,让我渐渐变得更加自信,也让我的普通话更加标准。

所以,我想说,充分地展现自己,清晰地表达自己的想法,这样都是需要努力的,方法很简单,多说,多参与,自信,主动。慢慢地,我就肯定了自己的价值。如果你觉得这个城市总与你格格不入,那么,试着去与它交流,试着融入它。

观赏同济樱花大道

我曾经听过一位教授的讲座,他告诉了我很多励志的例子,其中他说了一句话,我印象很深:"虽然你们大多数离家很远,但是你们的背后一直有父母的资助,你们每天就做那么一点事情,凭什么说自己撑不下去了,那些比你累的人都没有说什么,你有什么资格唉声叹气?所以要么拼,要么回家去!"听完这段话我很有共鸣,很多人都会觉得一个小女生不用那么拼,但是我想说,我们女孩子要学会靠自己。趁自己年轻的时候,努力一些,知识会让我们更年轻。

一个人在 20 岁前后的时候,除了青春之外什么都没有,但是我们手头为数不多的青春却能决定我们的人生将会怎样。出门在外,谁没碰过钉子,请相信,现在的努力一定会让我们赢来相应的结局。在别人质疑你的时候,能够平静地告诉自己,我是一个民族生,一路走来,我都在慢慢进步,一点点进步,但没有退缩过,我要适应这座城市,让它接纳我。

像冬枝一样，为了春天的新芽而努力

同济大学 2014 年优秀大学生报告团　马曼·哈山
（2014 年 11 月 18 日）

【个人简介】马曼·哈山，1990 年生，中共党员，同济大学建筑与城市规划学院建筑系 2011 级本科生。入学以来，曾任班长、青年景观师协会副会长等，专业成绩多次排名专业年级第一，先后获得过"国家奖学金""学习一等奖学金""优秀学生""优秀学生干部标兵"称号。

我是来自建筑与城市规划学院 2011 级建筑系的学生马曼·哈山。首先非常欢迎大家来到同济大学学习，今后的四年，你们将在这里成长，体验与之前截然不同的生活，愿你们大学生活每天充满意义，有所收获。今天我站在这里并不是想要向你们证明我有多么优秀，我只是想让大家知道我的努力，和我一起分享我的收获，同时有所感悟，下面我来讲述我的经历。

我出生在新疆，生长在美丽的草原，小时候是和爷爷奶奶一起过游牧牧民一年四季的"转场"生活。等到上学的年龄，被父母带回城里，到哈萨克语学校开始上学。学校里的学生大多都是哈萨克族，所有的课程都是以哈萨克语教学，一周只有四到六节的汉语课。我从小学到高中毕业的 12 年都是在这里度过的。高中毕业我考入了同济大学，按照教育政策先到江西进行为期两年的预科教育，但是

在同济大学建筑与城市规划学院作业展上

这个预科基地师资较差,环境复杂,且这里的同学以少数民族为主,生活中完全可以用民族语交流,缺乏语言环境和学习氛围,使得我的普通话水平并没有得到很好的提升。

  盼来盼去终于拿到预科证书,来到了同济大学开始学习。由于语言困难和基础薄弱,我在学习上遇到了很大的困难。尤其是遇到有些老师带有方言口音的普通话,更是让我在前两个月什么也听不进去。我陷入了困境,这时我才明白我该学习的东西太多了。而首先要做的就是克服语言困难和弥补薄弱的基础。因此我应该比别人付出更多才能在本科阶段有显著的收获。在这样一个全新的语言环境中,我适应着,奋斗着,努力着——像冬枝一样,为了春天的新芽而努力。我开始每天只睡五个小时,花大把的时间学习。点点滴滴的成果都让我更加坚定地认为自己能够实现新的突破。最终我的努力还是换来了丰厚的回报,拿到了还不错的成绩,老师们都对我十分满意。第二学期,我为了兴趣想要转专业,开始为转专业奋斗。那段日子比起前一学期更加劳累,我常常在熄灯后去洗衣房画图,每天都保持神经绷紧的状态,从没停止,我尽了全力,终于很幸运地转到了更适合自己的专业。现在回想那段日子真的很庆幸,庆幸我为我自己的目标付出了行动,庆幸我坚持了下来。我一直相信一句话:"机会是留给有准备的人的。"所以我要求自己时时刻刻准备好,去迎接下一个挑战。

  考入同济历经三年我又有了新的起点(预科两年加转专业一年)。我想三年对很多人来说等同于初中、高中一个巨大的进步。而我高中毕业后第四年才开始我的大一生活。但我没有沮丧,我对自己说既然为了兴趣选择重新开始,就要做好明确的规划。我深知学习机会来之不易,因此每门课程我都很认真地对待。当别人在学习英语的时候,我在学汉语;当别人在学习专业课的时候,我在学英语;当别人在睡觉的时候,我在学专业课;虽然我输在起跑线上,但是我一直在追赶。慢慢地,在同学和老师的帮助下,我克服了语言困难,从交流障碍到现在的流畅,我没放过任何学习的机会。在转专业后的第一年我以微小的优势在本专业排名第一,这使我激动与自豪,也极大地激励了我,让我对自己有了更大的信心,当时自己虽然非常努力但也从没想过能够得到班级第一的成绩。不断努力让我的成绩稳步提升,

参观第六届同济大学建造节

在一二年级我的成绩都是专业年级第一,荣获了国家奖学金、学习一等奖和校外奖学金等荣誉。这一切让我懂得了只要坚持每天前进,总会有积累下来的大收获,会让你有突破自己的机会。

学习固然是重中之重,但大学的殿堂却不应该仅仅被学习所占据,大学也是一种生活,是我们人生的一个阶段,大学生要有不一样的风采。如果跨出大学校门毕业后我们的回忆中只有学习,这不能不说是留给青春的遗憾,没把握好这美好的大学时光。所以,我们需要充分利用好它,在充实中提高自己,丰富自己。生活中,为了能服务班级同学同时创造更多用汉语交流的机会,我报名竞选了班长。作为班长,我乐于助人,在我和班委们的努力合作下,在全班同学的配合下,我们班形成了强大的凝聚力和向心力,在学院学校的各类集体比赛中获得了很多荣誉。在这个过程中,我的汉语更流畅了,也懂得了团队合作的重要性。在积极参加班级工作的同时,我也经常参加学校的各类活动,我曾是协会副会长、学生会成员、志愿者,等等。因为我知道,只有心怀感恩,乐于奉献,我们的生活才会更加美好。

在同济的四年里,我有过挑灯夜战的拼搏,也有过更加精彩的集体生活,相信很多人也与我一样有着很多值得铭记的时刻。我想我是幸运的,因为我在学习过程中遇到了很多帮助过我的人,包括老师、家人、同学、朋友等。我觉得我今天的每一个收获都源于他们的帮助和自己的努力,对于四年的大学生涯,我很满足。

我想在座有一些像我一样的学生,与大多数同学相比,在学习和生活方面遇到的挫折会更多一些,所以在学习方面你可能会以基础差等原因安慰自己,我也曾有过这样的借口。但有一次母亲的一句话点醒了我:"你认为这可以成为你安于现状

参观班级作业讲评

而不去努力的原因吗?"我的答案是"不"！请不要拿基础薄弱或者语言困难等借口说"学不好"。不好的学习成绩源于自己不够努力,困境都是暂时的。即便像我一样基础薄弱、学习困难,只要你每天都坚持前进,认真地去努力拼搏,总会有所突破,要相信自己。这个世界不会因为你的疲惫或其他什么,而停下它的脚步。今天不用力走,明天就要用跑的了。如果有些事无法避免,那我们能做的,不过是把自己变得更强大,能够应对一切。同学们,你们的大学生活才刚开始,请你们提早给自己定目标。俗话说得好,"有志者,事竟成。"你们要有决心和目标,要肯下工夫,这样多难的事都能够做得到。

在生活方面,"尊重"和彼此间的"坦诚相待"依然是奠定良好关系的基础。在生活习惯上,每个人都有不同之处,这时沟通是最有效的工具,要试着站在别人的角度考虑问题且直视自己的问题。我在宿舍或者班级几乎没有与人有过任何的争吵与不愉快,宿舍班级的气氛一直和乐融融,我认为这里面最大的原因便是互相的尊重和帮助。在座的各位同学,如果你身边有在学习或生活上有困难的同学,请帮助他。同舟共济,是我们的同济精神。另外要积极参与活动充实自己,我刚也有说到自己从学生工作和各类活动中得到的教育是课堂上的教育所无法比拟的,从中你们会结交到更多朋友,可以全面培养自己。

组织班级活动

同学们,一个人在 20 岁前后的时候,除了青春之外或许什么都没有,但是我们这几年的青春汗水却能决定我们以后的人生将会怎样。与其在我们最值得珍惜最应该拼搏的年纪去想一些荒诞而又无聊的事,倒不如抛开一切杂念,用最本真的心灵去思考去感受,我正在做的和我将要做的,是不是我所热爱并且愿意为之奋斗终身的事业。亲爱的学弟学妹们,摆在你们面前的道路很多很多,且每一条都是那样宽阔美好,你们还有四年时间,需要你们用勇敢的胆识和持之以恒的努力去闯荡和开拓,去打造自己的大学梦。

最后,衷心祝愿你们在同济的大学时光,有一个成功的开端,丰富充实的过程,无悔的结果。

卓越之路,你我同行

同济大学2014年优秀大学生报告团 赵 明
(2014年11月18日)

【个人简介】赵明,1992年生,中共党员,土木工程学院2010级本科生。本科期间先后担任土木工程学院10级学生班长、本科生九支部支部书记。曾获首届同济大学"追求卓越学生奖""国家奖学金""上海市优秀毕业生"等荣誉,累计完成科技创新项目四项、发表专业论文两篇、申请实用新型专利一项。本科毕业后留校从事辅导员工作,同时攻读硕士研究生学位。

我叫赵明,来自土木工程学院,是14级岩土工程方向研究生,同时担任本科生专职辅导员工作。

我一直非常好奇:刚刚迈入同济校门不久的大家,对于大学生活是怎样一种感觉?问一个可能比较俗的问题,大家觉得自己现在过得幸福吗?

幸福或许不可以量化,但是可以对比。如果说你曾经和爸爸妈妈一起游览过同济校园,那么,你比我幸福;如果说你曾品尝过西苑的红烧肉、学苑的大排,那么,你比我幸福,如果说你在十一假期有过一场说走就走的旅行,那么,你比我幸福……

四年前的9月5日,和大家一样的报到日。我独自抵达同济校园,第一次出门远行的我已经在火车上站立了两个昼夜。顾

参观新加坡鱼尾狮温泉

不得休息,我立刻找到勤管办负责助学工作的老师,帮忙组织其他新生报到,希望能通过勤工助学来挣取些生活费用。

对我来说,来同济读书是犹豫许久的决定。高考前夕,我的父亲查出患有右肺叶癌,这让本就是低保户的家庭雪上加霜。那是怎样的一种感觉呢?房屋变卖,积蓄耗尽,却仍旧支付不起高昂的医疗费用。我甚至一度想要放弃读大学,外出打工来支撑危如累卵的家庭。最后,是我父亲对我说,希望有生之年看着我上大学,是我父亲以放弃治疗来威胁,才逼着我来到了上海,来到了同济。

过去的四年里,我没有问家里拿过一分钱,父亲的医药费和自己的生活费,全靠奖助学金、助学贷款和每日从不间断的家教来支撑。现在能猜到我为什么说你们比我幸福吗?大学第一年,我没敢买过同济食堂的任何一个荤菜,"舌尖上的同济"只是属于别人的美好生活;大学前两年,除了土木学院的院服,我没有过任何一件新衣服;大学四年里,为了节省路费,我仅在父亲病危时回过一次家,连续四年的春节都是在上海做家教兼职度过。

我也怨恨过命运的不公,绝望于前途的灰暗。我不明白为什么只有我要背负这一切的一切。我不明白为什么我就不可以像其他同学一样,安心享受属于我自己的大学时光。

或许命运的奇妙就在于此,她在这段路上设置了问题,就会在下段路上为你准备好答案。一次偶然的机会,我作为观众,有幸观摩了土木工程学院的"卓越工程师先进个人"的评选活动。当时的我坐在台下,就如同今天的你们;学长学姐们站在台上,就如同今天的我们。一个个学长学姐走上台介绍他们的优秀事迹。他们都是"学霸",都是大神,有的是四年满绩,有的是竞赛达人,有的大二就可以发表EI文章,有的大学四年可以走过12个国家……

当时的我,可能就像今天的你们,满心羡慕与憧憬,希望自己四年后能拥有一个同样璀璨的明天。但是不同的是,我心中更多的是自卑失落:像我这样一个出身边远山区的穷人家的孩子,在生活的重担下已经步履蹒跚,又怎能追得上周围同学前进的步伐?然而在活动的点评环节,学院张艳丽老师说的一句话,瞬间点亮了我梦想的火焰!我一辈子都不会忘记那句话:"梦想有多大,舞台就有多大。一个人最终所能达到的高度不是取决于他的出身,而是取决于他的梦想,取决于他自己怀揣并为之坚持的梦想!"

是啊,或许我的家境出身比其他同学差了太多,人生的起跑线不知道被其他人甩开了多少条街,但在梦想面前,人人平等,我一样可以梦想一个属于我自己的五彩斑斓的未来!就在那一天,我在日记里写下了属于自己的誓言:我可以是同济新生里面的吊车尾,但是我要做到毕业生里面的 No.1!

来自教育落后的边远山区又怎样?需要每天半工半读又怎样?我从未放弃对于自身专业学习的要求。为了不影响宿舍同学,每晚工作回来,我都会在通宵教室或者宿舍楼大厅完成当天的学习任务。无论是湿冷的寒冬还是酷热的盛夏,我都坚持每天七点起床,深夜一点入睡,从未动摇过"知识改变命运"的执着梦想!就这样,我先后获得了国家奖学金、学习奖学金一等奖,并在两个学期中刷出了满绩点。

外语很差又怎样呢?出身于边远山区,英语学习成了我的学习短板。为了弥补自身不足,我利用起了所有的"碎片时间",食堂里、地铁上、工作闲暇中,我竭尽所能背单词、练口语,成了别人眼中自言自语的"疯子",就这样的日复一日,年复一年,入学时我被分到了最弱的三级班,大三时我却以 651 分的高分通过了大学英语六级考试。

高中阶段的学校根本没搞过各类竞赛又怎样?我同样梦想着和各类高手同台竞技。高中阶段没有任何竞赛基础的我,为了准备周培源力学竞赛,可谓从零学起,把理论力学、材料力学的课本翻得"遍体鳞伤",踏烂了指导教师办公室的门槛,手写的习题笔记厚达 20 厘米……天道酬勤,我最终获得了该比赛全国三等奖的好成绩。就这样,凭着一股拼劲儿,四年来在数学、力学、物理、计算机和土木工程专

美国土木工程师协会大学生竞赛颁奖典礼

新加坡国立大学交流

业等领域的多项竞赛中,我斩获了国家级奖项 3 项、省部级奖项 7 项、校级奖项 12 项,在和各位优秀同学的比拼中提升了自身能力。

在新东方做前台实习的时候,曾经被一句宣传语深深打动过:"每个孩子心中都有一个远方梦。"虽说我出身贫困家庭,无力承担起高昂的出国费用,但是我同样梦想着能去看看远方的风景啊!四年里借助各类国际比赛、暑期游学等所有能争取到的机会,在同济大学学生处国际交流奖助金的资助下,我去过了六个国家和地区。看过新加坡的鱼尾狮,曼谷城的大皇宫,在斯坦福的草皮上打过滚,在加利福尼亚的"Motel"里听讨歌……虽然路途曲折,但我也算到达了曾经梦想的地方。

如果你有着和我一样成为优秀的"Team Leader"的梦想,就和我一样去参加学生组织,去竞选班长、去竞选团支部书记啊!大学四年里我最骄傲的不是取得了多少荣誉奖项,而是经过和伙伴们三年的共同努力,我所担任班长的 10 级土木工程专业 14 班在毕业时,有 23 名同学留在同济读研,3 名去了浙大,剩下 9 名都进入了斯坦福、伯克利等世界顶尖名校进行深造。我大学四年最骄傲的一件事就是我和

支部成员在天下第一村——华西村外合影

带队学生暑期实习

小伙伴们一起创造了这份同济史上少见的辉煌。

因为经历过苦痛,所以更懂得怜悯;因为曾经被温暖帮助过,所以更有一个帮助别人的梦想。时值毕业之际,我放弃了正常推荐免试研究生的资格,放弃了薪资丰厚的专业技术领域工作,选择了行政保研,留校从事专职辅导员工作。

对于不同的人,"中国梦"有不同的定义,但无疑都是一种向上向善的精神,如果没有辅导员老师对我几年如一日的关怀、鼓励、支持,没有同济大学对于困难学生的帮扶政策,可能我的求学之路早已中断。我希望像我的辅导员张雨老师一样,通过自己的努力、自己的付出,在学生生命里留下一抹亮色,帮助更多的困难学生走向阳光,用自己的青春回馈母校育之成才的深恩。这种实现梦想的满足感和幸福感就是激发我成为辅导员的内在动力。

各位学弟学妹们,我同样在大一的时候梦想着你们的梦想,渴望着你们的渴望。无论怎样的荆棘密布,无论怎样的风雨兼程,四年后的今天,我到达了当初梦想的彼岸。

还记得我说过,我大一时曾立下了不知天高地厚的誓言,我要成为同济最优秀的毕业生中的一员吗?而就在这里,就在这个舞台上,就在6月的毕业晚会上,作为优秀毕业生代表,校长为我颁发了"卓越学生奖"。

我想我一辈子忘不了校长当时的谆谆教诲,谨以这段话作为今天演讲的结束:"卓越之路没有起点,无论你来自怎样的高中,就读于怎样的大学,只要你愿意向上向善,那你就已经踏上了卓越之路;同样,卓越之路也没有终点,只要你怀揣着梦想,你就可以不断前行,看到更远更美的风景!"

卓越之路,你我同行!

不负青春韶华,做新时代青年

同济大学 2014 年优秀大学生报告团 黄 蕾
(2014 年 11 月 18 日)

【个人简介】黄蕾,女,1993 年生,中共党员,同济大学生命科学与技术学院 2011 级本科生、2015 级直博生。通过全国生物竞赛一等奖保送进入同济大学,选拔为学校首届基础学科拔尖学生培养试验基地(拔尖班)学员,攻读生物技术方向。本科毕业论文在哈佛大学医学院交流完成,在校期间多次获得"国家奖学金"、校级学习奖学金等荣誉。

我叫黄蕾,是同济大学生命科学与技术学院的大四学生。今天,非常高兴与大家聚集在同济的大礼堂,与学弟学妹们分享一些我在学校的经历。那就是学会留

在同济大学 2014 年优秀大学生报告会上的演讲

心生活、热爱生活和规划生活，用智慧和才干，享受在学校的美好时光，抒写属于自己的精彩校园故事。

记得拿着录取通知书去综合楼报到的那天，我看到了同济大学第一届拔尖创新人才基地班招生宣传海报，"个性发展，性格塑造，独立思考，探索实践"的培养理念吸引着我，我毫不犹豫地抓住机会报名，进入这个交叉学科特色小班学习。

在处处彰显着"严谨、求实、团结、创新"的同济校园里，宝贵的学习资源和浓郁的学习氛围都让我兴奋激动，想要去尝试、去体验、去挑战。校长讨论课上说过："我发现实验室的电子天平很有趣，放一点东西在上面，有了一个示数，调整后归零了，再放一些东西，再调整又归零了，如此反复，我发现这就是 Stay hungry, Stay foolish。"

"Stay hungry"让我成为了一个"三心二意"的人。这"三心"是指信心、耐心、责任心；"二意"则是友谊和毅力。我把"三心二意"当作不断挑战、不断进步的法宝。分享一个自身的经历：去年我和两个其他专业的志同道合的朋友组队参加数学建模竞赛，这对既不是数理专业，也没有上过数学建模课程的我来说是一个很大的挑战，但是经过大家的努力和协作，我们最终获得了上海赛区一等奖和国家二等奖的成绩。正如电子天平"调零"一样，"Stay hungry"让我随时积极地去做准备迎接挑战。大年初六，我和队友们又再次赶回学校，并肩作战，参加美国数学建模大赛，三个女生鏖战四个昼夜 96 个小时，撰写出全英文论文，在 6 000 多支来自世界各国高校队伍的比拼中跻身前 9%，最终斩获一等奖。

除学习外，我还积极实践，全方位提升自己。我在校团委整理档案、写新闻稿、举办讲座，学生工作的能力得到了锻炼；我和国际留学生合作完成了"完美留学生服务中心"的学研项目，收获了外国文化知识和深厚友谊；我坚持参加阳光之家服务智力障碍人士的公益活动；我在学院迎新会上演奏了我喜欢的曲目……

同济有一种包容精神。我以为结构与模型制作还有竞赛并不只是土木学院的比拼，歌手大赛也不全是表演系帅哥美女的阵地。我希望怀揣才华的你们留心生活，"生活中不是没有美，而是缺少发现美的眼睛"，只要你多留心，你会发现身边的美，只要大家敢想敢做，我相信都会描绘出一幅属于自己的绚丽画卷。

大二时,我遇见了人生中对我影响很大的房健民教授。学校很多学院都有本科生导师制的传统,对于每个学生,不仅可以敲开教授办公室的门,和教授一起探讨交流,还可以申请成为"大牛"们的学生,有机会站在巨人的肩膀上,开拓眼界。我记得第一次和房老师见面时的情形,作为分子医药方面的知名专家,房老师向我认真细致地讲解了生命科学研究的意义,用我最能听得懂的浅显语言讲授了复杂的科学道理,在他的指导下,我申请到了上海市SITP创新课题。

生命科学是一门以实验为主导的学科,工作强度很大,需要花费大量时间泡在实验室里。实验操作步骤并不难,但实践操作很费时费力。比如,样品上离心机10分钟一次,一次10多个样品,周而复始下来已是好几小时,这时信心、耐心和责任心就发挥作用了。

大二、大三两年里,我保质保量地完成了预计成果,经历科研的过程,也让我更加热爱我的专业。作为大一新生的你们,有足够的时间发现自己的兴趣,积极探索,为之奋斗。

我热爱生活,兴趣爱好广泛。学习之余,篮球场、马拉松赛场等地方都能看到我的身影。周围认识的老师同学说我是一个能文能武的女生。我参加过两次国际马拉松赛。今年三月,我和一群可爱的朋友重新组建学校女篮,邀请专业教练指导训练,穿上印有"同济大学"的球衣代表学校去复旦大学、上海体院进行球赛联谊。现在,我们正在征战上海市运动会高校女篮比赛,已入围前八,创造了同济女篮十年来的最佳成绩。烈日下,我们跑篮、蛙跳、流汗,挤兑了休闲或逛街时间,因为热爱篮球聚在一起,我觉得生活本该张弛有度,要做一个全面发展的大学生。

在实验室与导师同门的合影

同学们,你可以选择自

同济大学女篮校队合影

己的专业领域、兴趣爱好,你也可以选择各种生活方式,无论你如何选择,一定会遇见志同道合的老师和朋友,我觉得这就是大学最吸引人的地方。他们也是我们大学的收获之一,甚至陪伴我们一生。

  回顾过往同济的三年,我觉得每一阶段都很宝贵。有人说:每天要上八节、十节课很忙,经常要做社团学生工作很忙,还要加入课题参加学科竞赛很忙,一天24小时够用吗?打球活动不怕耽误学习?大一大二我每周的课程也超过40小节,选修的学分已经超过毕业要求,打球不仅不影响学习,反倒让我劳逸结合,而且每年能拿到奖学金,我想这些都得益于早早的规划。"凡事预则立,不预则废"。生活中,我常常为自己设立一些短期和长期的目标,记在笔记本的"to do list"上,然后一个一个完成。"合理安排时间,就等于节约时间。"我会比较好地处理学习、工作、休息时间,达到一种我能接受的相对平衡,这也是我能积极从容地置身各种事务(multi-task)的原因。

  参与、组织、负责的事情多了,你的生活节奏会变快变充实。举一个例子吧,今年暑假,我一边要为去华盛顿大学参加国际生物学年会准备科研成果汇报,一边是我的上海市创新项目正处在结题关键阶段,同时作为队长要集结女篮参加如火如荼的"沪台杯"大学生篮球联赛。那段日子我每天七点起床,凌晨一两点睡,睡觉竟成了一件奢侈的

美国西雅图华盛顿大学生物学年会墙报展示

事情,当我每晚躺在床上,身体是累的,心却是快乐充实的。按照"to do list"一项一项完成目标,取得的成绩,收获的喜悦,不仅让我的简历多了一行行文字,同时见证了我一步步成长。后来在美国开会的海报展厅里,当参会的教授学者很感兴趣地与我探讨交流我的研究时,我觉得这些辛苦和忙碌都是值得的,一切努力也都会获得回报。

坚持不懈的努力,让我离科研梦想又近了一步。在已修完本科学分的基础上,我终于拿到了哈佛大学 Dana-Farber 癌症研究中心的邀请信,不久我就要启程前往波士顿开展毕业设计,我将带着这一阶段的科研梦飞到大洋彼岸去迎接新的历练。

"每天叫醒你的不是闹钟,是梦想!"我把我的"三心二意"与大家分享,希望同学们制定目标,合理规划,抓住机会,珍惜遇见,多经历一些有趣有意义的事情,让我们逐梦的风帆从同济起航。

把勤奋发挥到极致

同济大学2015年优秀大学生报告团 曹 帅
(2015年11月3日)

【个人简介】曹帅,1992年生,中共党员,同济大学外国语学院2011级本科生。在校期间,曾获"国家奖学金""国家励志奖学金",同济大学"学习一等奖学金",获"全国优秀大学生(提名奖)",同济大学"追求卓越学生奖""励志之星""优秀学生""上海市优秀毕业生"等荣誉称号;获"21世纪杯"全国英语演讲比赛同济大学决赛冠军、上海总决赛冠军和全国总决赛一等奖。

大家好,我叫曹帅。今天来,想跟大家分享一下我学英语的故事。

四年前的8月23日,我跟大家一样,在父母的陪同下,提着大包小包,来到了上海。看到的都是憧憬,想到的都是希望,就连早饭吃到的包子,都飘着"为社会主义现代化而奋斗终身"的热气。

但是,第一节外教课,就把我打回了原形。不瞒大家说,从头到尾,只有两句话我完全听懂了。一句是"Good morning!"另一句是"Bye-bye! See you next week."

在同济大学校园里晨读

下课后,外教把我叫住,说"Harry, be more active in class."你们听懂了吗?我当时只听懂了我的名字Harry,剩下的是同桌给我翻译的。

现在想想挺好笑,但当时我真的是非常绝望。每节课都听不懂老师在讲什么,这种状态持续了一个月,终于有一天,我做出了一个改变了我大学四年的决定。那天是周四,课最多,我六点多就醒了,但一直没起床,我就在想:我的这个选择是不是错了?我是不是根本不适合学英语?我的人生是不是从此就永不见天日了?

我睁着眼,在床上躺了一天一夜。第二天早上,四点钟,我悄悄地从床上爬起来,画了一张海报,上面写着"I want to teach you Chinese."五点多,我就拿着这张海报,悄悄地溜到了三好坞旁边的留学生宿舍楼底下,当时非常紧张。结果,等了三个小时,才有人出来。我羞涩地举着那张海报,挡住我的脸,让过往的留学生看。最后,真的有两个讲英语的非洲的朋友愿意跟我学汉语。

一开始的沟通是极其困难的,当时他们的汉语还没有我的英语好。每次见面,他们人手一本英汉大辞典,我拿着一本汉英大辞典。当时,说得最多的一个词就是"this"(翻开词典,我要给他们解释一个词,就指着一个单词说 this)。但很快,他们就发现我是个低级菜鸟,不想再继续了。我给他们发了条短信,"Please, give me another chance."我的真诚打动了他们,每个周末,我都会抽出一天时间,到他们宿舍,用英语教他们汉语。就这样,持续了一年时间。

在这期间,一次比赛激发了我的斗志。那是"21 世纪杯"全国大学生英语演讲比赛。这个比赛从全国各高校开始选拔。当时,英语系要求所有人都要报名参加,但我,没报名,因为我知道自己根本说不了英语。我做了一名安静的观众,从头看到尾,基本上没听懂。但我当时非常惊讶,原来英语可以说得这么流利!我暗下决心:明年,我一定要站在同济决赛的舞台上。这一年吃了不少苦,记得当时为了纠正"this"这个咬舌音(我之前的发音不咬舌,是错误的),我天天在念"this, that, this, that, this is my father, that is my mother, my father and mother went through thick and thin together."每天大量的咬舌,让我在两周之后舌尖肿了,吃饭的时候特别疼。而这,只是遇到的小困难之一。有无数次,在深夜,我望着窗外的月亮,心想:"算了吧,我可能根本不适合学英语,放弃吧。"然后第二天起来,看着穿过窗户洒进来的缕缕阳光,对自己说:"要不再试一试吧,就试这一天,如果还不见效果,就放弃。"就这样,无数次怀疑自己,又无数次不甘心放弃。

一年过去了,"21 世纪杯"全国大学生英语演讲比赛又来了。这次,我主动报了名。顺利通过初赛,又顺利通过复赛,最后,我站到了同济决赛的舞台上。因为不是前两名,所以没法代表同济参加上海赛区的决赛。赛后,我又暗下决心:两年后,我要代表同济参加上海赛区的决赛。

但是这两年,过得比第一年还痛苦。虽然有了不小的进步,但因为我口语和听力起点实在太低,仍然没有什么突破。为了练习听力,我记得当时一下课就跑回宿舍,戴上耳机听英文广播,经常是一听就一两个小时,听得耳朵都疼,但根本听不懂,而且是每天都听不懂,看不到任何进步。有一次,我连续听了快三个小时,除了听懂了反复出现的"turkey"这个词,其他的内容基本上没听懂。三个小时啊,都不知道自己在听什么,我一气之下,拽下耳机,从宿舍的五楼扔了出去。后来气消了,想想还是把耳机捡回来吧。但下楼之后发现耳机不见了。再后来,一次偶然的机会,我得知,那次我唯一听懂的"turkey"这个词,在当时的语境中是土耳其的意思,而我,却把它理解成了火鸡。大量投入时间,换来的却是停滞不前;大量投入精力,换来的却是心灰意冷。我真的累了,我坚持不住了。那天晚上,熄灯后,我钻在被窝里,忍不住哭了。悔恨、生气、自责、委屈、不甘心,百感交集。第二天早上起床

获"21世纪杯"全国英语演讲比赛获上海赛区冠军

后,我来到书桌前,看着那本英语书,迟迟没有翻开。这时候,我舍友刚洗完脸进来,说:"哎,帅哥,昨晚你说梦话了。"我问:"说的啥?没说出啥秘密吧?"他说:"没听懂,你说的是英语。"当时,听到这句话,真的是非常感动。我回过头,重新打开那本英语书,开始晨

"21世纪杯"全国英语演讲比赛全国总决赛获得一等奖

读。就这样,我多次站在"放弃"的悬崖边上感叹人生的无奈,又多次从"放弃"的悬崖边上走开,重新踏上征程。我真庆幸,当时没有跳下去。

两年后,也就是从去年的 10 月份开始,历时半年时间,我从同济的初赛开始,到同济大学决赛冠军,到上海赛区冠军,然后晋级全国半决赛,最后在"21 世纪杯"全国总决赛中获得一等奖,打破了同济大学在此项比赛中的纪录。再加上其他方面的一些成绩,我在毕业典礼上,获得了 2015 年同济大学"追求卓越学生奖"。

我的故事到此告一段落。但"追求卓越"的同济精神没有终点。在座的你们,是同济最新鲜的血液,追求卓越的同济精神,已经开始在你们的血液里流淌。刚来到同济两个多月,有些同学可能像我当初一样,由于家庭和地区的一些限制,在某些方面享受过的教育资源不足,因此在专业课学习上遇到了很大的困难。但不管怎么说,大家经过激烈的竞争,来到了同济,不管现在或今后面对多大的困难,当你想放弃的时候,一定对自己说:再多坚持一天!也许几年之后,站在这里讲故事的人,就是你。

勇气、沉稳与坚持——我的创业之路

同济大学2015年优秀大学生报告团　聂　琪
（2015年11月3日）

【个人简介】聂琪，1991年生，中共党员，同济大学经济与管理学院建设工程管理专业2013级研究生。在校期间曾获同济大学"优秀学生标兵""优秀研究生干部""研会之星"等荣誉称号，并在核心学术期刊发表论文多篇。在读期间，带领团队积极参与各类创新创业比赛，获得"全国研究生移动终端应用设计创新大赛二等奖""'创青春'中国青年互联网创业大赛优秀作品奖""上海设计之都新声主义优秀青年创意人"等荣誉。

我是来自经济与管理学院的13级硕士研究生聂琪。

现今社会是一个大众创业、万众创新的时代。创业之路是一条梦想之路，更是一条艰辛奋斗之路。而我和我的许多好朋友们正在这条路上努力着，奋斗着。今天很开心能有这次机会，和大家分享我在创业之路上的点点滴滴。

首先，想请问学弟学妹们两个问题，你们有想过创业最需要的是哪种能力吗？在大学期间你们又可以为创业做哪些准备呢？

首先，第一个问题，我认为创业最需要的是勇气、沉稳与坚持。

创业需要勇气。

勇于走出第一步，勇于组建自己的团队，勇于扛起这份责任。一个人需要有野

获2015年上海设计之都新声主义优秀青年创意人

心,善于从生活中挖掘任何一个机会。还记得,我第一次创业是在本科二年级期间。当时,对于刚进入大学校园的新生而言,他们都会期待着拥有自己第一台笔记本电脑。可是很多人对于电脑不是那么了解,唯一的途径就是到电脑城购买,买到的电脑却往往不尽如人意,上当受骗的情况也时常发生。当时我正是抓住了这一机遇,希望为学弟学妹们做出贡献,希望帮助他们都买到满意的电脑。因此,我勇敢地走出了第一步,组建了一支电脑导购小团队。当时,我们一方面多次举办了全校范围的电脑购买知识讲座,普及基础的电脑知识,也披露电脑城里面的各种购买陷阱,为大家敲响警钟。另一方面,我们前往电脑城,与一家家商家洽谈,努力寻找着优质的、有良心的、愿意给我们提供帮助的商家。这样子,打算买电脑的新生,我们就会逐一带领着他们到事前联系好的商家,以合理的价格帮助他们买到最理想的电脑。回顾这段时光,每次前往电脑城路途遥远,往往一来回就是半天时间,一个人一个人地带过去,很辛苦,很累,但我也因此收获了人生的"第一桶金",体会到了创业的乐趣!

这段经历,为我之后的创业之路埋下了一颗种子。后来我陆续有过几次创业经历,终于在去年,这颗种子生根发芽了!

在一家小小的星巴克咖啡店里,我约了我的四个好朋友,他们分别是来自同济电信学院、软件学院、艺术与传媒学院、汽车学院的大神,我提议道:"我们都是一群有梦想的人,有实力、更有技术,我们创业吧,创立一家属于我们自己的公司!"他们被我的想法震惊了!但他们信任我,也都愿意把他们宝贵的学生生活贡献给热情与梦想。于是,我们的创业团队微盒 Microbox 诞生了,我们的公司——上海欣盒信息科技有限公司很快成立了。

我们的团队名称——微盒 Microbox,微,取词来自微信的微,微软的 Micro,极致细节;盒,一个紧密的盒子,团结协作。极致细节,团结协作,这就是我们团队的文化。随后的一年里,正是这种精神支持着我们团队的发展壮大,支持我们完成了一个又一个的技术项目,打造了一个又一个的创业产品,同时,也积累了一笔又一笔的财富。

创业也需要沉稳。

参加 2015 年创青春创业大赛

这种沉稳源于你的自信,源于你的真诚。我觉得,与人沟通交流时要自信,敢于用你的眼睛直视对方;与人对话,说话沉稳,话述平缓。

这种沉稳,体现在我成功拿下的第一个项目中。当时,对方是一家专业举办航空会展的咨询公司,与我洽谈的是他们的业务经理,叫 Adeson,从美国留学回来,已经工作近 10 年,而我只是一名刚刚创业起步的在读学生而已。所以那时,我是处于十分弱势的地位,而拿下这一个项目,对于我们团队来说十分关键。很现实的问题,因为如果没有这个项目,那就会失去很大一笔收入,没有这笔收入,团队就会失去稳定。当时,我很诚实地和他说:"我们是同济大学的学生团队,现在刚开始创业,但我们肯定能以最低的成本给您最好的产品。"我的真诚与沉稳或许打动了他,最终我成功拿下了这个项目。事后,我与 Adeson 也成了很好的朋友,后来我问他:"你为什么会愿意把这么一个大项目交给我们呢?"他说:"因为你们值得信任,交给你们,你们会很珍惜这来之不易的机会,如果你们都不值得信任,那外面的公司就更不可靠了。"我想这就是与人沟通的魅力。

创业还需要坚持。

创业,当然更需要坚持,坚持就意味着成功。在这期间,我们团队为政府、企业、院校完成了许多技术项目,有宣传平台,也有功能平台,比如我们经济管理学院的"思溢空间"。在这个过程中,我们成长得很快,积累了财富,但更重要的是,我们对各行各业有了全面的认知,从汽车行业、法律行业、物流行业到教育行业。

我们做了这么多成功的项目与产品,但这并不是我们的最终梦想,我们梦想的创业是可以做一辈子的事业,因此我们一直在努力创造自己的产品,想做一款很长久,可以为整个社会做出贡献的产品。从游戏到应用,再到网站平台,我们一直在努力,在尝试。

我们的第一个产品是一款游戏。它源于各种运动场景,融入了俯卧撑、吊杆等运动元素,还融入了分享经济、金融、社交经济等元素,甚至于如果有足够的经济支持,还可以融入 leapmotion、kinect 等高科技技术,从而用于大型的线下推广,然而它最终还是失败了。我们还有一个产品是一款用于会议会展的定制化手机 App。iOS 与安卓双平台,这款 App 为我们团队赢得了众多荣誉。全国移动应用 App 创新大赛,在北京决赛中我们拿到了二等奖;共青团中央主办的"创青春"创业大赛,我们作为上海市选拔推荐出的 8 支队伍之一进入决赛,很多强大的竞争对手都是已经融资过数千万,进入 B 轮、C 轮的创业公司。现在这款产品仍在努力中,但陷入了融资困境,由于产品本身问题也好还是推广问题也好,或许即将被我们放弃。

大众创业的时代,为创业者服务的创业应该是我们思考的路线,因此我们寻求合作方,新打造了一款为创业企业服务,名为"互联才智"的财务服务咨询平台。现在它已经正式上线,各类财务咨询服务公司陆续在我们的平台上线,我相信它的成功指日可待。

成功,需要勇气、沉稳与坚持。需要勇气,从而走出第一步;需要沉稳,保障公司的生存;更需要坚持,敢于面对失败。

第二个问题,各位学弟学妹们,你们有想过创业吗?为了创业又可以做哪些准备呢?现在,国家鼓励创新创业,咱们同济也有自己的创业谷,为有创业梦想的学子提供优越的条件,创业不再那么遥不可及。

然而,我想说,创业需要勇气,但更需要积累。大学生活,在积累的过程中我一直努力追求着两种感觉,那就是成就感与幸福感。

在学习与学生工作中追求成就感。

在学习与学生工作中,应该去寻求一种平衡。首先,要努力学习,学习好专业知识,然后根据自己的爱好,去学习自己感兴趣的课外知识,最后有余力的情况下,

ICES 同济学生分会

一定要多去尝试学生工作，因为你将结识很多志同道合的好朋友，这将是你一生的财富。就我自身来说，学习是我紧抓不放的，专业排名保持前三。然后，在保证学习成绩的前提之下，我会努力去自学我最感兴趣的计算机知识，从大一起，我就不再有暑假，因为每年的暑假，我基本都在学校的图书馆度过。从自学 Office、PS 等常用软件到各类编程知识都不落下。有了知识的积累，也需要人脉的积累，所以我会积极参加各类学生组织，主动结交很多好朋友，最后乃至于自己也去组建学生组织。因为我觉得，自己牛不算牛，但是如果能号召一群牛人和你一起奋斗，那才是真得很牛。

在发展爱好中获得幸福感。

追求成就感，万万不能忽略幸福感，所以要有自己的爱好。这些爱好将为你带来幸福感，洗涤你的心灵，为你解压。我最大的爱好是篮球与摄影。为了篮球，曾有过两次骨折经历，但我从未放弃过篮球，它一直是我最大的爱好。我另一个爱好，就是摄影，用摄影记录自己的每一个足迹。我曾经背着自己的相机，走遍许许多多地方。去年，从香港到深圳，到广州再到杭州，旅行完后，我的整个人精神状态都恢复到顶峰，充满斗志，也就是那次旅行后，毅然决定创业。说来也巧，也是那次旅行中，在杭州，我收获了爱情。她是我本科同学，由于学生工作认识。一人在杭州旅行，我约她一起欣赏西湖边的一道美景——音乐喷泉。同样十分热爱音乐喷泉的两个人，坚持从第一场看到最后一场，我们因此而结缘，最终走到了一起。很感谢我的女友，因为她给了我太多的理解与支持。所以，大学期间，学弟学妹们，你们一定要努力谈一场恋爱，会收获满满的幸福。

最后我想简短地说一些我对互联网创业的理解，希望能在你们的内心里也埋下一颗种子,希望这颗种子生根发芽,最终成长为参天大树。从 2013 年,B2B 电商平台的创业风潮,到 2014 年,O2O 线上线下的结合,再到今年垂直移动互联网的兴起,再到我现在最看好的 2B 市场。垂直移动互联网和 2B 市场,我认为将会一直是未来几年创业的方向。

创业需要勇气、沉稳与坚持,为创业努力积累知识,努力去追求成就感与幸福感!

生如胡杨

同济大学 2016 年优秀大学生报告团　艾克然木·艾克拜尔
（2016 年 11 月 29 日）

【个人简介】艾克然木·艾克拜尔，维吾尔族，1992年生，中共党员，同济大学测绘与地理信息学院 2016 级硕士研究生。曾获测绘"科技进步一等奖"（序 10），"上海市青年五四奖章""同济大学青年五四奖章""同济大学励志之星"等荣誉。

我叫艾克然木·艾克拜尔，我来自新疆。在家乡那一望无际的大漠戈壁，有一种树叫胡杨。胡杨生而一千年不死，死而一千年不倒，倒而一千年不朽，被我们称为"英雄树"。在我的成长过程中，胡杨的精神时时刻刻启发着我，感染着我。

自力更生，坚定不移。胡杨以大漠戈壁为家，书写着生命的辉煌。面对大自然的不公，面对侵入骨髓的斑斑碱盐，面对铺天盖地的滚滚黄沙，它不怨天尤人，穿破地面，顽强生长。本科刚入同济时我想，在这人才济济、充满挑战的高等学府，我应该如何生存？怎样才能不负她名？胡杨告诉我了答案。大一的学习比我想象中的还要难，我总感觉自己的基础和反应能力比身边同学弱，几乎每节课都给我云里雾里的感觉，难道是自身能力不足？父亲说："用理由填补自身不足的人，注定会变得千疮百孔。"大学是新的起跑线，而这个征程并不是 50 米短跑，更像是马拉松。学海无涯，长路漫漫，需要的

参与"同济大学优秀青年代表五四座谈会"

只是一份恒心、耐心、决心、信心,还有一份淡泊与宁静。有老师说,他的课我这样基础薄弱的同学从来没有一次性通过过,要盯我一学期。我下定决心一定要通过自己的努力攻克这门课。我每节课都坐在前几排,无论那门课多么具有挑战性,我都耐下心从头听到尾,并记录自己的疑点,下课时立马向老师请教。最后一节课他说:"你改变了我对你的看法,希望你能考个好成绩。"我也没有让他失望,最后拿了个良。

看着台下的你们我在想,或许我在大一时的忧虑和困惑现在也出现在了你们的脑海,或许我曾经遇到的困难,现在也正阻碍着你们前行的路。但是我相信,我能做到的你们也能做到,而且会做得更好。在未来的成长中你们肯定会在更大的舞台回首过去,谈笑风生。初来上海,刚进同济,难免有些不适应环境,不习惯新的学习方式,你们应该做的,就是坚定不移,自力更生,靠自己的努力去适应、去开启崭新的大学生活。

不懈追求,挑战自我。在大漠戈壁,胡杨注定一生一世要与风沙对峙,与死寂对峙。但它的骨子里,一刻也没有放弃过对水的渴望,对生的追求。求学之路同样充满着挑战,而对知识的不懈追求是我们前进的动力。本科四年,除了去医院看病等特殊情况外,我几乎没有缺席过任何一门课。临近考试,总感觉自己复习得不够,图书馆闭馆后发现通宵自习室也满了,只好去四平路肯德基开启夜间战斗模

参与"纪念五四运动100周年"系列活动

党小组学习与讨论

式。上天不负有心人,最后的成绩虽然不是非常优秀,但至少对得起我自己,我知道了如何在这个大环境中生存。我要做的不是打败别人,而是战胜自己,只要我第二天比前一天有所进步,那我就成功了。四年本科的学习过程都是这样进行的,我的努力也得到了肯定,连续几年得到了校内、校外不同等级的奖学金,荣获年度"励志之星"、优秀学生干部、优秀毕业生等光荣称号,获得了跨学科推免研究生的资格。在毕业典礼上,我有幸作为优秀毕业生代表,与大家分享自己的成长经历。

不屈不挠,充实自我。胡杨有着极为顽强的韧性和生命力。在地下水充足的情况下,它则利用极其发达的根系,拼命地吸水、贮水,以备旱时之需,所以它们郁郁葱葱,充满生机和活力。学习工作之余,我热爱音乐,我爱写歌、弹吉他,在音乐中我学会感受生活的美好,珍惜身边的所有;学生工作增进了我与同学们之间的感情,让我有机会和同学们一起努力,共建美好的大家庭;创新实践使我基于问题学习、在实践中进步,让我明白如何融会贯通、如何在实践中证明理论,如何做研究;在党支部,我们指点江山,激扬文字,探讨疑难,共同提高。

无私奉献,坚韧不拔。胡杨虽然历经沧桑,但它用尽身上的每一滴血,绽放着绿色,毅然决然地扎根于祖国西部的亘古荒原,以自己的伟岸和苍劲,装扮着浩瀚沙海。胡杨如此,我心亦如此。纵然长路漫漫、崎岖艰险,但信念不变、定会勇往直前。

如今的我成为同济这个大家庭的一员已经八年多,作为一名同济测绘青年党员,我时刻坚守初心,砥砺前行,把学习作为终身追求和习惯,坚持多钻研、多实践,自律自信自立自强,以良好的生活作息,较强的时间观念,端正的工作态度,扎实刻苦的努力,每一天争做更好的自己。虽然已不再担任学生职务,但我依然尽心尽力在集体中发光发热。在导师的指导下,我参与了国家重点研发计划项目课题研究工作,提升了自己的知识运用能力及问题分析能力。先后参加了多个国内、国际会议和论坛,以口头汇报或海报的形式分享了阶段性科研成果,通过与国内外同行和前辈的学习和交流,实时跟进学术前沿,更好地引导和促进了自己的研究。

研究生教研室党建活动——访嘉兴南湖,悟"红船精神"

马克思说:"如果我们选择了最能为人类福利而劳动的职业,那么,重担就不能把我们压倒,因为这是为大家而献身;那时我们所感到的就不是可怜的、有限的、自私的乐趣,我们的幸福将属于千百万人,我们的事业将默

交流分享,拓宽视野,跟进前沿

默地,但是永恒发挥作用地存在下去"。能让专业成为自己的职业,这是我所渴望的,因此我定会倍加珍惜眼前的机会,坚守初心,在这个研究领域潜心攻关。

我希望有朝一日,自己能以一名科研工作者的身份,扎根祖国大地,为科技强国挥洒青春汗水。我知道一个人的力量有限,但我希望有朝一日可以自豪地说:"我为自己的梦想奋斗了一生。"我坚信,让理想实现的唯一途径就是勤奋加科学。

生命不在于日短夜长,而是每个章节都要尽显英雄气概,尽显精彩和辉煌,都

要活得筋骨铮硬,都要活得凛然豪放。胡杨的精神,永远会激励我英勇顽强,永远会激发我挑战苦难的勇气,让我充满战胜命运的力量。潮起潮落,春去秋来,梦想在那天地之间。纵然山高路远,纵然崎岖艰险,曾经的理想少年,依旧带剑走天边,揽骄阳皎月,踏澜海重山,驶向那梦想的彼岸。

追求卓越,铸就卓越

同济大学2016年优秀大学生报告团　李　垚
(2016年11月29日)

【个人简介】李垚,女,1993年生,中共党员,同济大学土木工程学院2016级硕士研究生。在校期间,曾获"同济大学追求卓越奖""国家奖学金""国家励志奖学金""上海市优秀毕业生"。曾为全美土木工程大学生竞赛同济代表队队长,在美斩获总分第一的好成绩。

我来自土木工程学院,是2016级岩土工程研究方向、一名土生土长的同济人,姓李,名垚,三个土的垚。说到这里,也许你会觉得,此刻站在大礼堂舞台介绍自己的学姐当真是个土土的土木人。恭喜你,猜对了一半,因为接下来我想跟你们分享的故事,正和"土"有关。谈谈我从飘忽不定的尘埃到默默无闻的土壤,再积土成山,一路追求卓越的故事。每当我在纸上写下我的名字,都在将这个故事重述。

提起土,大家会想到什么?是承载万物的生灵大地还是充斥荒芜的漫天黄沙?其实,提起土,无外乎就是这两种,不是土壤,就是尘埃,就好比人的生活状态,要么脚踏实地,要么浮躁轻飘。而我,恰好两种状态都经历过。

初来同济,那时的我,如一粒尘埃,没有方向,漂浮虚渺。

为什么这么说?在给出

获"同济大学追求卓越奖"

我的答案前,我想先问大家一个问题,刚来到大学的你们有没有偶尔觉得,大学太大了,大到让你害怕?你们曾经都是各自学校的佼佼者,而在这里,过去的光环瞬间退去,身边的同学都太厉害了,而自己简直一无所长。我原本想做一个现场调查,但上周刷爆朋友圈的"我上了985/211,才发现自己一无所有"的帖子告诉了我答案,原来,成长是我们共同需要面对的话题。

与大家比起来,我的起点可能更低,但我逐渐走出了这种迷茫与不安,接下来让我分享尘埃落地的故事。

2012年,我经受父母分离的打击,历经复读的背水一战,来到同济大学。当时的自己,在课上聆听专业大牛传道授业,在食堂门口领取各大活动宣传单,在迎新晚会上享受视听盛宴。我迫切想融入其中,我想像学长学姐那样,在这里汲取营养,在这里丰富自己。然而,事实并不如人意,没有一张入场券垂心于我,各大组织不断给我发来一条又一条的"抱歉"短信,甚至是二选一的学习委员,我也落选。与此同时,学习方面也不如意,尽管我很认真地做高数作业,但正确率还是完败给了边刷剧边做题的室友,由于没有太多兴趣爱好,说话笨拙,几人行时我总是很难插上嘴。那个时候,自卑的情绪一直笼罩着我。我曾以为,只要一直跑一直跑,就能跑出理想的成绩。这支撑着我一直跑到同济,但来到这里,我发现,无论我怎样努力,都无法追赶上他人。我觉得自己就是一粒无足轻重的微小尘埃,没有目标,没有方向。

然而,我并没有如尘埃般悬浮很久,因为我心中残存一丝信念,如果上天没有把你想要的给你,因为他要把更好的留在后面。

我特别同意这样一句话,一个人达到的高度不是看他现在的高度,是看他在原来的高度上又前进了多少。

从前,我常常和别人比较,现在,我要和自己比,明天的我要比今天的我更好。于是,过去那颗漂浮不定的尘埃便落了地,我决定要脚踏实地,深深扎根在同济这片土壤上,汲取营养。

学习上,也许我智商不如他人,我便优化学习方法,投入更多的时间。每天我都六点半起床,晨跑,晨读,再去上课。刚开始,会很困,我就用力掐自己来缓解困意。此外,我几乎每晚都泡在图书馆。即使是假期,同学都出去玩了,我也在学校学习。在这样的坚持不懈下,我大一的平均绩点位列学院第一。除了学习,我还希望能够看到更加全面发展、更加完善的自己。学弟学妹们,你们能够想象吗?此刻在这偌大的大礼堂前与大家分享的我,曾经是那么害怕当众发言。是什么改变了我,是超越自我的信念让我迈出去,并一步步坚持下来。那个时候,学院组织了新生辩论赛,我很想参加,但又很害怕。虽然很害怕,可我转念一想,若是现在不用力去追,以后永远不会有机会,大不了就是丢脸,你这么渺小,谁会在意你呢?于是,我厚着脸皮报名了,有幸进入了院辩论队。此外,我也几乎抓住每一次课堂发言的机会。慢慢地,我发现自己没有以前那般胆怯,自己当众发言的能力也有所提升。

这便是我从飘忽不定的尘埃到脚踏实地的"土"的转变,超越自我的故事。

既然是追求卓越的故事,也许你们会问,那到底什么是卓越?是优秀吗?

这里,我就想从我的名字"垚"说起了。我的名字"垚",在字典里是高山的意思。听到这里,你可能就理解了,所谓积土成山,大抵就如我的名字一样。

在我眼里,卓越不仅是优秀,更是不断积累,不断向上的过程,这是一个没有终点的过程。就算是珠穆朗玛峰,其高度也在不断增加。有位叫吉姆·柯林斯的美国人,写过一本名叫《从优秀到卓越》的书,他在书中这样解释"卓越",他说:"任何一个从优秀到卓越的跨越都要时刻关注自己的发展轨迹,不断追求更高的表现和更大的影响。无论你已经取得了什么样的成就,与你可能达到的最佳状态相比,始终有所不足。因此,对卓越的追求本身是个动态的过程。"我十分赞同他的观点,我认为,正因为有了向上冲的状态,才有了霄拔巍峨的结果,也正因为有了不断追求卓越的理念和过程,才有了最后出类拔萃的卓越结果。

参加华东地区结构设计邀请赛

获得 ASCE 杰出学生领袖奖

我想再给大家分享几个我自己的故事。刚转到土木学院时,偶然看到了全国大学生结构设计竞赛的选拔通知,我便立即报名参加了,幸运入选。我深知机会不易,几乎整个暑假都待在土木楼里做模型,每日与木头和胶水为伴,虽不是正式队员,但我最终见证了时隔近六年,同济队员重新站在全国赛一等奖领奖台的时刻。此后,我很想以一名正式队员的身份为校争光,于是我勇敢地报名参加了华东地区结构设计邀请赛。这一次,我成为正式的同济队员,同济队时隔近十年重新站在了华东赛一等奖的领奖台上。

从那以后,我也不断感受到自己积淀、努力的成果。大一时,我几乎在所有的面试中失利;大三时,我成为了 ASCE 同济学生分会主席,带领分会第一次获得 ASCE 年度最杰出国际学生分会荣誉,我也获得了 ASCE 杰出学生领袖奖。

在美国参加比赛

大一时，上海是我去过最远的地方；大四时，我成了全美土木工程大学生竞赛同济代表队队长，在异国他乡，我们总分第一名，多个单项刷新纪录。从年级第一到分会主席，从国际辩论赛场到垃圾填埋场，从竞赛中单枪匹马到团队折桂，从专注自我发展到带领集体斩获国际大奖，每一次转身，我都拼尽全力，每一次谢幕，我都在不断超越自己。2016年本科毕业时，我有幸地获得了"同济大学追求卓越奖"，在同济大学毕业晚会的舞台上接受颁奖。

亲爱的学弟学妹们，你们来到同济已一月有余，相信你们经常听到"卓越"二字。今天报告会的主题是"同舟领航，追求卓越"。我们的老师、家长对大家寄予厚望，也一直在经营和完善卓越人才培养模式。为什么？因为，我们的定位就是未来的专业精英和社会栋梁，在这样的氛围下，我们有什么理由不追求卓越、不主动去铸就卓越？

也许，此刻的你还觉得自己不够优秀，不出类拔萃，甚至你还会时常为自己犯的错误而懊恼，但你要知道，此刻站在这偌大的礼堂与你们分享大学四年经历的学姐当初那般渺小自卑。所以，请你一定要记住，尘埃要归于泥土，卓越定扎根平凡。作为一名同济学生，作为一名同济人，我们有能力去实现自己的人生价值，有责任和使命为社会做出卓越贡献。让我们不忘初心，砥砺前行，超越自我，追求卓越！

为自己所相信的、所爱的、所好奇的去奋斗

同济大学 2018 年优秀大学生报告团　瞿昕宇
（2018 年 12 月 4 日）

【个人简介】瞿昕宇，1992 年生，共青团员，同济大学电子与信息工程学院 2014 级博士研究生。曾获得 2016 年"微软全球室内定位大赛冠军"，并于 2018 年再获该比赛"精度第一"。2018 年在学校和导师的支持下，与实验室团队自主创业，将实验室成果产业化，成立上海导展智能科技有限公司，并担任 CEO。获得第四届中国"'互联网＋'大学生创新创业大赛全国金奖"、2018 年首届"高校创新创业创造教育精品成果展一等奖"等国内外奖项，并担任"首届中国国际进口博览会"全馆定位导航系统建设、"智慧鸟巢工程"位置服务建设等重大项目的学生总负责人。在将实验室成果成功产业化的同时，始终心系社会弱势群体，投身于城市无障碍建设，提出"数字虚拟盲道"的创新理念，并已应用到了多个城市无障碍建设项目中，帮助视障人士独立走出家门，融入社会。

相信很多同学都知道，刚刚过去的 11 月，一场全世界瞩目的盛会在上海举行，那就是首届中国国际进口博览会。我们同济有超过一百多名学生作为"小叶子"的一员加入了进博会志愿者的行列。我也有幸参与了本届进口博览会的建设。和其他院校不同的是，我们同济被赋予了一个特殊的使命——在进口博览会期间为所有展商

在同济大学 2018 年优秀大学生报告会上的演讲

和观众提供室内外定位导航系统。这款由我们自主研发名为"导路者"的全球首例超大型场馆室内外导航系统是本届进博会最大的技术亮点之一,有将近 20 万人次国内外展商观众使用了我们的系统。借助这个世界性的舞台,我们向全世界展示了我们国家的科技创新力量和一

进博会系统截图以及用户使用

流服务水平,从而进一步提升了我们国家的国际影响力和美誉度。我作为该系统的学生负责人,能够承担如此重要的任务,在无比骄傲的同时也感受到了巨大的压力。

我是 2010 年进入同济大学电子与信息工程学院开始读本科,2014 年直博进入我的导师刘儿兀教授的团队。现在已经是我在同济的第九年,可以说把青春都奉献给了同济。我刚入学时我们团队已有一套基于磁通信的深穿透通信设备,它结合室内定位技术,主要用于煤矿的应急救援和安全巡检。后来想着,这个技术是不是只能用于煤矿呢?通过各种调研发现,通信技术确实在别的行业有一些需求,而室内定位更是一个非常大的蓝海市场,人们每天都用得到。举个例子,平时我们约某个朋友去哪里见面,我们常常会在微信上把位置分享给对方,这样对方就可以根据我们分享的位置直接通过导航找到我们。但是大家有没有发现有一个问题,我们分享的这个位置只能具体到某一个场所比如商场门口,但是如果我们是在这个大礼堂里,你是没办法把当前你所处的具体哪一排哪个座位通过微信位置分享给对方的。因为像微信、百度、高德这样的一些系统,主要利用 GPS 定位。GPS 在室外很好用,但室内有建筑物遮挡,就没办法正常使用。目前市场上所有室内定位解决方案成本非常高,而且精度、稳定性也无法满足人们日常使用,导致了室内定位导航一直是个盲区。所以,我就特别希望能够开发一套系统,和室外的百度、高

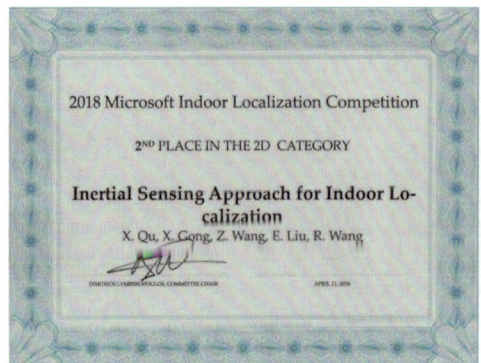 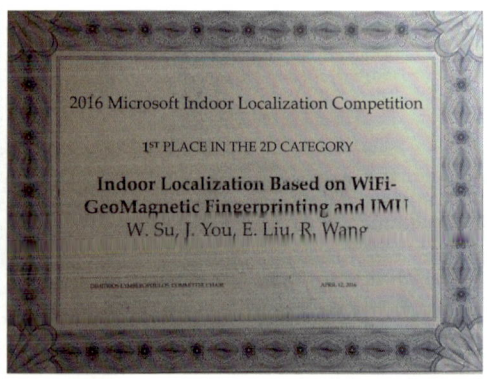

微软全球室内定位大赛获奖

德一样好用,只要拿起手机就可以轻松在室内实现定位导航。

所以我们从 2015 年下半年开始自主研发室内定位技术,并且将其命名为 DWELT。那个时候我们还报名了 2016 年 4 月在维也纳举行的微软室内定位大赛,该比赛代表了业内的最高水平,参赛队伍都是全世界顶尖的高校和企业。我们还是有一定压力的,不能走出国门丢脸吧?所以那段时间所有的假期包括春节,我们基本不过或者只过一半。整栋学院楼里,有时只有我们几个人在来回走进行大量的测试,保安师傅有次还把我们当成半夜伺机而动的"可疑人物",问了一系列的哲学问题——你们是谁,你们从哪儿来,你们要到哪儿去?当然我们的付出也没有白费,首次参加比赛,我们也算是"初生牛犊不怕虎",最终凭着一股不服输的气势获得了 2016 年微软室内定位大赛的冠军,这也是中国团队首次夺冠。

获得这个荣誉后,我们总算松了一口气,想着得了这种世界级的权威大奖,未来那肯定一片光明了。接踵而来的媒体采访,铺天盖地的新闻报道,让我们有点飘起来了,觉得要走上人生巅峰了。那段时间,我们每天见面开发也不做了,就是围在一起做白日梦。会想想以后公司股份怎么分,更过分的是,想着万一公司以后上市,我们财务自由了,成了传说中的人生赢家富一代了,那以后咱们富二代的孩子怎么教育呢……但是理想有多丰满,现实就有多残酷。当我们想将 DWELT 产业化的时候才发现,实验室的成果离商业应用还有很大距离。我们发现,即使在某些环境之下测试效果很好,但换了一个环境或者换了一部手机就又有新问题。而且问题层出不穷,千奇百怪。白日梦醒,还是投入疯狂的测试和优化中吧。那时也有很多厂商会由于我们得奖,过来谈合作。虽然在后期,演示效果都很好,厂商也都很满意,但是由于缺乏一些商业运作的经验,所有项目都渐渐没有了回音。像这样就会觉得特别挫败,之前还在幻想各种走上人生巅峰的情景,但是现在呢,什么都没有。现在想来还是觉得那会特别不容易,要不是团队兄弟姐妹一直相互鼓励打气,恐怕早就放弃了。今年年初起,我们的坚持终于有了回报。国家会展中心邀请我们参与公开评测,主要是为了进博会的定位导航服务。同时,我们也得以为视障人士提供服务,让他们即使没有人陪伴也能出行无忧,去感受社会。国家体育场也就是"鸟巢"也找到我们,希望能使用我们的系统。很荣幸,我们是继张艺谋团队之后,国家体育场主动出面邀请参与鸟巢建设的第二个团队。当然还有其他很多的项目我们都成功接下,也从中学到了很多经验。可以说,DWELT终于不再是营养不良、永远长不大的孩子了,终于可以带出来和大家见见面了。

进入2018年,我们最重要的项目之一是为进博会提供位置服务。我们4月参与公开测评,5月竞标,7月中旬开始驻场建设系统,时间还是非常紧的。在4月公开测评时,我还有几天在葡萄牙参加2018年微软室内定位大赛。这里还有个小插曲。我们在申请葡萄牙签证时被拒签了。很可惜,这个时候离比赛只有一个多礼拜了,不可能成行了。知道这个消息,其实我们也动摇了一下。为什么呢?毕竟我们16年拿了冠军,已经是巅峰了,不可能比这个再好了。我们经常会说,见好就收。但是又好好想了一下,整整两年过去了,可能有更多团队有新的技术可以交流,帮助我们去拓宽一下思路。更重要的,DWELT在这段时间获得了翻天覆地的变化,算法逻辑和性能获得了质的提升。我对DWELT还是充满信心的,也想让它能够再次在世界舞台上和其他技术PK一次,看看具体现在是个什么水

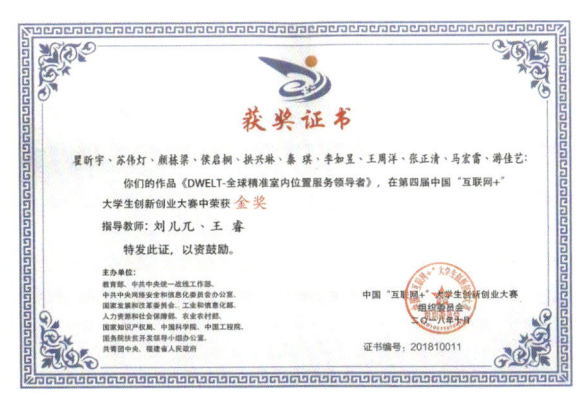

第四届中国"互联网＋"大学生创新创业大赛全国金奖

平。4月,DWELT在微软室内定位大赛获得了精度第一的成绩,又一次在全世界同行面前证明了我们的实力。同时团队也在公开测评中远远领先其他竞争对手。5月开始,我不仅仅在准备国展的项目,同时也还在准备第四届中国"互联网+"大学生创新创业大赛,包括校赛、上海市市赛和全国总决赛。这期间的压力和辛苦,是来自多方的。国展的项目负责人知道我不仅要出国比赛,还要参加周期如此长的创业比赛,可把他给急坏了。我记得在葡萄牙参赛的时候,由于有时差,每天早晨醒来打开手机,第一条看到的永远不是来自家人的问候,而是:"瞿博啊,你什么时候回来啊,这里没有你不行啊。"

我也是第一次感受到自己竟然会如此不可或缺。但是他的压力我们所有人都能理解,进博会的确是一个光荣而又艰辛的任务。这个项目很复杂,需要制作非常大且精细的电子地图,很多功能都需要一遍又一遍地测试和优化。同行做这样类似的项目,两至三个月只需要完成我们1/3的工作量,还有大量的时间可以进行优化和测试。而我们呢,只有一次机会。这是一个太重要的盛会了,如果我们的系统在进博会期间出了任何问题,是要被全世界耻笑的,所以压力非常大。而且国展真的太大了,整馆走一圈有4公里,还有两层展厅,采集数据、测试我们的系统等需要走的路非常多。我个人几乎每天都是超过3万步的行走步数,走得我脚疼不说,还整整磨破了三双鞋。鉴于这段时间的经验,我觉得干这行的可以将鞋列为易损耗品了。

由于后期实在太赶,我只能经常熬夜通宵,所以在办公室弄了个床,项目冲刺阶段就以国展为家。在项目期间的节假日,包括国庆节和中秋节,虽然我家在上海,也没能回家和家人团聚一下。中秋节晚上,我妈给我拍了

在首届中国国际进口博览会上介绍同济
自主研发的"导路者"定位导航系统

一张一大家子聚在一起吃火锅的照片,里面唯独没有我。其实我心里还是很难受的,明明就隔了一个小时的路程,但是就是因为各种原因,或是测试或是汇报,没法回去和他们一起简单吃个饭。家里老人甚至都已经有快半年都没有见到我了。那段时间觉得真得很对不起我的家人,很惭愧。幸好最近有一些时间可以陪陪家人了,我爸在我回去时还吐槽我,问我这么久没回,今天回来有没有迷路呢。听到这个,我一下子就说不出话了。

进博会开始前的倒数两个礼拜,压力和任务越来越重,不仅仅是家没法回了,连想家的时间都没有了。所有人都是处于一种非常紧绷的状态去测试和优化,每天睡眠时间不超过 3 个小时。即使这样,测试和开发的人手都有点不足了,没法完整地测试每个地方,并且进行相应的修改和优化。这时候,真的特别感谢我们同济的各位老师和志愿者同学们。他们对我们团队提供了无条件的支持,穿着印有导路者 LOGO 的黄色马甲,天天帮助我们测试系统,在场馆中走遍了每个角落。每

进博会项目现场同济大学团队部分成员合照

天两三万步可能都是小数目，还积极反馈了大量的系统问题。在最后项目交付时，我们为时任上海市市长应勇、商务部副部长王炳南先生演示了系统，结束后应市长拍着我们的肩膀说：非常好，进博会就看你们了。这是我们所有同济人的努力，由衷地感谢各位的付出。

回顾我在同济的这八年，尤其这几个月以来的经历，我觉得能够扛住如此多的压力，同时完成很多看似不可能完成的任务，靠的就是对于 DWELT 的热爱，知难而上的决心，以及对周围一切的好奇。总会好奇过程中的困难究竟有多大让这么多人放弃，好奇最终做出来的结果会是如何，又会是什么水平，更好奇其他人看到又会如何反应。所以，只要各位同学能为自己所相信的、所爱的、所好奇的去奋斗，不轻言放弃，我们永远也不会孤独，一定能找到志同道合的人，我们一定能成为我们所期望的那样优秀的人！

尽情挥洒汗水,你永远想象不到自己能走多远

同济大学2018年优秀大学生报告团　王姣灵

(2018年12月4日)

【个人简介】王姣灵,女,1996年生,共青团员,同济大学体育教学部2018级体育学硕士研究生。曾任同济大学攀岩社社长、攀岩队队长,在校期间多次参与学校体育竞赛及活动筹办,并在多项国家级、省部级比赛中获得荣誉,曾获第十五届"全国大学生攀岩锦标赛甲A女子组难度赛第二名""上海市第十六届运动会攀岩比赛(高校组)女子难度赛第一名"等荣誉。

我是来自体育教学部的研一学生王姣灵。其实我和代队长都不是体育生。我本科是同济法学毕业的,现在只是将自己的专业和兴趣结合起来研究《体育法》。

刚才大家也看到了,我与体育的缘分,是从攀岩开始的。作为现任的攀岩队队长,我第一次接触攀岩,其实也是机缘巧合。小时候我想爬山,可惜上海佘山只有99米;想爬树爬墙都被遏制了,直到进了大学,刚好看到大一体育有这门课,就选了这个看起来很酷的运动。

亲身体验后,我才发现了自己的巨大劣势。你们心目中的攀岩者是什么样的?身高、臂长或许是必备条件吧?可看看我,一样也没有,唯一优势就是比较轻灵。很多人触手可及的支点,我非得跳过去才够得着,这对力量和技巧的要求就更高了。

在同济大学2018年优秀大学生报告会上的演讲

训练出腹肌

因此,我锻炼出了六块腹肌,一次能拉十来个引体,恐怕不比在座很多男孩子差。这几年攀岩社的熊孩子们,在海报或推送中总喜欢用这张图。所以经常有新成员问我:"你这是怎么练的啊!"

其实刚开始攀岩的时候,我的力量也很小。后来下决心改变自己,就和一个队友一块练,每天拉 100 个引体,分 10 组,每组拉 10 个。起初,单凭自己的力量我一个也拉不起来,只能靠队友托举辅助我。有一次回学校晚了都晚上 11 点了,很想不练了,但还是把队友约了出来,在漆黑的篮球场又默默做了 100 个引体。两个月之后,我一次就能拉 10 个了。如果没有队友的支持,如果轻言放弃,就没有今天的我。

要说攀岩教会了我什么,不光是技术,最重要的是给了我迎接挑战的勇气与渴望成功的希冀。勇敢地尝试,不懈地坚持,我们就能离成功近一点。

也有人问我,你们攀爬的岩壁这么高,角度这么大,你们不害怕吗?恰恰相反,最初接触攀岩,我们也会因为害怕坠落,在岩壁上四肢颤抖,紧抓支点不敢松手。为了克服怕高的天性,我们会反复练习动态蹿跳动作,或者故意在高处感受长距离的冲坠,甚至蒙着眼睛训练。为了让我们更放心,更勇敢,教练有时还会给我们保护。经过一次次的突破极限,我们都成了攀岩上的勇士,甚至连生活中的困难在相比之下,也显得微不足道。其实,我们不是因为不害怕,才会去攀岩,而是在攀岩中,越来越成长得无所畏惧。

我还坚持跑过 10 公里,也参加过一天骑行加跑步 36 公里的户外赛。在座如果有酷爱马拉松的同学也许会觉得这没什么,但我至今忘不了第一次跑 10 公里的经历。那时都不知道终点在哪里,只是想跟上别人的脚步。想着身边有人陪着跑,身后还有人在追赶,不知不觉就跑完了全程。坚持,你永远想象不到自己能走多远。

攀岩队日常训练

我也非常感谢我的教练——李春华老师。她是攀岩世界冠军,曾多次打破世界纪录。她常跟我们说,1999年她开始接触攀岩时,连攀岩鞋和岩壁都没有,都是自己锯了木条钉在墙上,或者在砖墙上凿出坑来训练。还有我们的学长学姐,在当年学校岩馆初建时,连定线的电钻都没有,只能用扳手一个一个拧上了我们如今攀爬的每一个支点。如今有了这样的条件,还说什么训练苦。那又有几个人练哭过、练吐过?前不久国庆假期的集训,我就练吐过。那时为备战上海市运动会,最后一天特意增加了速度耐力训练,一条速度道需要以冲刺速度连爬八次一组。明明已经够多了,我还偏不服输,自己主动爬了12次一组。练完第一组,我就吐了。也想过放弃,但我是队长,不能放弃!

我们千千万万的汗水也没有白费。这几年,我们在上海乃至全国的比赛中,取得了很多成绩。去年我们有两名队员和教练一起代表上海市参加了全运会。前年和今年,我们都有队员作为国家大学生攀岩代表队的成员,参加世界大学生攀岩锦

获2017年第十五届全国大学生攀岩锦标赛甲A女子组难度赛第二名

第二届世界大学生攀岩锦标赛上国家大学生攀岩代表队合影

标赛。作为普通学生,我们能通过课余时间的努力训练,站上世界舞台,也为学校争了光。

和攀岩队在一起,除了参加的最高级别的赛事,还有很多经历令人难忘。左图是2017年5.20时拍的,当大家都在欢度学校的110周年校庆或者和恋人在一起的时候,我们正在艰难地打下一场重要的比赛。比赛结束后,我们将赢得的一块块奖牌摆成了"TJ110"(同济110)的形状。在这个特殊的日子里,既是给学校表了白,也是给攀岩表了白。我们是真正将攀岩当作了此生的挚爱。

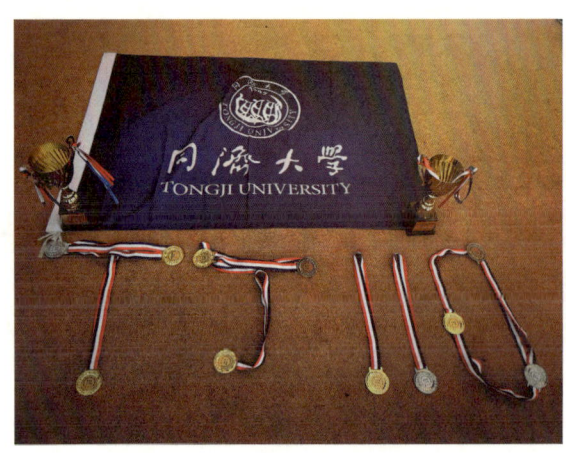

同济大学攀岩队在2017上海市大学生
攀岩锦标赛中获得多枚奖牌

如今，作为一名体育教学部的学生，我也很感谢学习之余有这样一件热爱的、坚持的事。回想起去年跨专业考研，作为社长和队长的我，所有事情都挤在一起了，压力特别大，也曾哭过，但现在回头看，学累了就去训练，在攀爬中舒缓心情，还是很庆幸没有放弃。我们的队伍中，还有很多远在嘉定的队员，为了训练经常往返四平路校区和其他经营性的岩馆，为了节省时间，把漫长的辗转奔波也利用起来学习。因为有喜欢的事物作为动力，也就更加珍惜时间，合理安排时间。所以，学习累，作业多，都不是大家不运动的借口，能够协调好学习、实践、健康，等等，才是真正的强者。

攀岩比赛中

这是我攀岩的第五年。山，用以征服、跨越，把险阻踩在脚下，我们勇敢，我们是同济攀岩。欢迎大家加入我们！

以蝼蚁之行,展鸿鹄之志

同济大学2019年优秀大学生报告团　德丽亚·克孜尔
(2019年12月10日)

【个人简介】德丽亚·克孜尔,女,哈萨克族,1997年生,同济大学机械与能源工程学院2016级本科生。本科期间,在学习上追求进步,GPA从大一入学的3.0提升到大三下的5.0,曾获同济大学"优秀学生""国家励志奖学金""全国大学生节能减排社会实践与科技竞赛一等奖""'挑战杯'校内赛特等奖"等荣誉。

我是德丽亚·克孜尔,来自机械与能源工程学院能源与动力工程专业。总结这三年半的时光,可以说就是一个最平凡的孩子,一步一步成长的故事。大概只有三件事,从3.0升级到5.0,从参与者升级到带头人,从本科生升级为准研究生。

我生长于祖国的最西北,2016年,以当地高考状元的身份考入了同济大学。于是,头顶着"全村希望"的光芒,第一次走出家乡,坐了三天两夜的火车,来到了"魔都"。很多同学一听说我是新疆的哈萨克族,就跑来问我:"德丽亚,你们新疆人真的是骑马上学吗?"我淡定地摆了摆手,说:"当然不！我来上海可是骑了整整两个月的骆驼呢。"

然而,"全村希望"的光芒没有持续几天,我就被大一的课程"吊打"了。当年,高数对于我而言是最困难的。上课时,脑子和手没有一个能跟上的,下了课都不知道自己的笔记上写的是什么。其他的课程也好不到哪

在同济大学2019年优秀大学生报告会上的演讲

里去,计算机更是连开机键在哪里都不知道。期末考试的时候,持续熬夜,担惊受怕,心理和身体都非常疲惫,基本是一边哭一边学习。

就这样,挣扎了整整一年,我以 3.0 的绩点结束了灰色的大一。听到这里,你们想不想知道,老学姐我,是怎么从 3.0 升级到 5.0 的呢?

现在回过头来看,这个升级过程是循序渐进的,既有心理状态的调整,也有学习方法的改进。

大一的一整年,我几乎每时每刻都在怀疑自己是不是根本没有资格来到这所学校,为什么偏偏就我这么差劲?于是,我开始疯狂地折磨我的老母亲,天天打电话抱怨,说我高数不会、计算机啥的也都不会,我太难了,活着好没意思。起初,她想尽一切办法安慰我、鼓励我,直到有一天,我的母亲实在是被我说烦了,就气急败坏地吼道:"我辛辛苦苦把你养这么大,你就因为自己学习不好,就不活了吗?那干脆,不要上学算了!"当时听了这句话,眼泪就跟决堤了一样,哗哗地流。虽然嘴上不承认,但是挂了电话,却一直在问自己:是啊,我们上了那么多年学,究竟是为了什么呢?难道就仅仅是为了考试考个第一吗?

后来,我渐渐就想明白了,受教育的意义在于让自己变得更通达、更优秀。你是当地的状元,到了同济可能就是最后一名,和别人比较永远是没有尽头的。

所以,我接受了自己就是个普通人的现实,并根据自身基础薄弱这个事实,制定了两步走的新目标。大二一年,成绩要先达到 3.5 这样一个中等水平,同时,尝试着参与一些课外活动;大三一年,成绩要争取达到 4.0,最好能参加一点比赛。

于是,大二的时候,为了找到正确的学习节奏,就找了之前的"学霸"舍友,成为了人家的"小跟班"。白天一起上课,放学了就相约图书馆。上课的时候,有哪里听不懂了,就赶紧划一划,下课了找机会问她,争取听课就能听懂 80%。做作业的时候,设定时间,强迫自己不要像大一那样闷头苦想,琢磨二十分钟还想不明白的,就去问人,保证每门课都能按时完成作业。这样一年坚持下来了,上课能听懂,作业会做,绩点自然就达到了 3.8 的平均水平。

在科创活动方面,大二初到嘉定,因我主动报名、表现积极,成功入选了导师的大学生创新项目团队。这也是我大学生活的重大转折,一来增加了我对专业的学习兴趣,二来也提升了自己的综合能力。

　　自从参与科创,我和导师、同学们有了很多的接触,看着导师团队不断地设计新的产品、做出很多开创性的工作,我对专业的兴趣日益浓厚,更加坚定了学习目标。学习上有困难的地方就和老师、团队的同学交流,他们的观点和思路让我非常受用。大二的暑假,我们的创新项目团队参加了全国大学生节能减排竞赛,一举夺得一等奖,这是我大学第一次拿到的奖项,我备受鼓舞,更是冲劲十足了。

　　由于大二一年的进展比预先设置的目标更好,因此,大三一年,我的学习目标就更新成了从 3.8 奔向 4.5。大概分成两大块:平时争取扎扎实实地明白基本原理,掌握重点题型,上课多回答问题,给老师留下好印象;期末复习的时候,积极参加答疑,了解可能的出题方向。我自己还不太会提问,就竖着耳朵听那些"学霸"都问了哪些问题,赶紧掏出小本本记下来。这样平时加上期末的努力,得优的课程越来越多了。到了大三下,竟然实现了 5.0 的满绩,成了"小五姐"。

　　同时,大三这一年,我开始担任创新项目团队的队长以及学院学生会的副主席。从原来活动的参与者变成了带头人。角色的转变,给普通的我带来了不小的挑战。此时不再是自己单独完成任务就行,而是要协调整个组的工作分配。在紧

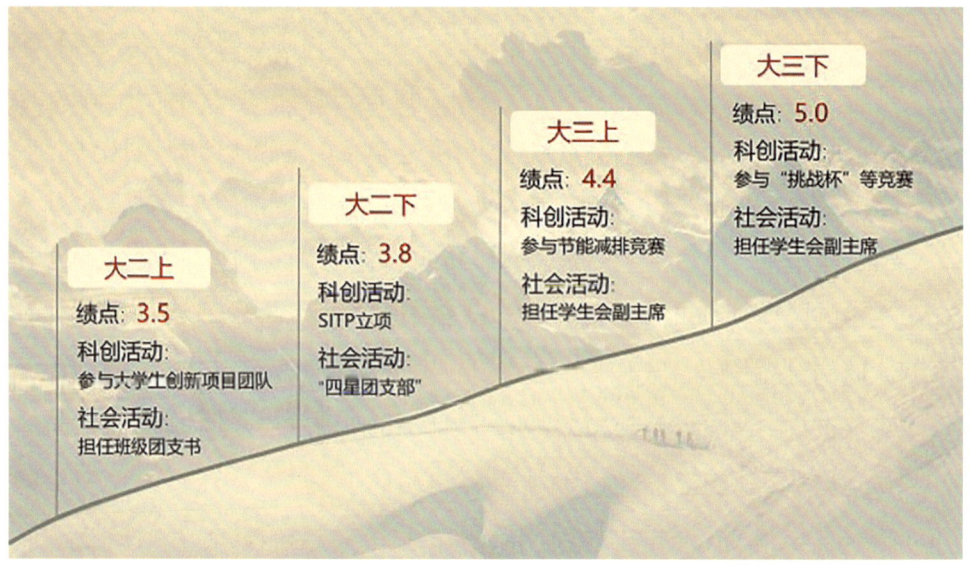

本科阶段的成长与收获

锣密鼓地进行备赛训练的同时,我还需要兼顾自己的学习、院学生会的工作。大三这一年,可以说是忙并快乐着。

到了大四上,我们已经拿到了两届全国大学生节能减排竞赛的奖项,同时还取得挑战杯校内赛的特等奖,完成了 SITP 项目,申请了一项发明专利……虽然整个本科阶段累计的综合绩点不算最高,准备考研的我却因科创获得了保送研究生的机会,成了全校幸运的 1/14,并选择了直接攻读博士学位。

终于,我花了三年半的时间,以一点一滴的努力,逐步地完成了普通学生的升级目标,初步完成了学习能力、综合能力以及学历三方位的升级。

我只是一个普通人,但是我愿意以蝼蚁之行,展鸿鹄之志。希望大家也能够坚定目标、放平心态、放手一搏。在这里,与大家共勉!

青春同行，和衷共济

同济大学2019年优秀大学生报告团　李梓轩　罗振宁
(2019年12月10日)

【个人简介】罗振宁，1999年生，中共党员，同济大学环境科学与工程学院市政工程系2017级本科生。在校期间担任同济大学学生会执行主席、班长、团支部书记等职务，获同济大学"优秀学生干部""优秀学生""本科生优秀学生奖学金一等奖学金"等多项奖励。

【个人简介】李梓轩，1999年生，共青团员，同济大学环境科学与工程学院环境科学系2017级本科生。在校期间获同济大学"优秀学生""本科生优秀学生奖学金一等奖"等多项奖励。

罗振宁：

亲爱的同学们，大家好！我是环境科学与工程学院大三年级的罗振宁，我的专

在同济大学2019年优秀大学生报告会上的演讲

业是给排水科学与工程。我们寝室总共有三个人,我的两名室友,是来自环境科学专业的李梓轩和环境工程专业的刘智涵,很可惜的是刘智涵同学今天不能到场,所以就由我和梓轩来和大家分享交流。刚才有很多优秀的学长学姐告诉大家"在大学里'我'做了什么",而我们"划船三兄弟"应该是来告诉大家"在大学里'我们'做了什么"。

寝室三个人分别进入了环境学院的三个专业,也算是上演这样一场"分道扬镳"。我很喜欢用光的三原色来作为我们寝室的符号:红色是奋斗和热诚,是旗帜的颜色;绿色是生命与和谐,是生态的颜色;蓝色是理性与智慧,是生活的颜色。这三种色彩可以混合出所有的颜色,因此生命也变得多彩斑斓。

进入大学以后,想必大家都体会到,团队的力量是很强大的。《孙子·九地》有云,"夫吴人与越人相恶也,当其同舟而济,遇风,其相救也如左右手。"前两天大家都在晒"2017—2019"的照片,这样的风潮对我们来说,意义很独特。因为2017年是我们入学的年份,那个时候的我们就如同现在的你们一样,刚刚迈入大学,也对未来充满期待。两年多的时光过去了,我们三个人也经历过了本科生涯的"中年危机",我们三个人也到了"其言也善"的阶段。

李梓轩:

"其言也善"可还行? 大家好,我是来自环境科学大三年级的李梓轩。每个人的生命都堪称色彩斑斓,如果我身上有一抹亮眼的色彩,那一定绿水青山的绿色。

平日的空闲里我们三个便扎根在安静的图书馆,直到悦耳的闭馆铃声响起;回到寝室,我们三个也约定在晚上11点准时熄灯,即使是"双十一"那天……

情景表演"健康作息"

寝室奖牌数量众多

众所周知，智育离不开体育的支撑。在寝室的三个人里，刘智涵一直是最热爱运动的那个人。他会风雨兼程地训练长跑甚至参加马拉松，会在乒乓球馆和不同学院的朋友约球，甚至会在半夜为一场足球赛泪流满面。起初我和罗振宁不理解他的这份执着劲儿，但说实话，他的奖牌实在是太多太多了。慢慢地，我被他感染了，选择每天都坚持去健身房强身健体。罗振宁在足球赛上和他成为了对手。我们彼此互相激励着，而我的体育成绩也慢慢提高，从中到良最后到了优。我们逐渐从每学期对体测的畏惧里走了出来，开始享受运动带来的放松和愉快。

而在生活里，寝室的干净整洁自然是必不可少的。听说在座的大一的同学们从今天开始就要落实内务检查和评比了，希望大家加油。我们三人也同样有严格的卫生制度：扫地、洗衣、叠被、除尘，一样都不能少。在保持垃圾分类的基础上，我们责任明确、公平公正地把每周七天的卫生任务分配到三个人身上，互相监督执行。我们深知"一屋不扫何以扫天下"的道理，正是这些细节才能培养习惯、检验大家的恒心。"天下难事必作于易，天下大事必作于细"，我们时常告诫自己，如果对"不足挂齿"的小事视而不见，那么"足以挂齿"的大事也难出成果。

罗振宁：

好一个"一屋不扫何以扫天下"！的确，我们三人之间相互的监督和激励确实让我们受益匪浅。举个例子，李梓轩是他们的专业前五，实不相瞒，我也是一个普通的专业前五，那个今天缺席的刘智涵，也是一个普通的专业前五。我身上最突出的颜色是代表奋斗与热诚的红色，是旗帜上的红色。两年前的秋天，在我刚刚进入大学以后我去竞选成为了我们班级的团支书。那时我这个萌新到底能做出什么质量、什么规模的活动,我心中是没有数的。

好在我的两个室友同样是班干部、团干部,我们齐心协力,细细筹划,于是大一刚刚入学没多久的我们便举办了一次整个学院的红色读书会和一场记忆深刻的浙江嘉兴红船行。

2019年是新中国成立70周年,今年我担任环境学院党建团建联合会副主席,国庆期间,参与组织了一场属于环境学院独一无二的"青春与祖国同框"活动,反响热烈。包括我的两位小伙伴们在内,共计300名同学参赛,1 000多名同学参评,都秀出了自己与祖国的同框照,表达了自己对祖国的祝福。

今年重阳节,在两位队友的"神助攻"之下,我在西苑饮食广场组织了一场包窝窝头的传统文化活动。传承精神火炬,分享70年峥嵘岁月里的感人故事;弘扬中华民族传统美德,感恩师长一路同行。

传统文化体验活动

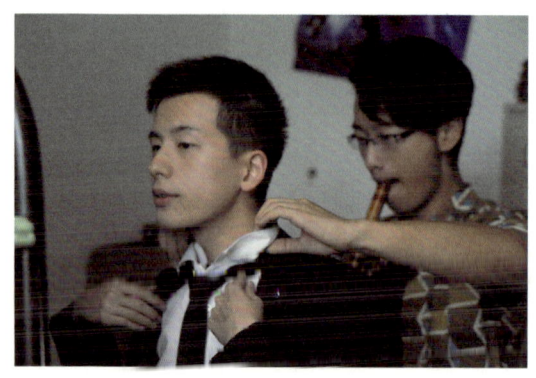

寝室里的相互关照

李梓轩：

对于我们大学生来说"知行合一"必不可少，在 2019 年暑假，我们三人共同承担了环境学院的暑期社会实践项目——"上海市高校直饮水调查"。为了让刘智涵在意大利研学没有后顾之忧，我和罗振宁两人承担起暑期实践项目的主要工作，蒸笼般的夏日、漫长的交通时间、严格的科研操作……越是困难重重，我们的团队越是迎难而上。最终我们的实践项目获得校级优秀项目、优秀团队奖与院级最高评价 A 级。

罗振宁：

2018 年环境学院与土木学院联合举办的羽毛球联赛中，大赛主办方采用了我设计的羽毛球主题纪念品，这件作品就是在我们几位室友不断地提出意见中得以完成的。我们寝室都很喜欢摄影，经常会抓拍室友，把室友作为自己的模特，一边是我们鸡零狗碎的生活，一边是流淌的时光。

李梓轩：

当然了，"兄弟阋墙"时常有之，但"求同存异"就是要画出最大的同心圆，找出最大公约数。

两年时光已经过去，我们这个三人之家，已经有了专业前三前五、上创负责人、优秀学生及优秀学生干部。两年里我们三人也拿到了 8 项奖学金，20 余项荣誉。我们也都怀揣各自的目标，继续向未来前行。

时间让我们彼此相遇，分享了时间也就走进了彼此的生命。色彩丰富的人生由不同的单色组合而成，同舟共济的小船需要集体划行，我们的故事已经书写了一半，而你们的故事还待未来上色。加油同学们，愿你们都能在优秀集体中得到塑造，愿你们毕业回首往事之时，收获色彩绚烂的大学人生。

同舟同济,自强不息

同济大学 2020 年优秀大学生报告团　彭浩荣
(2020 年 11 月 24 日)

【个人简介】彭浩荣,1994 年生,共青团员,同济大学交通运输工程学院 2018 级博士研究生。2015 年 3 月加入同济大学龙舟队,获得 2019 年"上海市大学生龙舟锦标赛季军"、2020 年"同济大学薪火杯军训龙舟大赛突出贡献奖"。

各位同学,大家下午好,我是来自交通运输工程学院的 2018 级博士研究生彭浩荣。今年,是我在同济的第十年。今年九月,同济大学的水上军训上了《人民日报》微博热搜。一时间,同济的军训,成了"别人家的军训"。当时我担任六营龙舟队的教练,带队夺得了首届"薪火杯"龙舟赛的冠军。作为同济龙舟队的一名资深队员,今天,和大家分享我和同济龙舟的故事。

在同济大学 2020 年优秀大学生报告会上的演讲

鼓手　　　　　　　　　　　　　　　舵手

左桨　　　　　　　　　　　　　　　右桨

鼓手、舵手和划手的协调配合

先简单介绍一下,这就是我们比赛常用的22人大龙舟,船头一位鼓手掌握节奏,船尾一名舵手控制方向,中间可以坐十排也就是20个划手。划龙舟的动作是蹬腿起腰、划水推舟,需要腿部、腰部和手臂力量的协调配合,也需要前后左右队员的协调一致。划龙舟三要素:动作、力量、节奏,缺一不可。其中,力量和体能的训练是非常关键的,而强身健体也是我加入龙舟协会的初衷。加入之后才发现,我居然是协会里唯一的博士生,当我开始在同济读本科的时候,他们都还在读小学,我当时就觉得,"天哪,我的青春又回来了!"后来,我就跟着小伙伴们进行每周两次的水训和不限次数的体能训练。坚持训练的效果还是很明显的,我的身体素质和精神状态都有了显著的提升。要是看论文写论文头昏脑涨了,来一场训练,顿时神清气爽、思路明晰。

平时的训练固然能够强身健体,但意志的锤炼需要历经比赛的洗礼。我们平时在嘉定校区训练的河道大概300米长,备战200米直道赛是足够的。但是,应对更长距离的比赛,这样的训练就显得不太够了,比如2 000米环绕赛。第一次参加2 000米环绕赛,我在三桨,差不多划到1 000米,我就感觉自己要划不动、跟不上了。这时候听到有人喊"兄弟们,坚持住",于是大家用呐喊相互鼓劲,奋力往前划,坚持到了终点。第二次2 000米环绕赛,我是一桨,后排的小伙伴都是刚加入不到

同济大学龙舟队获得2019年上海市民龙舟联赛总决赛季军

一个月的新队员。这次我是老兵了,快到1 000米的时候我们一桨带头稳住节奏,并为大家加油打气。最后我们发挥出色,以总成绩第三获得了上海市民龙舟联赛总决赛的季军。一次次比赛,一次次坚持,犹如战场的历练,潜移默化中锤炼了我们的意志。

对于同济学子来说,龙舟不仅是一项运动,更是同济精神的象征和载体。龙舟协会成立的头两年,在上海高校的比赛中,同济龙舟队的名次总是稳稳地排在后面。2018年10月的上海市大学生龙舟锦标赛,八支高校队伍我们得了第六名,排在我们前面的队伍中直接有人过来对我们说"同济龙舟,不过如此"。为什么?为什么他们要对我们这么说?因为,我们代表的是同济大学。我们的校名、校徽、校训、校歌、同济精神,都与龙舟运动紧密相连,龙舟应该成为同济大学的一张特色名片,同济大学应该有一支高水平的龙舟代表队。同济龙舟,不服输!我们一定要努力站上最高的领奖台!随着冬季来临,水训取消,龙舟协会转型为"健身"协会。我

同济大学龙舟队开展体能和技术训练

们组队晨跑、夜跑、拉划船器,划船器训练从 5 公里 25 分钟到 23 分钟再到 20 分钟,我们在冬天积蓄力量,待来年再次出征。

2019 年 11 月,上海市大学生龙舟锦标赛如期而至,我们团结一致、配合默契,以仅次于海洋、海事两支龙舟顶尖强队的成绩获得了季军。这是我们第一次站上该赛事的领奖台,胸前的铜牌肯定了我们一年来的努力。那一刻,"同舟共济"对我来说不只是一句口号,一个标语,而是风雨中的乘风破浪、烈日下的奋力划桨;是同一艘船上的兄弟姐妹、同一条河道的同济学子;是那些阳光灿然的日子;是我们朝气蓬勃的青春!在这样的"同舟共济"中,同济精神在我心中留下了深刻的印记,激励着我奋勇前行,追逐梦想。

去年 5 月,作为唯一一支高校龙舟队,我们受邀参加了在南京举办的龙舟文化交流赛,来自南京、上海、台北(新北)的 12 支龙舟队在秦淮河上进行了激烈角逐。比赛过程中,秦淮河两岸的观众为海峡两岸的队伍加油呐喊。赛后的晚宴上,同济龙舟队合唱歌曲《朋友》,当唱到"朋友一生一起走,那些日子不再有"的时候,全场 300 多人被我们带动,两岸同胞手牵手一起大合唱。那个时候,我深刻地感受到,作为历史悠久的传统文化项目,龙舟运动,不仅是同济精神的象征,也是整个中华民族共同的历史记忆和文化纽带。两岸同胞同根同源,同文同种,也必定能够同心同德,同舟共济。

这是我和同济龙舟的故事,这是我的同济十年。龙舟,是一项体育运动,强健了我的体魄,锤炼了我的意志,让我以更加积极的心态迎接学习和生活中的机遇和

同济大学龙舟队获得 2019 年上海市大学生龙舟锦标赛季军

挑战;龙舟,也是同济精神和中华文化的载体,希望大家在脚踏实地、勤学苦思的同时,能够走出寝室、走出课堂,去感受运动带来的快乐,体验运动传递的精神,传承运动讲述的文化。同济龙舟,期待大家的身影;同舟共济,期待你们的故事。

同济大学龙舟队秋季水上训练